KB032028

잠 못 드는 밤
백석의 시를 생각하며

시를

문학을

백석을 좋아하는

외롭고 높고 쓸쓸한 그대에게

잠 못 드는 밤 백석의 시를 생각하며

김상욱 시 에세이

뒤란

차 례

3부 : 북방에서

4부 : 북녘에 남아

백석과 함께 시를

인디언 수Sioux족은 이름을 '늑대와 춤을', '주먹 쥐고 일어서', '새를 발로 차', '머릿속의 바람' 등으로 짓는다는 케빈 코스트너가 나온 영화를 본 적이 있다. 나는 그 뜻깊은 이름을 짊어지고 이들이 평생 살아갈 것을 생각하고는 조금 안쓰러웠다. 머릿속에 언제까지고 바람이 몰아치면 귓속의 이명처럼 얼마나 괴로울까. 그리고 '새를 발로 차'는 언제까지 날아가는 새를 발로 찰 수 있을까. 젊어서나 늙어서나 '주먹 쥐고 일어서'는 몇 번이나 더 주먹을 꽉 쥐어야 할까. 그나마 영화는 '주먹 쥐고 일어서'와 '늑대와 춤을'이 함께 수족을 떠나는 것으로 끝나 세월이 흐른 뒤 그들이 어찌 이름값을 하며 살았는지는 알 수가 없었다. 그래서 조금은 다행이기도 했다. 어쩌면 희미한 옛사랑의 그림자처럼 '머릿속의 바람'이 소용돌이치던, '새를 발로 차' 떨어뜨리던 시절을 그리워하며 살았을지도 모르겠다.

그래서 누구든 이름을 그때그때 바꿀 수 있으면 좋겠다는 생각이 들었다. '심장을 적시는 개울물 소리', '새가 앉는 어깨', '늑대와 책을', '요람을 흔드는 손' 등으로. 그렇게 이름을 짓는다면 근래 힘겨운 시간을 보낸 나는 나의 이름을 '백석과 함께 시를'이라고 지을 수밖에 없겠다고 생각하는 것이었다. 백석의 시에는 체념도 위로도 바람도 다 있었고, '가난하고 외롭고 높고 쓸쓸하니 그리고 언제나 넘치는 사랑과 슬픔 속에 살도록 만'들어진 '초생달과 바구지꽃과 짝새와 당나귀'도 '프랑시쓰 잠도 도연명도 라이넬 마리아 릴케도' 백석도 나도 다 있었다. 잠 못 드는 밤 백석의 시를 생각하며, 백석의 시에 관해 글을 쓰며 팽개쳐 두었던 시를, 문학을, 사는 일의 소중함을 새삼 느꺼운 마음으로 끌어안을 수 있었다.

언어는 생각의 집이라고들 한다. 그렇다면 백석에 관한 생각으로 지은 이 책은 어떤 모습의 집일까 생각해 본다. 나는 작은 갤러리이기를 감히 바란다. 전시 공간의 벽을 따라 그의 시가 한 편, 한 편 환한 조명을 받으며 걸려 있고, 그 아래 있는 듯 없는 듯 소담한 설명이 달린. 벽마다 새로운 공간이 펼쳐지고 그 공간의 이름은 '『사슴』', '『사슴』 이후', '북방에서', '북녘에 남아' 등으로 짓는 것은 어떨까. 바쁜 이는 백석의 시를 슬쩍 들여다보는 것만으로 족할지도 모른다. 그러다 어떤 시가 불현듯 그대의 마음속 웅크린 정서를 출렁거리게 만든다면, 그 울림을 건사한 채 작품의 해설을 조금 곁눈질로 보아도 좋을 것이다. 전시장을 한 바퀴 휘돌아 나오면 어느새 백석의 삶과 백석의 시와 우리 앞에 놓인 생, 그 모두를 조금은 더 애연하게 부드럽게 따스하게 쓰다듬을 수 있게 되면 좋으리.

여전히 곁을 지켜주었던 이들에게, 이 번잡한 글을 먼저 읽고 백석의 전시장을 함께 꾸며준 이들에게, 지나는 길에라도 들를지 모를 그대들에게 이마를 조아리며 고마움을 전한다.

2020년 새해에

김상욱

일러두기

1. 시가 쉽게 이해될 수 있도록 본문은 현대어 표기법으로 교정했다. 단 시의 어감과 방언의 음상을 살릴 필요가 있거나 대체가 어려운 시어는 원본을 살려 적되 의미를 알 수 있도록 주해를 달아 풀이하였다.
2. 띄어쓰기와 맞춤법은 현행 한글맞춤법 규정에 따랐음을 밝힌다.
3. 인용한 시들이 원본에 내어쓰기로 되어 있거나 내어쓰기, 들여쓰기 모두 안 되어 있는 경우를 포함하여 모두 들여쓰기로 통일하였다.
4. 시 텍스트의 인용은 이동순(1987), 이숭원 이지나(2006), 고형진(2007)의 전집 연구에 필자의 견해를 덧붙였음을 밝힌다.

1부

『사슴』

별 많은 밤
하누바람이 불어서
푸른 감이 떨어진다 개가 짖는다

—「청시靑柿」

1. 아주 새롭고 낯선 시가 있어

나는 아직도 『사슴』을 처음 읽던 흥분을 잊지 못하고 있다. 실린 시는 40편이 못 되었지만 그 감동은 열 권의 장편소설을 읽은 것보다도 더 컸다는 느낌이다. 나는 읽고 또 읽었다. 저녁밥도 반 사발밖에 먹지 못했으며 밤도 꼬박 새웠다. 그 뒤 『사슴』을 가방에 넣고 다니며 틈나는 대로 꺼내 읽고는 했으니, 실상 그것은 내가 시를 공부하는 데 교과서가 되었던 셈이다. …… 지금도 서슴없이 내 시의 스승으로 먼저 백석 시인을 댄다.

—신경림*

1.

백석의 시를 언제 처음 만났는지 내겐 뚜렷한 기억이 없다. 대학을 다닐 때까지 그의 이름을 들은 바 없고, 그의 시를 만난 적은 더욱이 없다. 그때까지 그는 재북/월북작가로 분류되어 그의 작품은 일반에게 공개되지 않았음은 물론이고 연구 대상으로조차 다룰 수 없었다. 그런데 어찌 좋아할 수 있었으랴.

윤동주의 시집은 고등학교 시절 내내 품고 다녔다. 「별 헤는 밤」이란 긴 시를 외며, 누구도 외는 이가 없으리라는 혼자만의 자긍심에 내심 우쭐하기도 했다. 그러나 윤동주의 시를 제외하고 시인을 콕 집어

---

* 『시인을 찾아서』, 우리교육, 1998, 257-258쪽.

누군가의 시집을 읽지는 않았다. 그저 닥치는 대로 읽은 한 편, 한 편의 시들이 마음에 오래 남았을 뿐이었다.

'까닭 없이 마음 외로울 때는/ 노오란 민들레꽃 한 송이도/ 애처롭게 그리워지는데,// 아 얼마나 한 위로이랴./ 소리쳐 부를 수도 없는 이 아득한 거리에/ 그대 조용히 나를 찾아오느니.// 사랑한다는 말 이 한마디는/ 내 이 세상 온전히 떠난 뒤에 남을 것./ 잊어버린다. 못 잊어 차라리 병이 되어도/ 아 얼마나한 위로이랴./ 그대 맑은 눈을 들어 나를 보느니.'라는 조지훈의 「민들레꽃」이나 '애비는 종이었다'로 시작하는 서정주의 「자화상」 같은 시들을 옮겨 적으며 시와 가까워졌다. 솔직히 '그대 맑은 눈을 들어 나를 보느니'의 '그대'가 제목에서 밝힌 민들레꽃이란 생각조차 그때는 하지 못했다. 제목과 무관하게, 좋아하는 사람이 맑은 눈을 들어 나를 보면 얼마나……를 생각하며 몸이 간질간질했던 기억은 생생하다. '나를 키운 건 팔 할이 바람'이라는 구절에서 나를 키운 건 구 할이 바람이란 생각을 했고, '병든 수캐마냥 헐떡거리며'라는 거친 비유가 괜히 뭔가 있어 보였던 것도 사실이다. 그러나 뭐니 뭐니 해도 '내 마음 속 우리 님의 고은 눈썹을/ 즈믄 밤의 꿈으로 맑게 씻어서/ 하늘에다 옮기어 심어 놨더니/ 동지 섣달 나르는 매서운 새가/ 그걸 알고 시늉하며 비끼어 가네'(「동천冬天」) 같은 서정적인 시가 정말 좋았다. 이미지와 서정이 잘 엮인 채 님의 눈썹 같은 초승달이 내걸린 감청색의 밤하늘, 그 옆을 비껴 나는 한 마리 새의 이미지는 지금도 초승달 걸린 밤하늘을 보면 불현듯 떠오른다. 물론 그가 친일을 했고, 독재 정권에 기생하였다는 이력 때문에 그의 시는 근원적 질문을 안겨주기도 했다. 시인과 시, 시인의 시정신과 시 작품은

빈센트 반 고흐V. van Gogh
〈민들레〉, 1889,
캔버스에 유채, 35.3×57cm, 빈터투르 미술관

별개의 것으로 취사선택할 수 있는 것인지 아니면 분리할 수 없는 동전의 양면 같은 것인지라는 질문. 그 사실을 알고 난 다음부터 그의 시를 멀리하였지만 훨씬 다음의 일이다.

대학원 준비 차 읽었던 현대시사에서 이름도 낯선 여러 시인의 시를 보았음에도 백석의 시에 관한 기억이 내게는 뚜렷하지 않다. 그즈음 1988년 7월 월북/재북 문인의 작품에 대한 출판이 공식화되었으나 현대문학 연구에서 한 걸음 물러서 있던 나로서는 그 해금의 의미가 뚜렷이 손에 잡히지 않았다. 해금되기 이전 해방 이후 북한에서 적극적으로 활동했던 이기영, 홍명희, 한설야, 박태원 등의 작품들이 이미 공공연하게 유통되고 있었던 까닭도 없지 않다. 백석의 시 역시 해금이 되기 직전 이동순의 노고에 힘입어 『백석시전집』*이란 이름으로 초판이 1987년 11월에 출간되었다.

백석의 시를 제대로 읽은 것은 시적 상상력에 관한 책을 쓰려고 손에 잡히는 시집들을 마구 탐독하던 즈음이었다. 아마도 1990년대 중반 즈음이었나 보다. 그전에도 시집을 들춰보기는 했겠지만 「여우난골족」을 비롯하여 시 속에 계속해서 등장하는, 뜻 모를 낱말들을 앞에 두고 망연자실하다 밀쳐 뒀음이 분명했다. 그러던 중에 시에 관한 본격적인 글을 쓰는 마당에 모두 그렇게 높이 평가하는 백석의 시집조차 제대로 읽지 않고서야 어찌 사람들에게 시가 이다지 좋은 것임을 말할 수 있으랴 싶은, 반은 오기, 반은 의무감이 들었다. 나는 백석의 시를 다시 읽어나갔다. 그리고 곧 나는 백석 시의 숭배자가 되고 말았다. 언젠가는 '내가 읽은 백석의 시'라는 책을 쓸 것이라 마음을 다잡

* 이동순(1987), 『백석시전집』, 창비.

으며 주먹을 꽉 움켜쥐었다.

2.

백석의 시는 다른 이들의 시와 달리 우리 앞에 늘 그저 놓여 있지만은 않았다. 분단 시대의 질곡이 문학에까지 어두운 그늘을 드리우고 있었고, 온갖 노력 끝에 비로소 되찾은 것이었다. 백석의 시편들뿐 아니라 백석의 삶 자체가 40년 남짓 접근 불가의 감옥 속에 갇혀 있었고, 질기고 긴 싸움 끝에 그의 시를 우리는 되찾았다. 새삼 숙연해진다.

이다지 우여곡절을 거쳐 손에 닿았음에도 백석의 시는 처음 읽었을 때 썩 마음에 내키지 않았다. 지금은 시 한 편, 한 편의 결을 애틋할 만큼 오래 쓰다듬어 외갓집 마룻바닥처럼 내 안에서 반질거리지만 처음엔 소문만큼 그다지 마음에 차지 않았다. 왜 그랬을까? 그저 많은 시간이 흐른 지금 그 까닭을 되짚어 짐작하는 수밖에.

애초 시의 본질 중 하나는 새로움이다. 익숙한 것조차 낯설게 만드는 것이 시의 특성이다. 민들레가 '조용히 나를 찾아오고', '맑은 눈을 들어 나를 보'는 것은 새롭다. 겨울 밤하늘에 걸려 있는 초승달을 '즈믄 밤의 꿈'으로 씻어 심은 '내 마음속 우리 님의 고은 눈썹'과 잇댄 것은 경이로울 정도로 새롭고 또 낯설다. 러시아 형식주의가 정식화한 '낯설게 보기'는 시 장르의 특성인 메타포metaphor의 본질을 명료하게 포착한 용어다. 메타포가 은유만이 아닌 비유의 총칭일 때 그러하다는 말이다.

그럼에도 백석의 시는 낯선 것을 넘어 생소하기까지 하다. 사실 시는 일반적인 산문보다 읽기 편하지는 않다. 시는 곧이곧대로 말하기보다

에둘러 말하고, 정작 하고 싶은 말은 깊숙한 곳에 감춰 두기 때문이다. 시는 사랑한다는 말을 쓰지 않고 사랑한다는 마음을 전하는 언어 게임과 같은 것이다. 사랑한다고 말하는 순간, 그 언어는 너무나 상투적인 나머지 나만의 사랑, 나만의 빛깔과 향기를 전할 수 없음에랴. 그리하여 시는 언제나 의미를 새롭게 더욱 창조적으로 전달하고자 애쓴다.

물론 백석의 시가 모두 쉽게 이해하기 힘든 난공불락의 성채인 것은 아니다. 아주 단정한 나머지 시의 전범을 보여주기에 손색이 없는 작품도 백석의 시에는 있다. 아주 드물기는 하지만. 다음은 「바다」라는 시다.

바다

바닷가에 왔더니
바다와 같이 당신이 생각만 나는구려
바다와 같이 당신을 사랑하고만 싶구려

구붓하고 모래톱을 오르면
당신이 앞선 것만 같구려
당신이 뒤선 것만 같구려

그리고 지중지중 물가를 거닐면
당신이 이야기를 하는 것만 같구려
당신이 이야기를 끊은 것만 같구려

바닷가는

개지꽃에 개지 아니 나오고

고기비늘에 하이얀 햇볕만 쇠리쇠리하야

어쩐지 쓸쓸만 하구려 섧기만 하구려*

1937년 10월, 백석의 나이 스물다섯에 발표한 작품이다. 작품은 홀로 바다에 가 모래톱을 오르고 물가를 거닐며 그리운 당신을, 당신의 부재를, 당신을 향한 사랑을 노래하고 있다.

첫 연은 그리움과 사랑을 직설적으로 제시한 후 그 그리움에 출렁여 상상 속에서 시적 화자는 당신과 함께 모래톱을 앞서거니 뒤서거니 오르고, 파도의 밀려가고 밀려와 부딪히는 소리를 함께 나누는 말소리가 이어졌다 끊어지는 것 같다고 생각한다. 그러나 그리운 그대는 지금 곁에 없고, 그리운 메꽃도 여태껏 소식이 없다. 그저 시린 햇볕만 반짝인다. 혼자 텅 빈 바닷가를 거닐며 부재하는 이를 사무치도록 그리워하는 작품이다. 마지막 행의 '쓸쓸'함과 '서러움'은 다소 과장된 감정의 표출이기도 하지만 스물다섯, 청년의 마음속 곡진함으로 너그럽게 봐줄 법도 하다. 그럼에도 시는 허리를 숙인 모습을 '구붓하고'로 표현하였고, 허청대며 물가를 걷는 모습을 '지중지중', 쨍한 햇볕이 내리쬐는 모습을 '쇠리쇠리'로 표현함으로써 단순한 진술을 넘어 백석의 개성적 표현을 담아내고 있다.

그러나 이처럼 시의 내용이나 형식이 한눈에 이해되는 작품은 오히

* 구붓하고: 몸을 구부정하게 숙이고, 지중지중: 한 자리에 지체하다, 개지꽃: 메꽃 혹은 강아지풀, 쇠리쇠리: 눈이 시리다

려 백석 시에서 예외적이다. 백석의 주요한 시편들은 오늘날 우리들이 마주치는 시들과는 분명 다르다. 시대가 다르기도 하며, 따라서 언어가 다르기도 할 것이다. 백석이 주로 활동했던 1930년대 중후반은 지금으로부터 거의 90년, 한 세기의 격차를 두고 있다. 그래도 같은 시기 일제 강점기에 활동했던 수많은 시인의 시들과 비교하더라도 백석의 시는 여러모로 독특하다. 백석의 시는 말 그대로 더 한층 낯설고 생소하다.

무엇보다 단어가 생소하다. 평안북도 정주의 지역어가 여과 없이 드러나 있기 때문이다. 당대를 살았던 사람들이라면 덜 생소할 수 있을 것이다. 그러나 우리는 평안북도 정주의 지역어를 그 누구에게서, 어디에서도 듣지 못한 채 분단 이후 70년을 흘려보냈다. 시 한 편, 한 편마다 명료한 의미를 모르는 단어들, 그저 미루어 짐작하고 분위기만 알 수 있을 뿐인 단어들이 툭툭 튀어나오는데 시가 어찌 쉬울 수 있으랴. 어쩌면 강아지의 눈으로는 색채도 선명하지 않고 흔들리는 상으로 세상을 보듯 우리 또한 백석의 시를 그렇게 읽을 수밖에 없는 노릇이다.

주막酒幕

호박잎에 싸오는 붕어곰은 언제나 맛있었다

부엌에는 빨갛게 길들은 팔八모알상이 그 상 위엔 새파란
싸리를 그린 눈알만 한 잔盞이 뵈였다

아들아이는 범이라고 장고기를 잘 잡는 앞니가 빼드러진 나와 동갑이었다

울파주 밖에는 장꾼들을 따라와서 엄지의 젖을 빠는 망아지도 있었다*

우선 첫 행 혹은 첫 연 '붕어곰'에서부터 턱 막힌다. 붕어빵인가? 호박잎에 싸오는? 이동순이 펴낸 전집의 뒤에 달린 '낱말 풀이'를 보면 '붕어를 오래 고아 끓인 곰국'이라고 한다. 믿을 수가 없다. 그럼 곰탕을 호박잎에 싸 온다는 말인가? 게다가 시적 화자는 어린아이가 아닌가? 간밤 퍼마신 숙취를 달래고자 해장국 삼아 곰탕을 먹는 것이 아니라면 어찌 아이의 입맛에 언제나 곰국이 맛있을 수 있을까? 그보다는 자작하게 지져냈거나 찜한 것 역시 붕어곰이라고도 한다니 오히려 그것이 국보다는 나을 법하다. 호박잎을 밑에 깔고 자작한 조림이나 찜을 올려내는 음식으로 생각하면 될 듯싶다.

겨우 첫 행을 넘기면 두 번째 행이 있다. 팔각형의 무늬 없는 상 위에 작은 소주잔이 놓여 있다. 잔에는 새파란 싸리가 그려져 있다. 이 행은 그나마 낱말은 알 수 있다. 그다음 행에는 '장고기'가 나온다. 역시나 낱말 풀이에는 '잔고기'로 풀이되어 있다. 발음의 유사성 때문이겠지만 큰 고기와 오히려 반대되는 말이니 참 난감하다. 마지막 행에서도 역시 '울파주', '엄지'에서 걸린다. '울파주'는 그래도 '울타리'로 짐작된다. '엄지' 또한 백석 시에 빈번하게 망아지와 함께 등장한다.

---

* 붕어곰: 오래 익힌 붕어찜, 장고기: 잔고기, 울파주: 대, 갈대, 싸리 따위로 엮어 만든 울타리

어미란 뜻이다. 그러나 생소하기는 마찬가지다. 어찌 '엄지'가 어미란 말인지.

백석 시의 어려움은 평안북도 정주의 지역어에 기인하는 어휘 탓만은 아니다. 통사인 문장을 구성하는 방식도 남다르다. 이 시의 통사는 그나마 단정한 편이다. 두 번째 행을 기본 문형만 제시하면 '부엌에는'이란 장소에 '팔모알상'이, '그 상 위엔' '잔이' '뵈였다'라는 문장인데 백석 특유의 수식어들이 이 시에도 조금 드러나 있다. '팔모알상'은 '빨갛게 길들은' 것이며, '잔'은 '새파란 싸리를 그린'과 '눈알만한' 것이다. 이어지는 형용사구가 하나의 명사를 쉼표도 없이 수식하고 있다. 다음 행에서도 '아들아이는'을 주어로, '범이라고'는 서술어, 그다음 '장고기를 잘 잡는', '앞니가 빠드러진', '나와 동갑이었다' 역시 한 문장으로 이어지고 있다. 의미상으로는 각각 등가를 이룬 채 '아들아이는'의 서술어로 저마다 나란히 기능한다. 시에서 제시된 문장을 의미 구조로 재구성하면 다음과 같다.

아들아이는 범이라고
　　　　장고기를 잘 잡는
　　　　앞니가 빠드러진
　　　　나와 동갑이었다

백석 시의 이와 같은 통사적 특성은 작품마다 조금씩 결을 달리하며 다채롭게 변주된다. 그러니 평안북도의 지역어란 어휘적 특성만큼이나 통사 구성 역시 낯설고 생경하다는 점에서는 시를 어렵게 만드는 요인이다. 그러나 이것이 전부가 아니다. 시 전반의 구성을 살펴보면 백석의 이 시가 쉽지 않다는 것을 또다시 절감한다.

앞에서 제시한 「바다」의 구성은 단도직입적으로 바람을 제시하는 도입, '모래톱을 오르면'과 짝을 이루는 '물가를 거닐면'이란 도입의 구체화, 그리고 현실의 쓸쓸함을 표현하는 마무리로 이루어져 있다. 구분된 연들이 각자의 특성을 지니나 전체 속에서는 또 다른 유기적 연관을 맺고 있다. 전통적인 기승전결의 내적 구조를 엄밀히 갖추지는 못하였으나 도입과 구체화, 마무리로 형식적으로 잘 짜인 구성을 보이고 있다.

이에 비할 때 「주막」은 얼핏 보아 종잡기 힘들다. 「주막」이란 시가 그런 것인지 백석 시가 대체로 그런 것인지는 더 상세히 살펴보아야 하겠지만 적어도 「주막」은 4행 혹은 4연으로 되어 있을 뿐인데도 구성상의 체계가 뚜렷하지 않다. 각 연을 시작하는 '붕어곰은', '부엌에는', '아들아이는', '울파주 밖에는' 등에서 짝을 이루는 것은 '부엌에는'과 '울파주 밖에는'이란 공간 설정이다. 연들이 이 두 짝과 나란히 모두 공간성을 갖출 필요는 없겠지만 '붕어곰은'과 '아들아이는'이 서로 짝이 맞지 않아 의미 구성이 느슨한 것만은 사실이다.

그러나 한층 더 깊이 파고들면 평가는 달라질 수 있다. 백석의 시는 비유를 핵심으로 하는 시적 상상력보다 서사적 상상력, 이야기의 상상력을 바탕에 두고 있기 때문이다. 유사성에 바탕을 둔 비유metaphor가 아니라 인접성 혹은 연상에 바탕을 둔 환유motonymy가 바탕에 깔려 있기 때문이다. 예컨대 '붕어곰'은 주모의 음식 솜씨다. 음식 솜씨는 그것을 마련하는 공간인 '부엌'으로 이끈다. 부엌에는 바지런히 오가는 주모가 있다. 주모를 생각하면 다시 어린 화자 자신과 동갑내기인 아들아이 범이가 자연스레 떠오른다. 그리고 주모와 아들아이는 울파주 밖에 있는 엄지와 망아지로 연결된다. 그제야 이 시의 구성적인 흐름이 어느 정도 포착된다. 그러고 보면 이 시에는 문장과 문장 사이에 생략된 이야기들이 넓게 펼쳐져 있다. 그 난데없이 툭툭 내뱉어낸 문장들 사이를 연결하는 환유적 상상력, 서사적 상상력이야말로 백석 시의 특성인 것이다. 그러나 서사적 상상력이 풍부할지라도 백석의 시가 여전히 시란 점은 달라지지 않는다. 그 두 상상력의 긴장, 시적 상상력과 서사적 상상력, 둘 사이를 잇는 것은 그나마 '이질적인 것의 종합'*이란 장치다. 상상력을 통해 시는 유사성으로 덧쌓아 올리고, 서사는 혼돈스럽게 이어지는 시간의 경험을 하나로 묶어세우며 재구조화함으로써 각각 이질적인 것들을 종합한다. 백석의 시에는 이 두 가지 상상력이 공존한다.

그런데 문제는 이뿐만이 아니다. 단도직입적으로 말해 무엇보다 백석의 시에는 주제가 명시적이지 않다. 물론 시는 의미를 지워버릴 수 있다. 이미지가 중심이 된다면, 리듬이 정돈되어 있다면 의미 따위는 버려도 좋을 것이다. 언어는 태생적으로 의미와 분리될 수 없지만 시는 기의Signifié를 버리고 기표Signifiant 자체에 집중할 특권을 갖는다. 야콥슨R.Jakobson도 언어의 시적 기능을 따로 마련해 두고 있지 않았던가. 그러나 대부분의 시는 의미를 안고 있다. 「바다」는 곁에 없는 사랑하는 이에 대한 그리움과 홀로 남겨진 스스로에 대한 쓸쓸함이 주제일 수 있다. 물론 주제는 관점에 따라 다양하게 구성될 수 있으나 다양성

* Ricoeur, P.(1999), 『시간과 이야기 1』(김현식 · 이경래 옮김), 문학과지성사, 8쪽.

의 여지에도 불구하고 그리움이란 자장 안에서의 다양성일 따름이다.

그렇다면 백석의 시, 「주막」의 주제는? 없다기보다 알기 어렵다. 백석은 말하기보다 그저 보여주기만 할 따름이다. 떠오르는 생각들을 실낱같은 끈으로 흐릿하게 연결하고, 그것만으로 주제를 찾아볼 것을 요구한다. 아니 어쩌면 백석의 경우 시인이 시를 통해 말하고자 하는 것은 주제가 아닌지도 모른다. 백석은 독자에게 할 말이 있는 것이 아니라 독자에게 전하고 싶은 마음의 결, 곧 정서가 있는지도 모른다. 백석은 의미를 전달하기보다 정서를 건네려고 하는 것이다. 백석의 시는 주제를 피력하기보다 주제를 밀어내고 그 자리에 정서를 슬그머니 끼워 넣는다. 사실 이미지나 리듬과 함께 정서야말로 시의 주제를 대체할 수 있는 또 다른 근간이기 때문이다.

그렇다면 시, 「주막」의 정서는? 부정적인 정서인가 긍정적인 정서인가? 긍정직이라면 정서의 중핵은 어디서부터 이끌려 나오는가? '붕어곰', '부엌', '아들아이', '엄지와 망아지'가 정서를 빚어낸다면? 맛, 온기, 따스함, 육친의 사랑 등이, 이 모두를 아우르는 안온함이 이 시에 내재된 정서다. 그렇다면 백석의 시는 의미를 중심에 둔 시가 아니라 정서를 건네주는 것으로 제 소임을 다하는 것이다. 그럴진대 어찌 낯설고 생소하지 않을 수 있으랴.

3.

지금까지 백석 시의 낯설음을 어휘, 통사, 구성, 정서 등의 관점에서 살펴보았다. 그러나 시의 어려움이나 낯설음이 시의 미적 자질에 관한 평가와 일치하는 것은 아니다. 어렵다고 해서 그 시의 시적 성취가 미미하다고는 말할 수 없기 때문이다. 어쩌면 시를 읽는 우리의 눈이 밝지 못한 것인지도 모른다. 어쩌면 우리가 전혀 다른 잣대를 들이밀고 재단하려는 것일 수도 있다. 무게를 달아야 하는데 길이를 재고 있는 것과 다르지 않다. 백석의 시를 보며 '삼겹살 1미터 주세요'라고 주문하는 것은 아닐까. 예컨대 백석 시의 요체가 정서라고 한다면, 왜 시의 주제가 명료하지 않은가 하고 탓할 수는 없는 노릇이다.

이를 조금 확장하면 백석 시가 '당대 현실을 늘 후경화한다는 느낌'* 이라고 한 연구자의 지적도 문제가 있다. 이 언급에 전제된 것처럼 모름지기 현실을 전경화하고 있는지 아닌지가 시에 대한 평가일 수는 없다. 모든 시를 '당대 현실을 전경화하고 있는가?'라는 잣대로 재단하는 것은 폭력적이다. 물론 시가 현실의 문제를 전적으로 배제할 수는 없다. 시인의 삶과 분리된 채 미학적인 성취만을 운운할 수는 없기에. 그러나 현실을 전경화하거나 혹은 후경화하는 것으로 시를 평가하고자 하는 발상은 기계적이다. 시란 장르는 현실을 직접적으로 제시하기보다 오히려 배면에 둔 채 상징적으로 형상화하거나 은유로 접근하는 것이 더 한층 효과적인 현실의 재현일 수 있기 때문이다.

어쩌면 백석 시를 제대로 읽기 위해 우리에겐 다른 관점이 한층 적극적으로 요구된다. 백석 시가 갖는 어려움들은 저마다 백석 시만의 독자적인 특성인 것이다. 백석은 평안북도 정주의 지역어를 표준어에 대한 콤플렉스 없이 자연스럽게 구사함으로써 민족어의 원형을 고수하는 데 일익을 담당한 것일 수 있다. 민족어 전체가 소멸할 위기에 처

* 최현석(2009), 「파시즘 시대 한국시의 자유와 부자유」, 『새민족문학사강좌02』, 창비, 223쪽.

해 있는 풍전등화의 상황에서 살아있는 토속어를 작품에 부려 쓴다는 것은 그 자체만으로 충분히 시적인 도발이며 성취다. 그로 인해 일제 강점기가 아닌, 광복 이후의 역사를 살면서 남한의 우리에게 잊어버린 평안도 정주의 지역어를 생생하게 마주칠 수 있게 해 주기 때문이다.

또한 통사적 측면에서, 시적 구성의 측면에서의 낯설음 역시 백석 시의 독특한 자질이며, 우리 시를 한결 풍요롭게 해 주는 새로움이다. 애초 시란 마땅히 그래야 한다는 정해진 형식이 없다. 시는 개별적인 작품 한 편, 한 편이 새로운 시의 형식이다. 따라서 시의 단단함은 문장을 어떻게 직조하든 구성을 어떻게 배치하든 전적으로 개별적인 시 작품의 미적 효과에 달려 있다. 우리는 백석의 시를 통해, 지금껏 보지 못한 통사의 형식을 재발견한다.

> 또 이러한 밤 같은 때 시집갈 처녀 막내고모가 고개 너머 큰집으로 치장감을 가지고 와서 엄매와 둘이 소기름에 쌍심지의 불을 밝히고 밤이 들도록 바느질을 하는 밤 같은 때 나는 아랫목의 삿귀를 들고 쇠든 밤을 내어 다람쥐처럼 밝어먹고 은행 여름을 인둣불에 구워도 먹고 그러다는 이불 위에서 광대넘이를 뒤이고 또 누워 굴면서 엄매에게 윗목에 두른 평풍의 새빨간 천두의 이야기를 듣기도 하고 고모더러는 밝는 날 멀리는 못 난다는 메추라기를 잡아 달라고 조르기도 하고 (「고야古夜」 부분)*

* 삿귀: 갈대로 만든 자리의 귀퉁이, 쇠든 밤: 말라서 새들새들해진 밤, 은행 여름: 은행 열매, 평풍: 병풍, 천두: 천도복숭아

모두 다섯 연으로 이루어진 시 전체의 세 번째 연이다. 연이 시작되는 '또 이러한 밤 같은 때'는 앞의 연 전체를 요약적으로 제시한 것이며, 길게 이어지는 또 다른 상황의 제시 끝에 '바느질을 하는 밤 같은 때'로 이 연의 세부적인 시간을 설정한다. 그러나 시간을 설정하기 위한 서술 역시 뒤에 무엇을 했다는 동작상으로 제시되는 '다람쥐처럼 밝어먹고', '구워도 먹고' 등 켜켜로 펼쳐지는 서술어들과 전혀 다르지 않다. 더욱이 이 독립적인 연은 문장이 완결되어 있지도 않다. 연의 시작은 앞의 연을 뭉뚱그리고 있고, 연의 끝은 다음 연인 '내일같이 명절날인 밤'과 구분되는, 그러나 굳이 구분할 필요가 없는 '밤'일 따름이다.

그렇다면 백석의 이와 같은 통사 구성이 갖는 의미 기능은 무엇일까? 다시 말하면 왜 이렇게 문장을 끝도 맺지 않고 계속 나열하고 있을까? 그것을 통해 어떤 효과를 얻고자 했을까? 더 많은 탐구가 필요하겠지만, 이들 다양한 동작상들이 논리적인 인과나 시간적인 선후가 아닌, 대등한 양상들의 나열이란 점은 주목할 만하다. '밤을 먹고', '은행을 구워 먹고', '광대넘이를 하고', '엄마에게 복숭아 이야기를 듣고', '메추라기를 잡아달라고 고모에게 조르'는 모든 동작상은 기능적으로는 동일하다. 세부적인 정보의 전달보다 의미의 켜를 두텁게 하고자 할 뿐이다. 그리고 두터운 켜는 스러져가는 공동체의 기억을 켜켜로 쌓아 올리기 위함이다. 디테일을 놓치지 않고 기억의 층을 두텁게 만들기 위한 서술의 전략인 셈이다. 마치 현재를 기억하기 위해 사진을 찍듯, 백석은 무릇 과거를 기억하기 위해 시를 쓰고 있는 것이다. 물론 그 과거는 백석의 과거이자, 1900년대 초기 평안북도 정주의 기억이며, 일제 강점기 조선의 기억이며, 민족공동체의 기억이다. 더욱이 그 공동체의 기억은 고통스러운 기억이 아닌 홍성스럽고 충만한 기억이다. 그가 구축하는 공동체를 민족의 신화적 공동체라고 지칭하는 까닭도 여기에 있다. 주체와 세계가 어떠한 갈등도 균열도 없이 통합된 기억이기 때문이다. 루카치G.Lukacs가 말하듯, '빛나는 별이 모든 길을 밝히는 지도였던 시대는 행복하다.' 그 세계가 백석이 시로 되살리고자 하는, 등가로 이어지는 끝없이 나열되는 문장 구조가 담고자 하는 세계인 것이다.

이러한 논리는 시상의 전개 방식이나 전체적인 시의 의미에도 그대로 적용된다. 백석 시의 생소함과 낯설음은 그동안 우리가 여타의 시에서 보아왔던 것과 다른 것이기에 겪게 되는 새로움일 뿐이다. 망원경과 현미경이 다른 세계를 보여주듯, 백석의 시에는 다른 설명과 해석이 필요하다. 이에 이 글은 백석의 시를 한 편, 한 편 천천히 읽으며, 그 낯설음 속에 담긴 적실함과 아름다움을 밝혀 보이고자 한다.

4.

백석의 시 세계로 들어서기 전에 앞질러 밝혀둘 것이 있다. 백석의 연구가 두툼하게 쌓여갈수록 정작 백석 시의 아름다움을 가리는 경우 또한 적지 않다는 것이다.

그 가운데 대표적인 것은 백석의 시를 '페시미즘' 혹은 '운명애' 등으로 보는 관점이다. 물론 사노라면 좌절과 절망, 어찌할 수 없는 비극적인 운명 등에 사로잡힐 때가 있다. 더욱이 백석이 시작 활동을 했던 시기가 1930년대 중후반, 일본 제국주의가 만주사변과 중일전쟁, 2차

대전 등을 예비하던 시기임을 생각할 때 식민지 시인이 겪었을 절망감은 상상 그 이상이었을 것이다. 그러나 백석의 시는 결코 비관적이지도 않고, 운명을 고스란히 승인하지도 않았다. 무엇보다 시를 쓴다는 것, 온전한 예술적 실천은 결코 운명에 굴종하는 법이 없다. 시인은 붓을 꺾을지언정 시 속에서 운명에 꺾이지는 않는다. 시를 쓰는 행위 자체가 운명과 맞서는 한 방식이기 때문이다. 또한 백석의 시를 사랑해 마지않는 독자들 역시 비관주의나 운명론에 환호할 리는 결코 없기 때문이다.

또 한 가지 연구의 편향은 백석의 시를 민족문학의 굴레 속에 가두는 것이다. 물론 처음 발간한 시집 『사슴』은 민족문학으로 자리매김하기에 손색이 없다. 「고야古夜」가 공동체의 신화를 복원하고 기억하는 것이며, 그것이 통사 구성에서도 드러난다는 주장은 백석의 시를 민족문학의 테두리 안에 두고자 하는 것이다. 그러나 이처럼 백석의 시를 이념적인 방식으로만 읽는 것은 백석의 시가 지닌 깊이와 풍부함을 단순화시킬 우려가 있다. 어쩌면 백석의 시를 페시미즘이나 운명론으로 읽는 것 역시 이와 같은 민족문학의 성근 체로 걸러낼 수 없는 작품들이기에 자의적으로 행하는 평가인지도 모른다.

민족문학의 틀 안에서 백석을 보는 관점은 백석의 시 세계가 지닌 폭과 깊이를 제한한다. 더욱이 백석은 '순정한 모국어의 정신'이라는 구호로 소비되고 말기에는 너무도 넓고 깊다. 전집이 처음 나온 이때로부터 30년이 지난 지금 우리는 백석의 시를 민족문학의 테두리를 넘어 문학의 보편 미학이란 넓은 지평에 풀어놓아야 한다. 하여 백석의 시가 특정한 하나의 관점이 아니라, 어떤 다양한 척도로도 자신만의 옹골찬 벼리를 너끈히 입증할 수 있음을 문학비평이나 연구가 앞질러 혹은 뒤늦게나마 보여주어야 할 것이다.

이 책은 전적으로 백석의 시를 경애하는 평범한 독자의 감수성에 바탕을 두고 있다. 다만 '아, 좋다!'는 감탄에 그치지 않고, 왜 좋은지 그 까닭을 나름 밝혀 보임으로써 백석 시에 한 걸음 더 가깝게 다가서고자 한다. 하여 백석 시의 생소함과 낯설음이 백석 시의 아름다움과 정결함을 입증하는 근거로 슬쩍 뒤바뀌기를 바라는 마음이다. 나아가 백석 시뿐만 아니라 백석 시를 징검돌 삼아 우리네 풍성하고 결 고운 시들을 보는 눈이 한결 넉넉하고 깊어지기를 바란다.

2. 시, 내던져진 존재의 자기 증명

백석의 방언주의는 민족 주체성의 확보와 모든 동족 사물들 사이의 관계의 합일에 목표를 두었고, 그 목표의 문학적 실현을 위하여 그는 자신의 시 정신을 불태웠다. 따라서 우리는 앞으로 백석의 이름 앞에 민족 시인이라는 칭호를 마땅히 붙여서 그를 경배해야 할 의무를 지닌다.

—이동순*

1.

중고등학교 시절 시나 소설을 공부할 때 가장 먼저 받아쓴 것은 언제 태어났고, 언제 생을 마쳤는지 하는 ( ) 속의 생몰 연대였다. 몇 년에 태어나 몇 년에 죽었다거나 북한으로 납북되거나 월북하여 언제 죽었는지는 모르는 경우 '?'를 남겨야 했다. 그러고 난 다음 고향이 어디며, 별호가 무엇이고, 어느 학교에 다녔으며, 어떤 작품으로 등단했는지 등을 받아 적었다. 더 나간다면 작품의 특성이 무엇인지 초기, 중기, 후기 등으로 나누어 정리된 설명을 암기하기까지 했다. 물론 지금은 누구도 이런 식으로 문학 공부를 하지 않는다. 수능을 치르면서부터 문학사적 지식이 언어 능력의 이해에 전혀 도움이 되지 않는다는 근거로.

그러나 곰곰 생각해 보면 이들 정보 가운데 약력만큼은 작품을 이

* 이동순(1986), 「민족시인 백석의 주체적 시정신」, 『백석시전집』, 창비, 167쪽.

해하는 단초가 된다. 특히 현대를 산 작가의 경우 그가 언제 태어났고, 언제 작고했는지는 작품들의 미로를 헤맬 때 놓치지 말아야 할 '아리아드네의 실타래'와 같은 것이다. 이 실타래는 그가 한 시대를 어떻게 인식했고, 어떤 시대적 과제와 맞서려고 했는지, 그리하여 어떻게 작품으로 대응하고자 했는지를 가늠케 해 준다. 문제는 생몰연대를 작품과 어떤 연관 없이 그저 흩어진 개별 지식으로 암기하는 것이지 그 약력의 문화사적 의미, 개인적인 의미, 작품과의 연관을 섬세하게 살피는 것까지 무의미한 것은 아니다. 자칫 문학적 지식 모두를 쓸모없다고 버리는 것이야말로 목욕물과 함께 아기까지 버리는 것이다.

> "백석은 1912년 평안북도 정주군 갈산면에서 부친 백시박과 모친 이봉우의 3남 1녀 중 장남으로 태어났다."

이 짧은 문장 속에는 한 시인의 운명을 옥죄고 있는 수많은 씨줄과 날줄이 거미줄처럼 얽혀 있다. 하이데거M.Heidegger의 말에 따르면 인간 존재는 '피투성Geworfenheit'으로 존재한다. 모든 존재는 스스로 선택한 삶이 아닌, 이 세상에 불쑥 내던져진 존재라는 것이다. 이 '피투성'이야말로 인간 존재의 실존이다. 누구도 비껴갈 수 없는. 누구는 왕족으로, 누구는 비천한 백정의 아들이나 무녀의 딸로, 누구는 아프리카 오지에, 누구는 식민지 조선의 경성에 던져지는 것이다. 백석은 1912년 평안북도 정주에 부친 백시박과 모친 이봉우의 장남으로 이 세상에 내던져진 것이다.

백석은 1912년에 태어났다. 그가 태어나기 이태 전 조선은 일본에

병탄되었다. 이미 1905년 러일전쟁의 승리를 발판으로 삼아 을사늑약을 강제적으로 맺고 조선의 외교권을 박탈한 시점부터 실질적인 일제 강점기가 시작된다고 한다면 1912년 즈음은 일본 제국주의의 지배가 현실적으로 민중적 삶의 세부에까지 작동하기에 충분한 시점이다. 백석은 태어나면서부터 일제 강점기의 지형 위에서 시를 써야만 했다. 그가 내던져짐과 동시에 그의 시 또한 식민지 조선에 내던져진 것이다.

백석은 1935년에 시 「정주성」을 처음 발표한 이래 1941년 『문장』과 『인문평론』에 「흰 바람벽이 있어」, 「두보나 이백같이」를 썼다. 그리고 1948년 「남신의주 유동 박시봉방」을, 실물을 확인하지는 못했지만 동시집 『우리 목장』*을 1961년에 출간하였고, 1962년 시 「조국의 바다여」와 동시 「나루터」를 마지막으로 발표했다. 이렇게 보면 그의 주요한 시작 활동 대부분은 일제 강점기에 이루어진 것이라 할 수 있다. 북한에서의 활동을 아직은 제대로 전모를 알 수 없기에 잠정적으로 밀어두면 백석이 시를 쓴 시기는 고작 10년을 조금 넘는 기간이었을 따름이며, 그 10년은 온전히 일본 제국주의의 수탈과 폭압이 노골적으로 자행되던 시기였다. 백석의 시는 식민지 조선을 씨줄로 삼고 있었다.

그는 식민지 조선, 그 가운데 평안북도 정주군 갈산면에서 태어났다. 평안북도의 대표적인 지역 중 하나인 정주는 야트막한 산들로 둘러싸였으나 서해와 잇닿아 있어 평야 지대를 이루고 있다. 산나물과 정주미, 해산물 등 두루 물산이 풍부한 지역이었다. 그리고 갈산면은 애초 갈지면과 오산면을 합쳐 새롭게 개편된 행정구역이었으며, 그의

* 백석의 동시집이라고 알려진 『우리 목장』은 거론만 될 뿐 작품이 발굴되지는 않았다.

집 익성동 1013번지 바로 코앞이었던 익성동 940번지에는 오산학교가 자리잡고 있었다. 만세운동 때 33인의 한 사람인 이승훈이 1907년 설립한 오산학교는 민족학교로 이름났다. 설립한 뒤 1915년부터 김소월이 다녔던 학교이며, 안서 김억이 교편을 잡고 있기도 했다. 독립운동가인 조만식, 홍명희 등 걸출한 인물이 한때 교장으로 있던 학교이기도 했으며, 1919년 3·1운동 당시에는 학생들이 대규모로 시위에 참여하였기에 일제는 교사들을 구금하고 학교 교사校舍를 전소시켜 버릴 정도로 핍박을 가하기도 했다. 더욱이 백석의 아버지 백시박은 오산학교가 설립한 이래 기숙사 신축을 위한 기부금을 내기도 하고, 학교 강당 설립을 위한 비용을 모으는 책임자로 동분서주하기도 했다. 그런 와중에도 그는 사진에 조예가 깊어 1930년대 즈음에는 경성에서 '조선일보사'의 사진부 촉탁으로 일했다고 한다. 그저 식솔들을 건사하기에 급급했던 가장이 아니라 활달하게 사회적인 일에 참여하고 새로운 문물의 수용에도 적극적이었던, 이른바 얼리 어댑터였던 셈이다. 그의 이러한 인연으로 장남인 백석은 아주 이른 나이인 일곱 살인 1918년 오산소학교를, 열세 살에 중등 과정인 오산학교를 입학하고, 학제가 개편된 다음 오산고보를 1929년 졸업한다.

백석이 정주에서 태어나고 뛰어난 문인을 배출한 민족학교인 정주의 오산학교에서 학창 시절 전부를 보냈다는 것은 그의 내면 의식을 미루어 짐작할 수 있게 한다. 그는 지역어인 평안도 방언을 적극적으로 시 창작에 끌어들이고, 그곳에서의 생활 풍속들을 재현하는 데 공을 들였다. 그리고 해방된 이후에도 38도선이 막히기도 했지만 경성으로 남하하지 않은 채 정주에 머묾으로써 결국 북한의 체제와 갈등을 빚고 아주 외진 삼수군으로 쫓겨가 양치기로 만년을 보내기에 이른다. 그러니 백석의 고향 정주는 백석 문학에 비옥한 토양을 제공한 한편 해방 이후 정치적인 유폐를 겪게 만든 운명적인 공간이기도 했다. 이처럼 자신의 문학과 삶에 깊은 자취를 남긴 정주에 백석은 내던져진 것이다. 정주는 또 다른 백석 시의 날줄인 셈이다.

• 아오야마青山학원 유학 시절의 백석

2.

하이데거는 인간이 처한 어처구니없는 실존을 논의하면서 '피투성'을 이야기하는 한편, 그럼에도 그 실존에 대한 자각과 함께 그것을 끌어안고 또 넘어서서 주체를 세우고자 하는 '기투Entwurf'라는 용어를 제안하고 있다. 1912년 정주가 백석이 내던져진 상황이라면, 그의 삶, 그의 문학, 그의 시는 이른바 그의 기투인 것이다.

백석이 처음 발표한 시는 「정주성定州城」이다. 1935년 8월 31일 『조선일보』. 스물네 살. 늦지도 빠르지도 않은 나이였다. 직전 해에 『조선일보』 출판부에 취직을 하고, 계열사인 『여성』지의 편집 일을 하던 그로서는 자연스럽게 얻을 수 있는 발표 지면이었다. 그런데 사실 이듬해 1936년 1월에 시집 『사슴』의 출간을 내심 앞두고 있었기에 단순히 처음 쓴 시는 아닐 것이다. 시집을 내기 위해 써둔 작품 가운데 한 편을 슬쩍 선보임으로써 세간의 반응을 앞질러 엿보고자 했을 것이다.

그리고 어떤 등단의 절차도 없이 이렇게 유수한 지면에 작품을 내밀어 보일 수 있었던 것은 『조선일보』 지면과의 관계 때문이라기보다 그가 이미 1930년 조선일보가 주관한 '신년현상문예'에 「그 모母와 아들」이란 단편소설로 당선된 기성 작가였기 때문이다.

백석은 오산고보를 졸업한 후 1929년 한 해 동안 심혈을 기울여 소설을 쓴다. 그의 나이 열여덟이었고 당선되고 발표된 것은 열아홉 나이였다. 이 소설이 『신년현상문예』에 당선되며 사실상 그의 인생이 바뀌었다. 정주에서 금광으로 크게 부자가 된 동향 사람, 방응모의 후원으로 4명의 장학생 중 한 사람으로 선발된 것이다. 그 덕분에 백석은 동경에 있는 아오야마青山학원으로 유학, 1930년부터 4년 동안 영문학을 전공하게 된다.

백석이 처음 쓴 소설 「그 모母와 아들」은 바람난 과부의 이야기*다. 지금으로서는 상상도 할 수 없는 나이에 소설을 썼다니. 그러나 더러 일찍부터 두각을 드러낸 작가들이 없지 않다. 그런데 그 내용이 바람난 과부의 이야기라니. 서술의 특성이나 인물의 묘사 방식을 보면 남다르다는 것을 너끈히 알 수 있다.

작품 속 과부는 자식들을 여럿 두고 먹고살기가 난감해져 몰래 이웃집 부자와 통정을 하고, 끝내 아이까지 낳는다. 아들은 그저 지켜볼 수밖에 없는 처지에서 어머니의 부정을 못 견뎌 하다 마침내는 버림받은 어머니와 자신의 아버지 다른 동생을 받아들이는 것으로 이야기는 마무리된다. 이 작품의 갈등이 윤리적인 것이라면 당연 과부를 중심으로 과부의 내적 갈등과 마을 사람이나 아들을 대척에 둔 과부의 외적

---

* 남지현(2018), 「백석 소설 「그 모와 아들」 연구」, 『현대소설연구』 69호.

갈등이 서사의 중심축이어야 할 것이다. 그러나 작품의 초점은 윤리적이라기보다 '가족'에 집중한다. 제목에서도 알 수 있듯 '모와 아들'의 관계가 중심이며, 가족의 질긴 끈은 사건 이후에도 면면히 유지되고 있다. 백석의 관심이 새로운 문화가 아닌 낡은 전통적인 문화이며, 그 문화의 윤리적 측면에 대한 비판과 함께 외면할 수 없는 가족애의 승인이란 점은 특이하다.

이와 같은 주제 의식을 한껏 더 밀고 나간 작가로는 백석보다 10년을 앞서 등단한 현진건이 있다. 근대문학의 초입에서 10년은 온갖 실험과 모색이 치열하게 이루어진 시기로 현진건은 백석보다 한 세대 앞선 작가이다. 그의 작품 「정조情操와 약가藥價」에서 아내는 병든 남편을 살리기 위해 한의사를 집으로 부르고, 약값 대신 정조를 바친다. 그러기를 거듭하며 이윽고 남편의 건강을 되찾게 만든다. 다시 건강한 몸으로 회복된 것이 마냥 좋아 시시덕거리며 자신을 배웅하는 부부를 두고, 한의사는 '짐승 같은 것들'이라며 내심 비난하며 부부를 떠나는 이야기다. 이 이야기는 정조라는 윤리적 이데올로기보다 삶과 죽음, 부부의 신뢰와 애정 등이 한결 더 소중한 덕목임을 여실히 보여준다. 죽음을 앞둔 남편을 살리기 위해서라면 정조 따위 아무런 소용이 닿지 않음을 두 주인공은 선연하게 체현해 보인다.

물론 백석의 작품은 이처럼 예각화되어 있지는 않다. 현진건에 비할 때 산문적인 날카로운 면모보다 백석은 무어라 딱 집어 말하기 힘든 폭넓은 정서의 형상화에 주력한다. 과부가 겪는 마음의 혼란, 그 모의 아들이 겪는 이러지도 저러지도 못하는 심리적 갈등이 한결 잘 포착되고 있다. 그럼에도 넓은 자장 속에서 현진건의 작품과 백석의 작품은 다를 바가 없다. 그의 작품에는 그래도 살아내야 한다는 보편적인 정언이 어쩔 수 없는 가족의 용서와 화해 속에 자리 잡고 있다. 그 가족 공동체, 마을 공동체에 대한 애착은 이후 백석의 시에 원형으로 존재하는 가족 공동체, 민족 공동체의 면모로 안착한다.

이처럼 소설은 아무리 피해 가려고 해도 작가의 세계인식이 드러날 수밖에 없다. 그것이 산문의 특성이자 본질이기 때문이다. 그런데 소설 「그 모와 아들」과 조응하는, 봉건적 윤리를 정면에서 다루고 있는 시가 있다. 게다가 시적 대상이 대상이니만큼 백석의 시에서는 보기 드물게 미묘한 냉소가 묻어나는 작품이다.

정문촌旌門村

주홍칠이 날은 정문旌門이 하나 마을 어귀에 있었다

'효자노적지지정문孝子盧迪之之旌門'— 먼지가 겹겹이 앉은 목각木刻의 액額에
나는 열 살이 넘도록 갈 지 자字 둘을 웃었다

아카시아꽃의 향기가 가득하니 꿀벌들이 많이 날아드는 아침
구신은 없고 부엉이가 담벽을 띠쫗고 죽었다

기왓골에 배암이 푸르스름히 빛난 달밤이 있었다
아이들은 쪽제비같이 먼 길을 돌았다

정문旌門집 가난이는 열다섯에
늙은 말꾼한테 시집을 갔겄다*

정문은 솟대처럼 표식을 달아둔 것이다. 예전 고려조에는 왕이 잠시 기거하는 곳에 정문을 걸었다고 한다. 범접하지 말란 뜻이었다. 그러다 조선에 이르러 충신, 효자, 열녀 등에게 왕이 친히 귀감을 삼으라고 지정해 주곤 했다. 홍살문이라고도 불렀던 그 정문이 마을 입구에서 있음을 밝히며 시는 시작된다. 그러나 정문은 이미 '주홍칠이' 낡았고 액자에는 '먼지가 겹겹이 앉'았다. 낡았을 뿐만 아니라 유교의 이념을 선포하던 위세 또한 희화화의 대상이 되어버렸다. '효자 노적지의 정문'에 첫 번째는 '갈 지之', 두 번째는 '어조사 지之'가 연이어 나온 것을 두고 화자는 웃어댔다고 회상한다. 겉으로 보아 아침에는 꽃향기 가득하고 벌들이 잉잉대며 날아들지만 속을 파헤치고 보면 밤새 인적은 적요하고 부엉이가 머리를 쫑고 죽기도 한다. 교교한 달밤에는 푸르스름한 빛을 내는 뱀이 기어 다닌다. 쇠락한 풍정이다. 죽음과 뱀은 무서움을 불러일으키고 아이들은 뱀을 피하는 족제비처럼 정문을 피해 먼 길을 돌아다닌다. 그리고 쇠락한 것은 정문과 정문을 둘러싼 풍경만이 아니다. 백석은 풍경을 그저 풍경만으로 남겨두지 않는다. 정물에도 사람의 체온, 사람들 사는 모습을 슬쩍 끼워 넣는다. 그렇게 끼워 넣은 작은 온기는 화면 전체를 장악하고 풍경의 색조를 명료하게 지배한다. 효자 노적지의 손녀, 아니면 그보다 더 까마득한 후손인 여식 '가난이'는 고작 열다섯 나이에 늙은 말꾼에게 시집을 갔다는 것이

* 날은: 낡고 바랜, 띠쫗고: 들이쪼고

다. 여기에서 종결형은 앞의 연들에 차례로 제시되었던 평범한 과거의 종결형이 아니라 '갔것다'라는 비아냥거리는 어조를 함께 새겨 넣는다. 객관적인 제시를 넘어 시적 화자의 관점을 가벼운 터치로 남겨둔다. 아주 인상적으로. 백석에게, 그리고 이 땅을 살아가는 민중에게 유교적 이념은 도무지 경외할 만한 여지를 조금도 남겨두지 않고 있는 것이다.

이 시는 보기 드물게 백석의 주의, 주장이 선명하게 드러난 작품이다. 그는 정문으로 표상되는 이 낡고 무거운 이념이 내키지 않았음이 분명하다. 대신 백석은 「그 모와 아들」이 마침내 도달하는 혈연과 지연의 공동체, 그 공동체를 묶어주는 것이 삶의 본연이지 그까짓 윤리적 도덕률이 아님을 보여주고 싶었는지 모른다.

3.

문화비평가로 잘 알려진 레이먼드 윌리엄스R.Williams는 당대 문화의 층위가 셋으로 이루어져 있다고 했다. 하나는 사라져가는 옛 문화의 흔적, 그리고 현재의 지배적인 문화, 나아가 다가올 대안적인 미래의 문화가 그것이다. 윌리엄스는 이 세 겹의 문화가 서로 충돌하고 아웅다웅하며 현재의 문화적 발전을 견인한다고 했다.

그럴진대 백석이 처음 쓴 소설이 스러져가는 옛 문화의 퇴적에서 끌어낸 것이라는 점은 주목할 만하다. 기실 작가에게 첫 작품은 오래오래 묵혀온 원형이기도 하지만 앞으로 내딛는 첫 발자국이란 점에서 의미심장하다. 스무 살 청년기에 이르기까지가 적어도 피투성으로서의 존재를 실감하는 시기라면 그 이후 작품을 창작한다는 것은 피투성을 끌어안고, 나아가 그것을 넘어서고자 하는 기투에 해당한다. 그럴진대 그 기투의 첫걸음을 백석은 대안적인 문화나 현재의 지배적인 문화 대신 옛 문화의 퇴적물에서 이야깃거리를 찾아냈다. 그리고 찾아낸 옛것이 조선조 5백 년을 버틴 유교적 이념이 아니라 그보다 더 근본에 놓여 있는 인간의 본원적인 삶이었다. 그렇다면 그에게는 식민지 현실 역시 또 다른 이데올로기의 일종일 뿐 삶의 근원적인 위협이라고 여기지는 않았을지도 모른다. 그가 굳이 식민지 현실과 공공연하게 맞서지 않은 것도 현실을 외면하거나 회피한 것이 아니라 그의 내면에 도사린 근본주의적 정향에 기인하는지도 모른다. 그가 일제 강점기라는 시대, 평안북도 정주라는 공간 속에 내던져졌다는 피투성을 운명적으로 수긍하는 대신 그가 자신의 실존을 입증하기 위해 기투를 감행한 것은 현실과의 맞대응이 아니라 한층 근원적인, 삶의 근본적인 진실을 드러내고자 함이 아니었을까? 백석의 기투는 현실과 맞서는 것이 아닌, 원래 있어야 할 인간의 모습을 재구하고 복원하는 것이 아니었을까? '예술과 혁명이 가는 길은… 처음 시작했던 삶을 되돌리려는 안간힘'*이라고 했듯 백석에게 시란, 문학이란 처음의 삶으로 되돌리려는 안간힘이 아니었을까? 이는 머지않아 익히 잘 알던 평안도 정주의 토속적인 세계와 새롭게 겪어낸 경성이나 동경의 모던한 세계, 그 사이의 무언가를 선택해야 했을 때 그가 무엇을 선택할지를 앞질러 보여주는 것이기도 하다. 적어도 백석이 첫 시집 『사슴』에서 선택한 것은 삶의 본원적인 모습이었다. 그 면모를 우리는 처음 발표한 시 「정주성」에서 예감할 수 있다.

* 황석영(2000), 『오래된 정원 · 하』, 창비, 298쪽.

정주성定州城

산山턱 원두막은 비었나 불빛이 외롭다
헝겊 심지에 아주까리 기름의 쪼는 소리가 들리는 듯하다

잠자리 조을든 무너진 성城터
반딧불이 난다 파란 혼魂들 같다
어데서 말 있는 듯이 커다란 산山새 한 마리 어두운 골짜기
로 난다

헐리다 남은 성문城門이
하늘빛같이 훤하다
날이 밝으면 또 메기수염의 늙은이가 청배를 팔러 올 것이다*

형식적으로 볼 때 이 시는 정제되어 있지 않다. 우선 연의 구분이 종잡을 수 없다. 첫 번째 연이 '산턱 원두막'이고, 두 번째 연이 '성터', 세 번째 연이 '성문'으로 점차 집약되고 구체화된다. 그러나 여전히 두 번째 연의 경우 '커다란 산새 한 마리'는 앞 행의 '파란 혼들 같다'의 날카로운 비유와 짝을 이루지 않는다. 1연의 '원두막', '불빛', '헝겊심지', '아주까리 기름', '쪼는 소리'로 점차 구체화되는 놀라운 응축과도 상응하지 않는다. 3연에 '하늘빛같이 훤하다'에 이어지는 비유가 없는 것도 아쉽다. 그럼에도 '파란 혼', '하늘빛', '청배' 등으로 이어지는 어

* 말 있는 듯이: 말소리가 들리는 듯이, 한울: 하늘

둠속 푸른 색채 이미지는 상징적이다. 동이 터오는 여명의 빛을, 새로운 시작을 의미한다.

더러 식민지 시대 시인들의 시를 보노라면 시편마다 편차가 아주 크다. 잘 정돈된 빼어난 시편들이 있는가 하면 어딘지 서툴고 소박한 느낌을 주는 작품들 역시 곳곳에 산재해 있다. 습작기의 작품이라고 할 법한 것들이 걸러지지 않은 채 서둘러 시집에 엮인 탓이다. 백석의 첫 번째 시집도 그와 같은 혐의를 말끔히 지우기는 힘들다. 문학사에 휘황하게 남은 시인이라고 해서 모든 시편들이 한결같이 고매하고 비의를 숨겨두었으리라 생각되지는 않는다. 평범한 범작도 있을 수 있고 헝클어진 태작도 더러 섞여 있을 터이다.

더욱이 유종호 선생은 백석 시와 다나카 후유지田中冬二의 시가 갖는 동질성을 언급하기도 했다. 고작 스무 살을 막 넘긴 대학생이었던 백석이 당대 일본 시인들의 영향을 받았음직도 한 것은 자연스럽다. 백석의 이름자에 들어가는 돌 석石자 역시 좋아하는 시인 이시카와 다쿠보쿠石川啄木의 이름에서 따왔다고 한다. 그런데 이시카와 다쿠보쿠의 다음 시를 보면, 백석이 좋아한 까닭을 쉬 짐작할 수 있다.

> 소리도 없이
> 눈 내려 쌓이는
> 겨울밤
> 숲속의 외딴집에, 늙은 그대가
> 오직 혼자 있다고 생각해 보오

—「겨울밤」 부분.*

'오직 혼자 있'는 '늙은 그대'에 대한 애연함은 다쿠보쿠만의 감정은 아닐 것이다. 어쩌면 마음이 온유한 모든 이들이 느낄 법한 감정이며, 좋은 시인이라면 누구나 지니는 감정이 아니었을까? '외롭고 높고 쓸쓸한' 것에 보내는 애가를 노래했던 백석이기에, 침략국 일본의 시인으로 겪는 내면적 고통을 지고, 경제적 궁핍 속에서 살다 26살 복막염으로 죽은 시인에 대한 마음이 어떠했을지 짐작할 수 있다. 더욱이 그는 이후 하이쿠로 발전하는 전통적인 일본 시가 형식인 단가를 활용하여, 이미지의 비약과 의외의 결말을 능숙하게 구사함으로써 역시 백석 시와의 친연성을 엿보게 한다.

동쪽 바다의
아주 조그만 섬
백사장에서
나 울다 젖은 채로
게와 어울려 노네

— 이시카와 다쿠보쿠, 『한 줌의 모래』**

어떤 연유인지 시적 화자는 작은 섬 백사장에서 울고 있다. 눈물에 젖고 바닷물에 젖은 이는 오래지 않아 자신이 어디에, 왜, 이렇게 있는

* 이동순(1999), 「시인 백석과 그의 정신적 스승 이시카와 다쿠보쿠」, 『월간조선』 4월호에서 재인용

** 이어령(2008), 『축소지향의 일본인』, 문학사상사에서 재인용

지도 까맣게 잊고 '게와 어울려' 놀고 있다. 애초 산다는 일이란 그런 법이다. 지독한 비애 속에서도, 슬픔의 격랑 속에서도 저무는 노을의 아름다움에 취해 눈을 반짝이는 법이다. 그러니 이 짧은 소품은 삶의 한 자락을 효과적으로 펼쳐 보이고 있음에랴.

이시카와 다쿠보쿠의 비극적인 삶과 달리 백석이 영향을 받았다는 다나카 후유지田中冬二는 아흔 가까이 살았으며, 평생을 은행원으로 정년까지 근무하였다. 당대 시인으로서는 보기 드문 이력이다. 그의 시는 생활에서 길어 올린 감정을 절제된 언어로 노래했다.

마른 가자미 굽는 냄새가 나는
고향의 호젓한 점심때다.

널기와 지붕에
돌을 얹어 놓은 집들
가녀리게 마른 가자미 굽는 냄새가 나는
고향의 호젓한 점심때다

휑하니 하얀 거리를
산 눈 팔이 행상이 혼자서 가고 있다.

—「고향에서」 전문*

유종호 선생은 '구체적인 세목이나 제재에 유사성이 있는 것은 아

* 유종호(2019), 『작은 것이 아름답다』, 민음사에서 재인용

니'라고 전제하면서, '향토색 짙은 지방 정경이나 먹을거리의 빈번한 시적 처리'를 근거로 '두 시인의 근친성'을 피력*한다. 그러나 시적 발상이란 측면에서는 오히려 다나카 후유지의 「고향에서」와 백석의 「정주성」이 더 한층 친연성이 깊다.

그러나 두 시만 비교하더라도 백석의 시가 시각적인 이미지에 치중하는 반면 다나카 후유지의 시는 후각에 압도적인 우위를 부여한다. 그리고 일본시 특유의 건조한 묘사로 시종하나 백석의 시는 비교할 수 없을 정도로 정서적인 울림이 크다. 그럼에도 산에 얼어붙은 눈을 가져다 파는 '산 눈 팔이 행상'과 '메기수염의 늙은이가 청배를 팔러 올 것이다'라는 종결은 놀라우리만치 흡사한 연상이다. 흡사하다는 것은 마른 가자미 굽는 냄새가 나는 집과 산 눈 팔이 행상의 사이, 헐리다 남은 성문과 메기수염의 늙은 행상 사이에 각기 놓인 상상력의 거리가 가깝다는 것이다. 물론 그 유사성을 근거로 백석과 다나카 후유지의 시들이 영향 관계에 있다고 말할 수는 없다. 전적으로 다른 작품이기 때문이다. 오히려 백석의 시가 형식적인 불안정에도 불구하고 훨씬 더 정서적 심도가 깊다. 마치 원근법과 명암의 대조를 통해 그림이 깊이를 얻듯 백석의 시는 시야의 원근법과 색의 농담을 적절히 안배함으로써 비교할 바 없이 심도를 갖춘 한 편의 시를 길어 올리고 있다.

백석은 무너진 성터를 노래하기 위해 먼저 먼 곳의 원두막을 소환한다. 시야에 가릴 것이 없기에 성터 넘어 멀리 산 중턱 원두막까지 보인다. 그 원두막에 불빛이 외따로 반짝인다. 헝겊심지, 아주까리 기름 쪼는 소리 등 첫 연의 묘사는 정교하고 치밀하다. 전경을 펼쳐 보인 다음

* 유종호(2019), 같은 책, 20-21쪽.

점차 줌인zoom-in하여, 헝겊 심지에 기름이 빨려 들어가는 소리에까지 최대치로 응축해 들어간다. 두 번째 연에서 다시 시선은 '무너진 성터'로 옮겨 오고, 고적한 낮의 풍경이 저물고 '파란 혼들'의 조심스러운 군무처럼 '반딧불이 난다.' 그리고 두런거리는 기척이라도 들은 양 '크다란 산새' 한 마리 성터에 깃들지 못하고 떠난다. 쓸모없이 버려진, 기괴한 혼들이 떠다닐 법한, 새조차 하룻밤 둥지를 틀지 못한 채 떠나는, 쇠락한 성터의 모습이 빛과 어둠, 음영 속에서의 거친 움직임 등으로 풍경의 을씨년스러움을 극대화한다. 세 번째 연에서 다시 시선은 성터의 한쪽, 성문으로 옮겨간다. 상대적으로 형체가 뚜렷한 만큼 어둠 속에서도 훤하게 보인다. 그나마 남아 있는 성문은 하늘빛으로 빛난다. 모든 사라지는 것들은 흔적을 남기듯, 아직 완전히 소멸하지 않은 채 자신의 존재를 증명해 보이는 것이다. 하여 다시 일상의 세계를 되찾는 아침이 오면, '또' 삶은 어제가 그랬고 내일이 그러하듯 그 무너진 터전 위에서 이어지리라는 것이다. 쇠락한 성터, 그래도 남아 있는 성문, 그 앞으로 '청배를 팔러 오'는 늙은이. 이들 시적 대상에 대한 묘사만으로 백석은 식민지 조선의 삶의 풍정 한 자락을 견고하게 형상화하고 있는 것이다. 어떤 비극적인 상황에 내던져질지라도 삶은 이어갈 수밖에 없음을.

이는 백석 시의 모자라지도 넘치지도 않는 맞춤한 첫출발이 아닐 수 없다. 오로지 백석이기에 가능한 기투이기에 영향의 유무를 따지는 것이 무색하다.

4.

백석은 암울한 시대에 태어났다. 경성에서 한참을 떨어진 북방, 정주에서 태어났다. 그나마 교육열이 높은 아버지를 만난 덕분에 오산학교를 이른 나이에 들어가 그곳에서 고등학교까지 졸업한다. 그리고 그 학교를 감싸고돌던 아우라aura인 조선의 독립과 조선의 문학 가운데 그는 문학을 선택한다. 문학으로 기투하고자 한다. 앉는 자리도 한번 훔치고서야 앉을 만큼 결벽증이라 의심될 정도로 깔끔한 성품의 그가 사람들 사이의 좌충우돌을 저어했기에 선택지는 많지 않았을 것이다.

오산고보를 졸업한 후 처음 그가 기댄 문학적 장르는 소설이었다. 그러나 동시대의 작품과 비교할 때, 그의 소설은 그리 눈에 띄는 작품은 아니었다. 1930년은 이미 단편소설의 전통이 확립되고, 이기영의 『고향』을 비롯한 장편소설들까지 제 모습을 찾아가던 시기였다. 물론 백석의 소설은 고답적인 줄거리에도 불구하고 윤리를 넘어서는 육친에 대한 승인을 담고 있다는 점에서 이채롭다. 그러나 이 소설은 그에게 '신년현상문예'의 당선이란 영예를 안겨 주며, 이를 기화로 고향 갑부인 방응모의 후원으로 일본 아오야마靑山학원으로 유학길에 오른다.

4년 동안 영문학을 공부하면서 그는 당대를 풍미하던 영국의 시문학에 경도되었으리라. 사실 영문학에서 근대문학은 소설의 경우 월터 스콧W.Scott과 찰스 디킨스C.Dickens를 제외하면 상대적으로 위축된 장르였던 반면 시의 경우 워즈워스W.Worsworth, 콜리지S.Coleridge, 바이런G.Byron, 셸리P.Shelly, 키츠J.keats 등 낭만주의 시문학이 우위를 점하고 있었으며, 에즈라 파운드E.Pound나 엘리어트T.Eliot 등의 이미지즘 시가 새롭게 부각되던 시기였다. 그가 시에 관심을 기울이고 나아가 동시대 일본 시인들의 시를 탐독한 것은 아주 자연스러운 행로였을 것이다.

그리고 그런 그가 시 창작을 시도했을 때 가장 먼저 떠올린 것은 평안북도 정주라는 자신의 또 다른 정체성, 피투성의 또 다른 한 축이었을 것이다. 그리고 이미 소설에서 그 가능성을 확인한 바 있었다. 토속적인 배경 속에서 면면히 이어지는 삶의 본질을 포착한 바 있던 백석에게는 시 또한 근본적인 정신의 기조는 다르지 않았다. 그는 전근대와 근대, 토속적인 것과 새로운 것, 민족적인 것과 외래적인 것이 충돌하고 뒤섞인 시대에 무게 중심을 전근대, 토속, 민족적인 것에 두고자 한다. 그리고 방법론으로 근대, 새로운 것, 외래적인 것을 수용함으로써 기법의 기능을 전복적인 방식으로 활용하였다. 그것이 그가 문학으로 기투한 방식이었다.

그것이 성공적이었는지는 이 초입에서 단정짓기는 어렵다. 다만 그 첫출발인 「정주성」으로 미루어 볼 때, 백석의 시편들은 감상적인 소회를 털어버리고 객관적인 묘사에 집중하며, 날카로운 비유를 통한 주제의 형상화에 어느 정도 성공하고 있다는 점이다. 어쩌면 『사슴』 이후의 눈부신 시작詩作을 생각할 때, 그가 없는 한국의 현대 시사는 감히 떠올리고 싶지도 않을 만큼 구멍 난 자리가 휑하리라는 것만은 분명하다. 그런 만큼 그의 기투는 적실했고 또 아름다웠다.

3. 언어로 그린 소묘

시집 『사슴』의 세계는 그 시인의 기억 속에 쭈그리고 있는 동화와 전설의 나라다. 그리고 그 속에서 실로 속임 없는 향토의 얼굴이 표정한다. 그렇건마는 우리는 거기서 아무러한 회상적인 감상주의에도, 불어오는 복고주의에도 만나지 않아서 더없이 유쾌하다.

백석은 우리를 충분히 애상적이게 만들 수 있는 세계를 주무르면서 그것 속에 빠져서 어쩔 줄 모르는 것이 얼마나 추태라는 것을 가장 절실하게 깨달은 시인이다. 차라리 거의 철석의 냉담에 필적하는 불발한 정신을 가지고 대상과 마주한다.

—김기림*

1.

지금도 전혀 나아지지 않았지만 예전 미국에서 잠시 지내던 시절 나의 영어는 형편없는 지경이었다. 한국에서야 다 똑같이 못 하는 영어니 못 한다고 주눅들 일이 결코 아니다. 그런데 외국에서는 그 사람의 언어가 어눌하면 그이들은 생각도 어눌한 줄 안다. 대놓고 그러지는 않았지만 바보가 아닌가 고개를 갸우뚱거리거나 대놓고 아기 취급을 한다. 그래서인지 그곳에서의 생활은 결코 행복하지 않았다. 오죽했으면 집으로 돌아온 첫날의 일기 제목이 '마음을 놓다'였을까. 그동안 내

* 「『사슴』을 안고」, 『조선일보』, 1936.1.29.

려놓지도 못하고 안절부절 쭉 들고 있던 마음을 그제야 턱 내려놓을 수 있었다. 아무런 생각 없이 입만 열면 저절로 말이 되는 모국어는 또 얼마나 놀랍고 신기했는지.

영어만큼 안 되는 일이 또 하나 있다. 그것은 그림이다. 그림은 읽는 것도 어렵다. 나는 아직도 구도가 무엇인지 잘 모른다. 아주 단순하고 소박한 그림이 먼 길을 에둘러 온 궁극의 단순함인지 애초 출발점에서 머뭇거리는 어설픈 소박함인지 알 길이 없다. 그렇지만 정말 어려운 것은 그림을 그리는 일이다. 소묘를 가르치는 책을 한 권 사서 스케치라도 조금 하면 어떨까 생각했지만 제일 앞에 나오는 가로세로 선 긋기만 하다 번번이 덮고 말았다. 그래서 화가들만 보면 부럽다. 이번 생은 글렀지만 다시 태어나면 화가가 되어야지 생각하기도 한다. 그래서 괜스레 어깃장을 놓던 때도 있었다.

'그대들은 문학을 몰라. 그림책만 봐도 그래. 왜 글과 그림을 혼자서 다 하려고 그래? 그건 인문학적 훈련을 함께 쌓은 외국의 그림책 작가들에게나 가능한 일이야. 우린 누에가 뽕잎을 먹듯 왕성하게 책을 먹어치워야 했던 청소년 시절엔 그저 데생만 주구장창 했잖아. 세상사의 견문을 마구 넓혀야 했던 대학 시절에는 술만 퍼먹었고. 그러니 어찌 이야기가 나올 수 있겠어. 이야기가 부족한 그림책은 진짜 그림책이 아니지.'

그러나 지금은 우리의 화가들이 그렇게 주구장창 했던 데생, 소묘가 우리네 그림책 작가들의 가장 큰 자산임을 안다. 무엇이든 그 일을 하며 즐거움을 누리기 위해서는 반드시 일정 정도의 시간과 훈련이 필요하다. 외국어든 그림이든 다르지 않을 것이다. 그 단계를 건너뛰고 자유롭게 향유한다는 것은 실로 불가능하다. 심지어 전자오락이나 당구와 같은 소소한 게임도 마찬가지다. 제대로 즐기기 위해서는 어느 정도 돈과 시간을 투자해야만 즐길 수 있다. 그림도 다르지 않다. 겉으로 보아 아주 단순해 보이는 추상표현주의나 모더니즘적인 그림조차 그 이면에는 숱한 소묘가 전제되어 있다.

> 거의 예외 없이 지난 수백 년 동안의 모든 의미 있는 화가들은, 쇠라에서 마티스, 피카소에서 몬드리안, 베크만에서 쿠닝에 이르기까지 화실에서 혹은 혼자서 소묘를 연습했다. 가차 없고 실질적인 동기 속에서의 길고 긴 싸움이 결국 모더니즘의 진정한 형식적 업적들이 부각될 수 있었던 유일한 토대임을 입증해 주었다. 이와 같이 했을 경우에만 지속적인 전통 속에서의 올바른 근본적인 전복이 이루어질 수 있으며, 그 결과 즉흥적인 놀이의 수준을 넘어서게 된다.…… 몬드리안의 사각형과 격자의 철학적 아름다움은 그가 그렸던 사과나무들의 경험적 아름다움으로 시작된 것이다.*

이 인용에서 휴즈R.Hughes가 말하듯 모든 뛰어난, 미술사에 족적을 남긴 화가들의 밑바탕에는 쉼 없는 소묘가 있었다. 겉으로 보아 단순

* Hughes, R.(1991), *The Shock of the New*, Thames and Hudson.

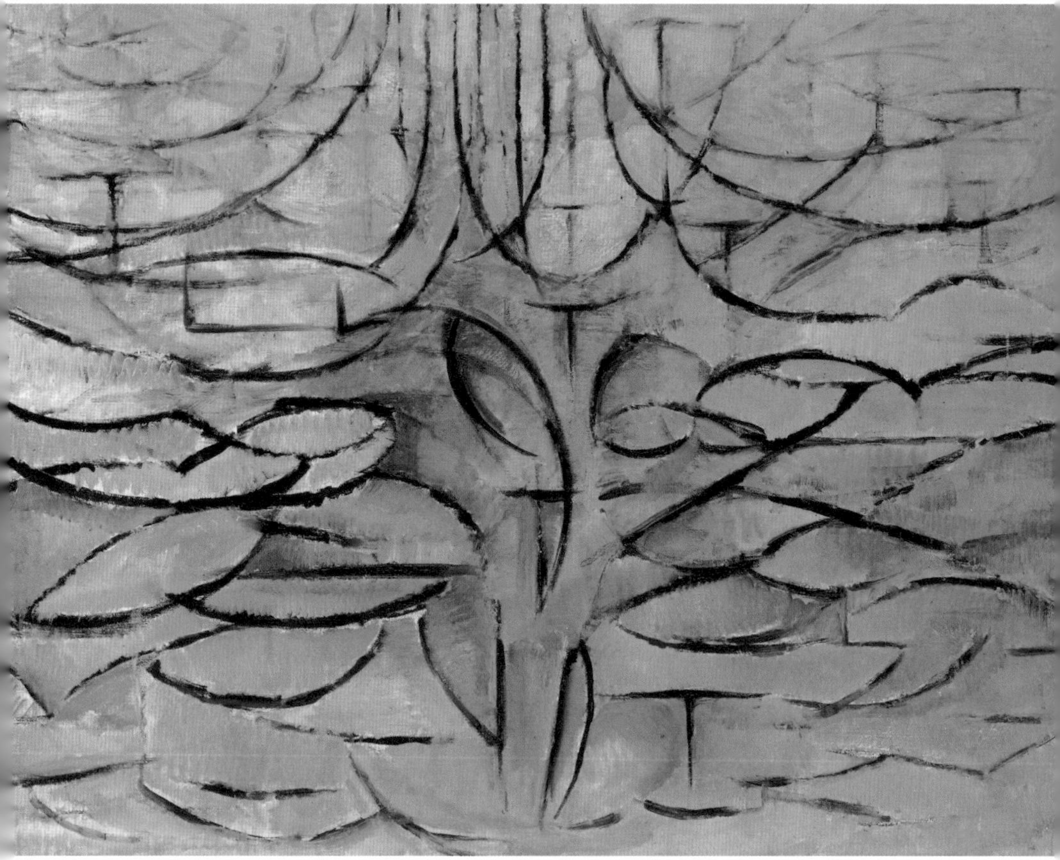

피에트 몬드리안P. Mondrian,
〈꽃 피우는 사과나무〉, 1912
캔버스에 유채, 78.5×107.5, 하아크미술관.

피에트 몬드리안P. Mondrian,
〈빨강, 노랑, 파랑의 구성〉, 1928,
캔버스에 유채, 42.2×45, 빌헤름 해크 미술관.

하기 그지없는 기하학적 추상 표현에 몰두한 몬드리안의 '철학적인 아름다움'에 전제되는 것은 '그가 그렸던 사과나무들'이라는 것이다. 우리는 그저 단순한 선과 형태만 보지만 이 단순함은 애초부터 단순했던 것이 아니라 복잡한 것을 덜어내고 또 덜어낸 끝에 마침내 도달한 단순함이다. 수많은 소묘가 이루어낸 사과나무가 몬드리안의 아름다움에는 전제되어 있는 것이다.

2.

그림의 소묘에 해당하는, 건너뛸 수 없는 솜씨, 든든한 근간이 되는 것이 시의 경우라면 무엇일까.

먼저 율격을 들 수 있다. 동일한 음운, 음절, 단어, 통사의 반복을 통해 획득하는 시의 리듬감이다. 애초 우리 시에 찾기 힘든 음운의 반복은 논외로 하더라도 백석은 시의 리듬감에 관한 한 그 어떤 시인도 도달하기 쉽지 않은 경지에 이미 닿아 있다. 그저 평명하게 이어지는 '어치라는 산山새는 벌배 먹어 고흡다는 골에서 돌배 먹고 아픈 배를 아이들은 열배 먹고 나었다고 하였다'(「여우난골」)는 부분만 봐도 딱 알 수 있다. '배'가 언어유희와도 같이 반복되는 율격은 음절과 단어를 통해 얻어지는 리듬감이며, '벌배 먹어 고흡다'와 '돌배 먹고 아픈 배', '열배 먹고 나었다' 등은 통사의 반복을 통해 얻어지는 리듬감이다. 심지어 '어치라는'과 '아이들은'에서도 '어'와 '아', '치'와 '이', '는'과 '은'에서 음운 단위인 'ㅓ/ㅏ', 'ㅣ/ㅣ', 'ㄴ/ㄴ'이 짝을 이루고 있으며, '산새', '벌배', '돌배', '배', '열배' 등 문장 전체에 반복되는 'ㅐ' 모음의 반복도 인상적이다. 그러니 백석의 시는 음운의 반복조차 구현해 보인다고 할 수 있다.

그리고 '명절날/ 나는 엄매 아배 따라/ 우리집 개는 나를 따라/ 진할머니 진할아버지가 있는/ 큰집으로 가면'(「여우난골족」)의 경우 애초 시는 이어진 한 행으로 이루어져 있는데, 의미상으로 분절해 보면 백석이 겉으로 드러나는 외형률만이 아니라 내재율 또한 얼마나 잘 통어하고 있는지를 실감하게 된다. 그러니 길게 이어지는 산문시의 형태에도 불구하고 백석의 시는 출렁거리는 내재적인 율격을 아름답게 건사하고 있는 것이다. 이렇게 보면 백석 시의 음악적 자질은 가히 독보적이라 아니 할 수 없다.

음악적 리듬감과 함께 시의 또 다른 근본적인 요소는 단연코 이미지다. 시각, 청각, 후각, 미각, 촉각, 공감각 등으로 드러나는 이미지야말로 시의 핵심적인 요소라고 볼 수 있다. 이미지를 중시하는 것은 1920년대를 풍미한 낭만주의 시와 프롤레타리아트 시가 공통적으로 내용에 치중했다고 비판하며, 시의 본질이 내용이 아닌 이미지임을 주장한 정지용, 김기림 등이 내세운 창작방법론이었다. 이는 에즈라 파운드E.Pound나 엘리어트T.S.Eliot 등이 영국을 중심으로 1910년대에 주창했던 시운동이었고, 우리나라에 이미지즘을 도입한 정지용, 김기림 등이 일본의 대학에서 영문학을 전공했다는 것은 그 연결고리를 짐작하게 한다. 물론 백석 역시 영문학을 전공했고, 자신보다 10년 남짓 앞서 문학 활동을 한 선배 시인들의 직접적인 영향을 받았음은 분명해 보인다. 『사슴』에 수록된 시편들 가운데에도 이미지 중심의 시들이 적지 않으며, 백석 초기 시의 지향이 무엇이었는지를 알 수 있게 해 준다.

비

아카시아들이 언제 흰 두레방석을 깔었나

어데서 물쿤 개비린내가 온다

나는 오월의 어느 날, 비 온 뒤끝의 조팝나무 아래를 본 적이 있다. 바람이 없었던지 떨어진 꽃잎들은 고즈넉이 쌓여 꽃잎의 무덤이 되어 있었다. 아름다웠다. 왜 더러 조팝나무를 밥튀꽃이라 불렀는지 알 법했다. 조팝나무 아래에는 떨어진 꽃잎이 이룬 하얀 밥이 소복하니 담겨 있었다. 어쩌면 백석도 아카시아 나무 아래 떨어져 내린 꽃잎을 보았을 터이다. 두레 방석이란 여럿이 둘러앉을 수 있는 넓고 큰 방석이며, 백석은 누가 언제 그것을 깔아놓았는지 찬탄한다. 그리고 뒤이어 빗속에 '물쿤' 끼쳐오는 '갯비린내'*를 후각적으로 감지한다. 이처럼 백석은 '비'가 불러일으키는 온갖 감상을 밀쳐두고, 이미지에 집중한다. 꽃잎이 내려앉은 광경을 '흰 두레방석'으로 시각적으로 포착하고, 동시에 후각적 이미지를 덧붙임으로써 시를 마무리한다. '비'라는 제목만으로 상황을 제시하고, 시각과 후각 두 이미지만으로 시는 더할 것도 뺄 것도 없이 아퀴를 짓고 있다. 이미지즘 시가 어떠한지를 선명하게 보여준다.

다음의 시도 다르지 않다. 똑같이 비 내리는 배경을 제목으로 설정

* '개비린내'를 개에게서 나는 비린내, 곧 '개비린내'로 해석하는 연구(고형진, 『백석 시 바로 읽기』, 현대문학, 2006)가 있다. 그러나 『사슴』에 수록된 시편 「통영」의 마지막 행에는 '소라방등이 불그레한 마당에 김냄새 나는 비가 나렸다'로 마무리되고 있다. 여기에서 후각적으로 포착된 비의 냄새는 '김냄새'였으며, 따라서 여기에서도 비의 냄새가 몰고 온 '개비린내'는 갯비린내라 해석함이 옳다.

하고 있으며, 시는 풍경의 묘사에 집중한다.

산비

산山뽕잎에 빗방울이 친다
멧비둘기가 닒다*
나무등걸에서 자벌레가 고개를 들었다 멧비둘기 켠을 본다

산에서 비가 내리고 있다. 넓디넓은 뽕잎에 빗방울이 후드득후드득 떨어진다. 뽕잎은 누에의 양식이 될 만큼 잎이 넓다. 누에가 뽕잎을 갉아 먹는 소리는 소나기 내리는 소리, 파도 일렁이는 소리와 흡사할 만큼 수선스럽다.

산뽕잎에 빗방울이 친다. 그 소리에 놀란 멧비둘기가 화들짝 몸을 일으키고. 그 소란들이 의아하다는 듯, 멧비둘기의 기척에 먹잇감인 자신에게 닥쳐올지도 모를 일이 염려스럽다는 듯 자벌레 한 마리 고개를 든다. 그리고 멧비둘기 쪽을 본다. 한시의 절구나 일본의 하이쿠처럼 짧고 압축적이다. 다만 이들 시들이 선경후정先景後情, 곧 경관을 먼저 제시하고 서정을 뒤이어 결합하고 있는 데 반해 백석의 시는 경관 자체가 서정을 말하게 한다. 미세한 움직임들 속에 여름 숲의 한 장면이 오롯이 살아난다. 백석은 처음 시를 쓸 때 이렇게 화가들이 소묘를 하듯 언어로 이미지를 되살리는 작업에 몰두한다.

* '닒다'를 '난다'로 읽어내는 해설들이 적지 않다.(신경림, 앞의 책, 261쪽) 그러나 '난다'로 해석할 경우 '자벌레가 고개를 들어 멧비둘기켠을 본다'는 것이 의미상으로 불가능하다. 따라서 '일어난다', '잠에서 깬다'는 의미로 봄이 적절하다.

3.

이미지즘의 본질에 육박하고자 했던 백석의 시적 실험은 묘사의 정치함을 얻은 뒤로는 이미지 자체에 매몰되지 않고 서정을 위한 이미지로 한층 확장된다. 우선 이미지로 포착하고자 한 대상 자체가 정경을 넘어 세상사로 이동해 간다. 그가 담은 세상사는 애통하고 애연한 삶의 모습이었다. 그럼에도 이미지를 묘사하는 바탕의 힘은 흔들림이 없다.

쓸쓸한 길

거적장사 하나 산山뒷옆 비탈을 오른다
아— 따르는 사람도 없이 쓸쓸한 쓸쓸한 길이다
산山가마귀만 울며 날고
도적갠가 개 하나 어정어정 따라간다
이스라치전이 드나 머루전이 드나
수리취 땅버들의 하이얀 복이 서러웁다
뜨물같이 흐린 날 동풍東風이 설렌다*

자연 세계에 정밀하게 초점을 맞추던 백석의 시는 이제 우리네 삶으로 하강, 구체화한다. 백석이 마침내 닿았던 겨레의 토속적인 삶, 민중

* 거적장사: 거적에 둘둘 말아 지내는 장사, 도적개: 주인 없이 떠도는 개, 이스라치전, 머루전: 거적장사가 오르는 산비탈에 산앵두와 머루가 피어 있는 풍경을 장사 지내기 직전에 전奠을 차린 것에 비유한 것으로 전은 장사 지내기 전에 간단하게 차려낸 제사 음식을 진설하는 것을 뜻함, 복: 수리취, 땅버들 따위의 겉을 둘러싸고 있는 하얀 솜털

의 일상적인 삶이 단단한 묘사로 정확하게 그려지게 된 것이다. 덧붙여 감정을 담는 것 역시 자유롭다.

상여도 없이 거적으로 둘둘 만 시신을 메고 한 사내가 비탈길을 오른다. 호곡도 없고 조객도 없이 혼자다. '아- 따르는 사람도 없이 쓸쓸한 쓸쓸한 길이다'라는 행은 백석의 시에서 아주 예외적으로 감정을 폭발적으로 드러낸다. 제목 「쓸쓸한 길」은 '비', '산비' 등과 같은 제목과는 판이하다. '아—'라는 감탄사의 사용도 백석 시에서는 찾기 힘든 것이었다. 더욱이 '쓸쓸한'이란 여과되지 않은 감정 역시 거듭 반복된다. 도저한 비극적 정경이기에 시인 역시 감정을 숨길 방도가 없는 것이다. 그러나 이 장사지내는 모습이 그저 쓸쓸하지만은 않다. 산 까마귀 울며, 도적개 한 마리 애도하고 있기 때문이다. 붉은 앵두 열매 만발하고, 까만 먹머루 지천으로 펼쳐져 있는 들녘은 마치 진설할 전奠이라도 펼친 듯하다. 수리취, 땅버들의 하얀 봉오리 솜털들이 서럽게 흔들린다. 탁한 뜨물처럼 날은 흐리고 어디서 비를 몰아오는 동풍이 수런거린다. 쓸쓸한 길이지만 자연이 보내는 애도는 곡진하다.

백석 시의 이미지는 『사슴』에 수록된 초기 작품에 한정되지 않는다. 더 이상 이미지를 포착하겠다는 의식이 없더라도 이미지는 시 속에 녹아들어 주제의 형상화에 자연스럽게 복무한다. 에드워드 호크니 E.Hockney는 소묘가 마치 체스와 같다고 했다. 체스판의 몇 수 뒤를 앞질러 보아야 하듯 손의 움직임을 한발 앞서 가야 하는 것이 소묘라고 했다. 그만큼 소묘의 힘은 본능적일 만큼 손에 붙어 의식보다 앞질러 달려가는 것이라는 말이다. 백석 후기 시에 이르면 선명한 이미지들은 의도하지 않아도 될 만큼 능숙하게 앞서 달려간다.

멧새 소리

처마 끝에 명태明太를 말린다
명태는 꽁꽁 얼었다
명태는 길다랗고 파리한 물고긴데
꼬리에 길다란 고드름이 달렸다
해는 저물고 날은 다 가고 별은 서러웁게 차갑다
나도 길다랗고 파리한 명태다
문門턱에 꽁꽁 얼어서
가슴에 길다란 고드름이 달렸다

백석이 1938년 10월 『여성』지에 발표한 작품이다. 함경도에서 지내던 즈음 자신의 처지를 명태에 비유하여 그려 보이고 있다. '멧새 소리'란 제목이 시의 본문과 동떨어져 있지만, 멧새 소리가 불러일으킨 고향 생각 끝에 홀로 떨어져 나온 자신의 쓸쓸한 마음을 되돌아보는 것이라 봄이 적절하다. 함경도 지역의 주산물인 명태는 얼리고 말리고를 반복하며 황태를 만든다. 이 혹독한 겨울 명태는 꽁꽁 얼어 있고, 기다랗고 파리한 물고기다. 더욱이 명태의 꼬리에도 길고 긴 고드름이 매달려 있다. 해는 저물고 별조차 서러울 만큼 차디차다. 명태에 대한 묘사 이후 성큼 백석은 자신의 처지를 빗댄다. 형태의 유사성을 발판으로. 가슴에도 '길다란 고드름'이 달렸다고 심경을 고백한다.

물론 이 시는 백석의 시를 대표하는 걸출한 작품은 아니다. 반짝이는 단정한 소품이다. 그러나 한번 손에 익은 묘사의 힘은 한번 탈 수 있게 된 자전거처럼 언제든 소환되기를 기다린다. 그래야만 제대로 된 묘사의 힘이다.

4.

중요한 것은 백석이 이미지즘으로부터 시작詩作을 시작했다는 사실이다. 이미지즘은 백석이 시로 장르를 바꾼 즈음의 문단 풍토이기도 했으며, 대학에서 공부한 영문학의 기세에도 영향을 받은 바 적지 않았다. 좋아했던 일본의 시인이 이시가와 타쿠보쿠나 다나카 휴우지였던 점도 그들의 섬세한 이미지의 묘사 때문이었을 것이다.

그러나 다행스럽게도 당대의 이미지스트인 김기림이나 김광균 등이 도회의 삶, 모던한 삶을 묘사한 것에 비할 때, 정지용이 자연의 풍광이나 자연 속에 깃든 정신적 고매함을 노래한 것에 비할 때 백석은 오히려 과거의 것, 옛것을 묘사의 대상으로 삼았다. 겨레의 원형적인 삶을, 그 삶에 깊이 각인된 민족적·민중적 자산에 눈을 돌렸다. 그가 있어, 그의 시가 있어 어쩌면 영원히 스러져버렸을 삶의 결, 오래 묵어 곰삭은 마음의 씀씀이를 다시 느낄 수 있었다.

더욱이 백석의 이미지즘은 이미지로 포착한 단정한 시뿐만 아니라 백석 특유의 토속적인 겨레의 삶을 다룬 시에서도 드러난다.

고방

낡은 질동이에는 갈 줄 모르는 늙은 집난이같이 송기떡이 오래도록 남아 있었다

오지항아리에는 삼촌이 밥보다 좋아하는 찹쌀탁주가 있어서

삼촌의 임내를 내어 가며 나와 사촌은 시큼털털한 술을 잘도 채어 먹었다

제삿날이면 귀머거리 할아버지가 예서 왕밤을 밝고 싸리꼬치에 두부산적을 께었다

손자아이들이 파리떼같이 모이면 곰의 발 같은 손을 언제나 내어둘렀다

구석의 나무 말쿠지에 할아버지가 삼는 소신 같은 짚신이 둑둑이 걸리어도 있었다

옛말이 사는 컴컴한 고방의 쌀독 뒤에서 나는 저녁 끼때에 부르는 소리를 듣고도 못 들은 척하였다*

이 시는 백석 초기 시의 모습을 대변하는 시 가운데 한 편이다. 이 전형적인 시에도 이미지는 선명하게 자리 잡고 있다. '시집갈 줄 모르는 늙은 딸 같은 송구떡', '파리 떼같이 꾀는 손자 아이들', '곰의 발 같은 손', '둑둑이 걸려 있는 소신 같은 짚신' 등은 모두 이미지의 나열들이다. 이 시에서는 특히 비유를 통해 이미지를 한층 더 환하게 밝히

* 집난이: 출가할 딸, 송기떡: 소나무 속껍질에 멥쌀 가루를 섞어 만든 절편, 임내: 흉내, 말쿠지: 벽에 옷 같은 것을 걸기 위해 박아놓은 큰 나무못, 끼때: 끼니때

고 있다. 그리고 '나는 저녁 끼니때'에 엄마가 부르는 소리조차 '못 들은 척'하였다는 것으로 시는 마무리된다. 왜 못 들은 척했을까? 그곳, 고방이 밥 먹는 것조차 미룰 만큼 '나'에게는 지극히 안온한 곳이었기 때문이었으리라. 오래 전 머물렀던 어머니의 뱃속처럼 어둡고 따스하고 한 조각 결핍조차 없던 곳처럼 어린 유년의 화자에게는 느껴졌기 때문이리라.

사실 비유와 정서는 율격, 이미지와 함께 시를 구성하는 네 가지 요소들이다. 이 요소들이 긴밀하게 결합되거나 어느 한켠이 유독 전경화되는 가운데 시는 또 다른 요소이기도 하고 목표이기도 한 의미를 전달한다. 소설 구성의 3 요소인 인물, 사건, 배경이 어느 것 하나 빠짐없이 서로 긴밀하게 구성되는 요소들인 데 반해 시의 요소들은 개별적인 시poem에 반드시 들어 있어야 할 필요 충분한 요소가 아니라 보편적인 시poetry에 들어 있는 선택 가능한 요소들이라는 점이 서로 다르다. 율격, 이미지, 비유, 정서, 의미 등은 오직 한 가지만으로도 시를 존재케 한다는 것이다. 백석의 시는 이미지를 중시하며 시를 익혔으나 궁극엔 이 모두를 아우르며 자신의 시 세계를 확립하였다. 그럼에도 여전히 현대시의 가장 중요한 힘이 이미지에서 뿜어져 나오는 것임은 물론이며, 백석이 이를 익혀 적재적소에 활용하였다는 것은 퍽이나 뜻깊은 일이다.

4. 유년의 기억, 기억의 재현

우연히 백석 시집 『사슴』을 읽은 것은 다행이라고 생각한다. 잃었던 고향을 찾아낸 듯한 느낌을 불현듯 느꼈기 때문이다. 시집에 나오는 모든 소재와 정서가 그대로 바로 영서嶺西의 것이며 동시에 이 땅 전부의 것일 것이다. 나는 고향을 찾은 느낌에 기쁘고 반갑고 마음이 뛰놀았다. 워즈워드가 어릴 때 자연과의 교섭을 알뜰히 추억해 낸 것과도 같이 나는 얼마든지 어린애의 기억을 풀어낼 수 있게 됐다.

—이효석*

1.

얼마 전 오랜 제자 녀석을 몇 해 만에 만났다. 결혼도 했고, 투덕거리기는 하지만 그럭저럭 잘살고 있다는 아이, 아니 아주머니였다. 그런데 놀랍게도 '덕후'인지 '빠'인지가 되어 있었다. 사실 나는 그 둘의 차이를 구분하지 못한다. 만난 날이 워너원인가 뭔가 하는 그룹이 해체되는 날이었는데 점심에 만나 후다닥 밥을 먹고는 그 콘서트장에 가야 한다며 총총히 일어섰다. 떡 본 김에 제사 지낸다는 말이 생각났다. 스승을 만나는 일이 제사였던 셈이라 조금 어이가 없기는 했다. 그런데 이 친구가 쫓아다니는 가수가 강다니엘이었는데, 얘기 끝에 내가

* 「영서의 느낌」, 『조광』, 1936.11.

그 가수와 같은 중학교를 나왔다는 것이다. 이 제자는 그 사실 때문에 내가 조금 더 좋아졌다고까지 말했다. 좋아졌다니 나쁠 건 없지만 은근 거슬렸다. 20년 가까이 만나온 나 때문에 강다니엘이 더 좋아졌다면 모를까. 여하튼 그날 이 제자는 콘서트에 필요한 온갖 장비들, 반짝이는 야광봉이며, 켜켜로 접은 플래카드, 밤을 지새울 담요 등등을 무겁게 배낭에 챙긴 채 먼저 자리를 떴다. 마지막 공연을 앞둔 이 제자의 하늘이 무너질 듯 무거운 마음을 나는 모른 척했다.

그러고 몇 달이 지난 뒤 어머님 기일이라 부산을 가야 할 일이 생겼다. 그리고 이왕 내려간 김에 옛날 살던 동네를 한번 둘러보았다. 부산시 영도구 신선동 신선중학교. 강다니엘보다 35년이나 먼저 내가 다녔던 학교를 문턱까지 가 보았다. 그리고 늘 놀던 이송도 바닷가를 갔는데 그곳은 단장이 되어 있었다. 흰여울 마을이라고 했다. 내 놀던 바닷가, 짠물을 많이도 들이켰던 바닷가의 이름이 이송도, 함짓골이었는데 흰여울 마을로 곱게 단장을 마치고 나를 기다리고 있었다. 영화 〈변호인〉의 국밥집 할머니 네도 있었다. 내 놀던 자갈돌 깔린 바다는 그 옛날과 다를 바 없었고, 따개비며 고둥들은 갯바위에 붙어 뽈뽈거리며 여전히 나와 눈을 맞추지 않으려고 전전긍긍하고 있었다.

함께 따라나선 아들 녀석은 뷰가 예술이라고, 뷰만큼은 5성급 호텔이라고 했다. 마누라는 이다지 넓은 바다를 보고 자랐는데 왜 소가지는 밴댕이 같으냐고 했다. 조금 억울했다. 그때 나는 5성급 호텔의 뷰인지도 모른 채 어서 커서 이 섬을 벗어나야지 했고, 넓은 바다를 보고 자라면 호연지기가 길러지는지도 모른 채 내 살던 좁아터진 방구석을 죽도록 응시하며 푸념만 늘어놓았다.

물론 나는 식솔들을 이끌고 내 어린 시절의 초등학교도 가 보았다. 영도국민학교. 교문을 들어서면 시멘트로 포장된 비스듬한 초입이 있고, 그곳을 오르면 비로소 운동장이 넓게 펼쳐진 학교였다. 내가 60회 졸업이니, 지금은 100년도 더 된 학교다. 축구를 하다 공이라도 놓쳐, 내리막길을 굴러 교문 밖으로 나가기라도 하면, 우리는 누구랄 것도 없이 짓쳐 달려 내려갔다. 작은 사거리까지 우르르. 지금처럼 차가 많지 않아 다행이지, 정말 위험했을 것이다. 그렇게 달려 겨우 공을 잡고는 열댓 명의 아이들이 씩씩거리면서 다시 오르막길을 한참을 올라왔다. 한번 그러고 나면 지친 나머지 축구도 그만 시들해져 버렸다.

그런데 다시 가본 학교는, 학교 앞의 내리막길은 그리 까마득히 길지도 않았고, 교문도 엄청 넓지도 않았다. 고작 30m 남짓 되는 길이였을 뿐이었고, 교문도 그저 그런 크기의 교문이었다. 그런데도 왜 그리 넓고 길게 느껴졌을까?

이 길에 얽힌 또 다른 이야기가 있다. 교문에 들어서면 오르막길이. 그리고 오르막이 끝나고 흙으로 된 운동장 사이에 역시나 시멘트로 포장된 평지가 있었다. 왼쪽 교사 쪽으로는 스탠드처럼 높은 계단이 층층이 있고. 아이들은 그 바닥에 커다란 사각형을 그리고 그 모서리의 교차점을 술래들에게 잡히지 않고 건너는 놀이를 하고는 했던 곳이다. 그 놀이의 이름이 오징어달구지였나? 늘 뒷전에서 빌빌거리던 나는 놀이에 끼지는 못하고 그저 계단참에 앉아 구경만 하릴없이 하고는 했다. 그러던 어느 날 넋 놓고 구경하던 나를 누군가가 떠밀었는지 그대로 계단참을 거꾸로 데굴데굴 굴렀다. 바닥에 널브러졌을 때는 주둥이에 피가 흐르고 있었고. 앞니가 바닥에 콱 찍혀 엉망이었다. 그때 정의의 사도가 나타났다. 바닥에서 놀고 있던 다정했던 내 친구가 바로 쓰러진 나를 들춰 업고 병원으로 내달렸다. 아랫녘 사거리에 있는 큰 병원까지. 네이버 지도로 지금 검색해보니 해동병원까지는 500m 남짓 되는 거리다. 사실 그 거리 전부를 업고 뛰었는지는 명료하지 않다. 그즈음 나는 별명이 베트콩이었고, 몸무게가 27kg밖에 나가지 않는, 결핵을 앓고 난 뒤끝에 골골거리던 병약한 아이였다. 그렇다고 해도 5학년 아이에게 그 무게는, 그 길이는 예사롭지 않았을 것이다. 눈물, 콧물, 핏물을 그 친구 등짝에 마구 바르면서 나는 생명의 은인이란 이럴 때 쓰는 말이란 생각이 들었다. 이야기책에서 봤던 진정한 친구도 떠올랐다. 그런데 지금 너무나 안타깝게도 나는 그 아이 이름을 잊어버렸다. 그즈음 짝사랑했던 여자아이, 부회장 이수남은 말한 번 섞지 않고서도 지금껏 생생하게 기억하면서. 사내놈들이란. 아마 그 잘난 신선중학교를 들어가며 학교가 갈리고 시나브로 잊었나보다. 그럼에도 나는 이름도 모르는 그 아이의 마음은 아직도 잊지 않고 있다. 나를 들춰 업고 내처 달려가 주었던 친구. 그대 복 있어라. 나는 그 친구 덕분에 그나마 앞니 두 개를 40년 남짓 쓸 수 있었다. 최근에서야 그때부터 곪아 터진 잇몸을 긁어내고 새 이로 갈아 끼웠으니. 그 친구 덕분에 나는 40년을 잘 먹고 산 셈이다. 여전히 그대 살아 있어라, 지상의 만복 있어라.

2.

내 유년 시절의 기억. 이름도 잊은, 그 친구를 생각하면 세상이 조금은 밝아 보인다. 유년 시절을 떠올리면 서러운 기억조차 모가 깎이고 부드럽게 궁글려져 조금은 따스하게 떠오르는 법이다. 그런데 고마웠던, 행복했던 일이라면 어찌 잊힐 수 있으랴.

백석에게도 유년 시절은 있었을 터이다. 세상과 불화를 겪기 전, 자아와 세계가 일그러짐 없이 조화로웠던 시절. 즐겁고 행복했던 기억. 힘겨운 타지에서 고향을 떠올리면 달이 뜨듯, 별이 돋듯 오롯이 마음을 채우던 유년의 추억.

여우난골족族

명절날 나는 엄매 아배 따라 우리집 개는 나를 따라 진할머니 진할아버지가 있는 큰집으로 가면

얼굴에 별자국이 솜솜 난 말수와 같이 눈도 껌벅거리는 하루에 베 한 필을 짠다는 벌 하나 건너 집엔 복숭아나무가 많은 신리新里 고모 고모의 딸 이녀李女 작은이녀李女

열여섯에 사십四十이 넘은 홀아비의 후처가 된 포족족하니 성이 잘 나는 살빛이 매감탕 같은 입술과 젖꼭지는 더 까만 예수쟁이 마을 가까이 사는 토산土山 고모 고모의 딸 승녀承女 아들 승承동이

육십리六十里라고 해서 파랗게 보이는 산山을 넘어 있다는 해변에서 과부가 된 코끝이 빨간 언제나 흰옷이 정하든 말끝에 섧게 눈물을 짤 때가 많은 큰골 고모 고모의 딸 홍녀洪女 아들 홍洪동이 작은 홍洪동이

배나무접을 잘하는 주정을 하면 토방돌을 뽑는 오리치를 잘 놓는 먼 섬에 반디젓 담그러 가기를 좋아하는 삼촌 삼촌엄매 사촌 누이 사촌 동생들

이 그득히들 할머니 할아버지가 있는 안간에들 모여서 방안에서는 새옷의 내음새가 나고

또 인절미 송기떡 콩가루차떡의 내음새도 나고 끼때의 두부와 콩나물과 볶은 잔디와 고사리와 도야지비계는 모두 선득선득하니 찬 것들이다

저녁술을 놓은 아이들은 외양간섶 밭마당에 달린 배나무동산에서 쥐잡이를 하고 숨굴막질을 하고 꼬리잡이를 하고 가마타고 시집가는 놀음 말 타고 장가가는 놀음을 하고 이렇게 밤이 어둡도록 북적하니 논다

밤이 깊어가는 집안엔 엄매는 엄매들끼리 아랫간에서들 웃고 이야기하고 아이들은 아이들끼리 웃간 한 방을 잡고 조아질하고 쌈방이 굴리고 바리깨돌림하고 호박떼기하고 제비손이구손이하고 이렇게 화대의 사기방등에 심지를 몇 번이나 돋구고 홍게닭이 몇 번이나 울어서 졸음이 오면 아랫목싸움 자리싸움을 하며 히드득거리다 잠이 든다 그래서는 문창에 텅납새의 그림자가 치는 아침 시누이 동서들이 욱적하니 홍성거리는 부엌으론 샛문 틈으로 장지문 틈으로 무이징게국을 끓이는 맛있는

내음새가 올라오도록 잔다*

백석의 대표작이다. 초기 시가 실린 시집 『사슴』 전체 33편 가운데 가장 우뚝한 봉우리이며, 백석 시 세계의 한 축을 선명하게 보여주는 작품이다. 그리고 백석의 대표작을 넘어, 민속적·토속적 정취를 지역어로 유려하게 빚어냄으로써 현대시사의 등불 같은 작품으로 평가받고 있다.

제목은 「여우난골족」. 여우가 출몰하기도 하는 골짜기에 사는 부족, 친족, 가족들의 이야기다. 여우가 출몰할 정도로 외딴 곳이기에 외부와의 접촉이 잦지 않은 곳이며, 세상과 동떨어져 있기에 세상의 모든 번잡으로부터 차단된 작은 왕국과도 같은 느낌을 주기도 한다. 더욱이 시적 화자는 아직 어린아이이기에 그 왕국에서 마주칠 사람, 음식, 놀이를 생각하기만 하면 마음이 먼저 달려갈 판이다.

이 왕국에 사람들이, 친척들이 모여든다. 명절날, 설날이기 때문이다. 시는 단도직입적으로 시간적 배경을 설정하고, 뒤이어 주인공이, 공간적 배경이 제시되면서 시작된다. 시적 상황이 형성된 것이다. 여기까지만 봐도 아직 문장이 끝나지도 않았는데 마치 마디가 있기라도 한 듯 유연한 리듬감으로 구절구절이 리드미컬하게 일렁거린다. '명절날/ 나는 엄매 아배 따라/ 우리집 개는 나를 따라/ 진할아버지 진할머

* 진할머니 진할아버지: 친조부모, 말수: 말할 때마다, 매감탕: 엿을 고아낸 솥을 가셔낸 물, 오리치: 오리를 잡는 올가미, 반디젓: 밴댕이젓, 끼때: 끼니때, 섶: 옆, 조아질: 공기놀이, 쌈방이: 싸움하는 시늉으로 상대방을 넘어뜨리는 놀이, 바리깨돌림: 주발 뚜껑을 놀리며 노는 놀이, 호박떼기: 말타기와 비슷한 놀이, 제비손이구손이: 다리를 마주 끼고 손으로 다리를 세는 놀이, 화대: 등경 걸이, 사기방등: 사기로 만든 등잔, 홍게닭: 새벽닭, 텅납새: 처마의 안쪽 지붕의 도리에 얹힌 부분, 무이징게국: 민물새우에 무를 썰어 넣고 끓인 국

니가 있는/ 큰 집으로 가면', 이렇게 마디를 분리하면 강약이 구분되며 2음보나 되는 듯 리듬감이 생긴다. 얼핏 보아도 마침표조차 변변히 없는 쭉 이어진 산문으로 된 시임은 분명하다. 그런데도 어찌나 정교하게 말을 부려 쓰고 있는지 속에 감추어진 리듬감이 오롯이 되살아난다.

두 번째 연은 함께 모여든 친지들인 고모들과 삼촌, 그이들의 아이들이 차례로 소개된다. 이 또한 백석 특유의 수식어들이 열거되어 있다. 의미상으로 구획하면 '얼굴에 별자국이 솜솜 난/ 말수와 같이 눈도 껌벅거리는/ 하로에 베 한 필을 짠다는/ 벌 하나 건너/ 집엔 복숭아나무가 많은/ 신리 고무/ 고무의 딸 이녀/ 작은 이녀'와 같다. 여기에도 리듬감은 아주 분명하게 드러난다. '얼굴에 별자국이 솜솜 난' 같이 상대적으로 길게 이어지는 구절들이 하나, 둘, 셋, 넷, 다섯, 그 다음에는 '신리 고무'라는 아주 짧은 구절, 그리고 조금 느슨하게 긴 '고무의 딸 이녀', 그리고 또다시 '신리 고무'와 리듬이 동일한 '작은 이녀'. 만약 이 구절들이 각기 다른 행으로 구분되어 있다면 행마다 심리적인 길이는 같을 터이고, 그렇다면 앞의 다섯 구절은 아주 빠르게, 뒤의 것은 느리게, 조금 빠르게, 그리고 다시 느리게 낭송해야 한다. 두 번째 연의 다른 행들도 모두 이러한 리듬감을 갖는다. 놀라운 감각이 아닐 수 없다.

이뿐 만 아니다. 각각의 구절들은 외모, 버릇, 특기, 지역, 인물과 인물의 아이들이란 순서로 정확히 나열되고 있다. 이는 다른 고모와 삼촌에게서도 반복되어 서술된다. 인물의 처지나 성격이 요약적으로 진술되며, 그럼에도 그저 '지나가는 사람1', '지나가는 사람2'가 아니라 생생한 성격적 특성을 지니고 특정한 사건을 겪으며 인물에 관한 중요한 사항들이 상세히 기술되고 있다. 주인공의 곁을 든든히 지키는 조연들인 것이다. 그런데 이 조연들은 하나같이 결핍을 지닌 민중적 형상이다. 신리 고모는 '얼굴에 별자국이 난' 곰보이며, 토산 고모는 '열여섯에 40이 넘은 홀아비의 후처'가 된 불운한 여인이며, 큰골 고모는 '과부'로 '눈물이' 많다. 삼촌 역시 '주정'뱅이이며, '먼 섬'으로 훌훌이 떠나기를 좋아하는 역마살이 낀 사내다. 저마다 불운을 끼고 살며, 어디서나 볼 수 있는 고단한 삶을 이끌어 가고 있다. 그럼에도 이들은 있는 힘껏 살아가고 있다. '하로에 베 한 필을 짜'고, '언제나 흰옷이 정하'고, '오리치를 잘 놓는' 이들이다. 어디서나 볼 수 있는, 부족하나 누구에 비할 바 없이 어기차게 삶을 이어가는 존재들이다. 고모들과 삼촌을 개인으로 보지 않고, 이들 모두를 뭉뚱그린 집합명사로 지칭한다면 이들은 누구인가? 이들은 백석의 친지들일 뿐만 아니라 1900년대 조선을 사는 민중들이다. 그런 즉 '여우난골족'은 백석의 친지들일 뿐 아니라 조선을 사는 조선인들이다. 특수한 개인적 경험이 민족적 경험으로 확장되며, 이른바 전형성을 획득한다. 개별적인 것임에도 보편적인 것을 온축하고 있는 전형. 백석의 시가 지극히 개인적인 경험임에도 계속 민족적인 것으로 호명되는 까닭이 여기에 있다.

그런데 이 모든 인물은 2연의 각 행에서 서술어로 등장하지 않고, 명사로 멈춰 있다. 작은이녀, 승동이, 작은홍동이, 사촌 동생들 등으로. 그러다 세 번째 연 첫 부분에서 이들 명사는 비로소 주격조사 '이'* 를 얻는다. 연을 달리했으나, 이 모든 인물들은 비로소 주격 조사 '이'

---

* 필자는 이 '이'를 어찌 배치하고 해석하는가에 따라 백석 시선집이나 전집을 평가하는 척도로 삼는다. 예컨대 문학사상사의 『한국대표시인 101인선집 백석』은 2연과 3연을 붙여 '사촌동생들이 그득히들'로 연결하고 있다. 이는 명백히 오독이다.

에 연결되어 움직이기 시작한다. 그러니 2연의 모든 길고 긴 말들은 1연과 비교하면, '나'와 '우리집 개'에 해당하는 주체만 달랑 제시된 것이다. 이 얼마나 놀라운 형식적 실험인가? 백석은 전설과 신화를 이야기하듯 토속적인 부족의 삶을 노래하면서 정작 그 기법은 조사 하나를 쓰는 데까지 지극히 모더니즘적으로 운용하고 있다고 할 수 있다. 모더니즘이 옛것이 아닌 새것, 익숙한 것이 아닌 낯설고 이질적인 것, 전통적인 것이 아닌 근대적인 것을 시에 끌어들이는 것이라면 백석은 이와 같은 연의 구분과 이 기묘한 연의 연결을 선보이고 있다는 점만 보더라도 모더니즘적이다. 그렇게 보면 백석은 너무도 비시적인 방식, 모더니즘적인 방식을 동원하여 시를 쓴 셈이다. 가장 모더니즘적인 형식에 가장 민족적인 내용을 담아낸 것이다. 어쩌면 그 자체가 모더니즘적이라고 할 수 있다. 내용과 형식의 격렬한 충돌 자체가 모더니즘적이다. 어쩌면 지독히 귀퉁이에 놓인 평안북도 정주의 지역어를 거의 전면적으로 사용한 것 역시 모더니즘적인 선택이 아닐까? 낡은 언어를 새것으로 탈바꿈시키고, 그 낡은 언어로 빚어낸 더욱 낡은 세계를 정말 새롭게 제시하는 것 모두가 모더니즘적인 것이다.

'이'라는 주격조사로 시작하는 세 번째 연은 '입성과 먹거리'들을 불러들인다. 명절날 가족들은 너나 할 것 없이 모두 새 옷을 차려입고 있으며, 이는 감각적인 '내음새'로 감지된다. 다양한 먹거리들 역시 '내음새'로 먼저 오고, '선득선득하니 찬' 촉감으로도 포착된다. 새로 빔을 한 '의衣'와 풍성하기 그지없이 마련된 '식食', 그리고 이 모든 것이 차려진 큰집인 '주住', 이들 의식주야말로 삶의 근간인데, 명절날은 이 의식주가 풍족하기 이를 데 없는 충만한 날인 것이다. 더욱이 울바자 바깥의 세상일에 무지한, 어린 화자의 마음속에 깃든 '여우난골'은 더욱더 충만하고 완벽하게 갖춰진 낙원으로 비친다. 내면에 깃든 참으로 소망스러운 세계인 것이다. 그 소망스러운 세계는 당연 조선을 사는 조선인들 모두의 내면에 존재하는 바람이기에 백석이 형상화한 「여우난골족」은 공동체의 의식에 존재하는 낙원이기도 하다. 그런데 여기에 한 가지만 더 더해지기만 한다면 더할 나위 없으리라.

그 한 가지는 놀이다. 더불어 함께 '웃고 이야기하고' 노는 것. 저녁밥을 먹고 난 다음 아이들은 온갖 놀이들을 하며 '북적하니' 놀고, 밤이 깊어 가면 어른들은 안채에서, 아이들은 아이들대로 웃간의 한 방에서 '사기방등에 심지를 몇 번이나 돋우고', '홍게닭이 울' 때까지 늦도록, 아니 새벽이 부윰하게 밝아오기 시작할 때까지 놀다 잠이 든다. '무이징게국을 끓이는 맛있는 내음새'가 문틈으로 스며들 때까지 잔다는 것이다. 온갖 놀이들이 이어지고, 이어진다. 바깥 놀이와 방 안에서의 흥겨운 놀이가 '히드득거리'는 웃음소리와 함께. 더 이상 무엇이 필요할까.

마치 카니발과 같이 흥성거리는 축제의 하루낮 하룻밤. 더 이상 더하거나 뺄 것이 없는 완벽하게 충만한 꽉 찬 하루가, 그 하루가 어찌했다는 한마디 말이 없이도 고스란히 전해지는 복락이 이 한 편의 시에는 빼곡하니 들어차 있다.

3.

이 시가 실린 시집 『사슴』을 읽고 이효석은 '이방인 같은 서글픈 느낌'에서 '잃었던 고향을 다시 찾은 느낌'이라고 했다. 시집이 출간된 이후 여러 작가, 평론가들이 백석의 시를 두고 이러니저러니 많은 말을 쏟아냈지만 이효석의 소박한 이 감상이 어쩌면 아주 잘 맞는 말이라는 생각이 든다. 이효석의 고향은 강원도 진부이며, 백석이 묘사한 고향은 평안북도 정주이다. 가히 동쪽 끝과 서쪽 끝이라 할 수 있는 거리인데 이 엄연한 차이에도 불구하고 이효석으로 하여금 '잃었던 고향을 다시 찾은 느낌'을 불러일으킨 까닭은 무엇일까? 그리고 백석이 드러내고자 했던 것 역시 '잃었던 고향'은 아니었을까?

백석이 이 시를 발표한 것은 1936년이었다. 시집에 수록된 시편이기에 어쩌면 동경에 유학하던 시절 이미 써 두었는지도 모른다. 만약 그랬다면 백석의 고향은 멀리 조선에 '두고 온 고향'일지도 모른다. 그러나 '두고 온 고향'임과 동시에 이미 '잃었던 고향'이기도 하다. 백석의 유년기에서 시기적으로 그리 멀지 않음에도 일제 강점기 시간의 흐름은 극심하고 격렬하게 흘렀기 때문이다. 순식간에 모든 전통적인 것을 과거의 유물로 만들어버렸다. 백석에게도 다시는 되찾을 수 없는 잃어버린 고향이었다. 사실 무언가를 잃어버리기 위해 반드시 긴 시간이 필요한 것도 아니다. 엊그제 헤어졌음에도 그 사랑은 이미 잃어버린 사랑이기에.

그럼에도 왜 백석은 이미 잃어버린 고향을 시로 되살리고자 했을까? 굳이 식민지 시대 운운하지 않더라도 그 고향이 유년의 유토피아, 낙원이었기 때문이다. 이 세상에 없는 곳. 그곳은 왕국과 새 옷과 음식과 친지들과 놀이가 있는 세계였다. 그 누구도 무리에서 떨어져 나와 무춤하게 서 있지 않고, 그 누구도 홀로 울음 울지 않고, 그 누구도 굶주리지 않는 세계. 웃음과 이야기가, 왁자한 소란이 난무하는 세계. 그

낙원을 백석은 포획하고 싶었던 것이다. 여기에는 없는 세계이기 때문이었다.

그 세계는 혈연으로 단단하게 뭉쳐진 세계다. 가족, 친족, 부족, 민족의 공동체만이 공유하는 세계다. 이방인은 넘볼 수 없는. 그 민족 공동체가 원래 살았던, 지금도 살고 싶은, 깊이 침잠해 있는 기억 속의 빛이다. 하여 그것을 시로 쓰는 것은 그 기억을, 빛을 일깨우는 것이다. 무릇 시인이 한 부족의 갈망을 어루만지는 샤먼이라면, 샤먼으로서의 시인은 민족 공동체의 기억을 일깨우고 싶은 것이다. 그것이 낡은 영광을 반추하는 감상적인 위안인지 선취해야 할 미래를 향한 혁명적인 선동인지는 더 두고 볼 일이다.

그렇다면 백석은 어떻게 그 기억을 되살렸을까? 어떻게 했길래 이효석이 '잃었던 고향을 다시 찾은 느낌'이라고 할까? 그 답은 생동하는 구체성에 있다. 무릇 시는, 문학은, 예술은 항상 구체적인 것을 재현하고자 한다. 구체적인 시간, 구체적인 공간 안에서의 구체적인 대상을 포착하고자 한다. 이 구체성이 생동하면 할수록 독자는 작품의 구체성에 뛰어들며, 그다음으로는 자신의 삶에서 또 하나의 구체적인 경험을 떠올린다. 이효석은 먼저 백석의 1910년대의 정주, '여우난골'에 빠져들고, 연이어 그것에서 벗어나 효석 자신의 1910년대 진부를 떠올리는 것이다. 백석보다 효석이 5년 먼저 태어났다.

얼마 전 페이스북에서 고흐의 〈밤의 카페 테라스〉라는 그림 속 그 카페를 다녀왔다는 지인의 사진을 본 적이 있다. 정말 고흐의 그림 속 카페와 같은 카페가 사진 속 배경이 되어 있었다. 분명 그곳이었다. 130년 전 고흐가 그린 그림 속 노천 카페와 지금의 그 카페는 누구도

빈센트 반 고흐V. van Gogh,
〈밤의 카페 테라스〉, 1888
캔버스에 유채, 81×65.5, 크뢸러 뮐러 미술관.

부인할 수 없을 만큼 같은 곳이었다. 밤하늘의 별조차. 그러나 사실 그림과 실재는 완전히 동일하지는 않았다. 무엇보다 그림이 더 강렬할 밖에. 우선 실재 건물은 그다지 노랗지가 않았다. 고흐의 그림 속 카페는 연두를 바탕에 깔고 노란색을 덧입혔으며, 그 노란 색이 돋보이라고 건물 이층을 푸른색으로 칠했다. 그런데 건물은 원래 그랬는지 다시 칠을 한 건지 3층 건물 전체가 노란색이었다. 연두의 흔적을 찾아보기 힘든 다소 경박한 노랑. 그리고 고흐는 그림 속 공간의 깊이를 얻기 위해 카페 앞쪽 마주 보는 건물을 그림에서 잘라버리고 길 자체의 폭을 한껏 시각적으로 넓히고 있었다. 사실 아주 비좁은 골목길일 따름인데. 그렇게 함으로써 구도는 명확해졌고 그림의 깊이는 한층 심원해졌다. 더욱 아름답게 보이기 위해 실재의 왜곡 혹은 과장, 그리고 생략은 피할 수 없는 방법이었다.

백석 또한 경험을 있는 그대로 복제하지는 않는다. 애초 그것은 불가능하다. 그렇기에 예술적으로 왜곡하고, 과장하고, 생략한다. 백석이 그 낙원을 강화하기 위해 선택한 방법은 먼저 평안도 정주의 지역어였다. 구어적으로는 일상 속에 여전히 남아있었을지라도 문어적으로는 어쩌면 한 번도 얼굴을 내민 적이 없는 말이었다. 그 오래된 한반도 한쪽 귀퉁이에 처박혀 있던 '아무렇지도 않고 예쁠 것도 없는'(정지용, 「향수」) 일상의 언어를 시에 담아낸 것 자체가 백석의 방법이었다. 이 방법은 너무도 맞춤하여 낡은 것임에도 낡은 것 자체가 새것의 효과를 발휘했으며, 너무나 이질적이었음에도 범접하지 못할 신비로움 속에 너무나 익숙한 것이기도 했다. 아주 '오래된 미래'가 그 언어 속에 숨 쉬고 있었다.

그리고 또 백석이 선택한 방법은 유년의 화자였다. 어른의 눈으로 회상하는 것이 아니라, 유년의 눈으로 마치 지금 그 현재를 목도하고 있는 듯이 현재형으로 그려냈다. 그저 눈앞에 펼쳐지는 광경을 그려냈을 뿐만 아니라, 무어라 평가조차 하지 못함에도 소년은 입을 떡 벌리고 그 광경에 흠뻑 빠져들고 있는 것이다. 대상과 시적 화자 사이에 어떤 거리나 틈을 허용하지 않고 완전히 몰입해 대상 속으로 스며들어 느끼고 소리치며 시시덕거리고 있는 것이다. 어찌 동화되지 않을 수 있으랴. 어른의 눈이었다면 분명 이 가족들의 누군가는 '적막하디 적막한 등짝에 낙인처럼 찍혀 지워지지 않는 지게자국'(손택수, 「아버지의 등을 밀며」 부분*)처럼 뒤늦은 깨달음에 안으로 울음을 삼키거나 그도 아니라면 '언제나 우리는 고향에 돌아가/ 그간의 일들을/ 울며 아버님께'(김사인, 「코스모스」 부분**) 여쭈었을지도 모른다. 그 순간 이 완벽한 충만함의 세계는 흔들리고 부서진다. 아니 아무 일이 없을지라도 이미 흐려진 어른의 눈이었다면 드러내지 않더라도 '어떤 이는 내 눈에서 죄인을 읽어가고/ 어떤 이는 내 입에서 천치를'(서정주, 「자화상」 부분) 읽어낼 수밖에 없었을 것이다. 그렇기에 백석은 어린 화자를 전면에 내세웠다. 누구도 허물 수 없는 완벽한 대상만 오롯이 담길 수 있게.

또 한 가지 백석은 중첩되는 열거와 함께 자세하게 더 자세하게 광경을 재현하고자 했다. 상세하게 친지들 한 사람, 한 사람의 삶을 구체적으로 형상화하고, 먹거리와 놀 거리를 지루할 만큼 하나하나 제시했

* 손택수(2007), 『호랑이 발자국』, 창비.

** 김사인(2006), 『가만히 좋아하는』, 창비.

다. 한 연구자는 이를 판소리의 '엮음'과 연결해 논의*했다. 물론 음악 장르인 판소리와 다를 바 없이 「여우난골족」이 율동감으로 가득 차 마치 휘모리처럼 몰아쳐 가고 또 잦아들고 있음은 분명하다. 그러나 판소리의 엮음이 장면의 독자성으로 점차 확장 강화되는 구절이 열거, 반복된다는 점과 백석의 시에 빈번히 등장하는 열거, 반복은 엄연히 다르다. 연행의 장르인 판소리가 갖는 현장성과 달리 시는 엄격히 텍스트로 존재하며, 부분의 독자성이 아닌, 부분의 의도가 아닌, 겨레의 기억을 최대한 상세하게 재현해낸다는 전체적인 의도에 묵묵히 복무해야 마땅하기 때문이다. 인물을 묘사하는 열거는 부채꼴로 펼쳐지며 인물의 다각적인 생을 요약하고 있으며, 음식들과 놀이들을 켜켜로 쌓아 올려 그 하루의 즐거움을 마음껏 표현하기 위함이다. 그리고 이 열거들이 모여 '여우난골족', 한반도의 조선 민중, 조선 민족의 생활 속 한 장면의 세부를 두텁게 되살려 내고 있는 것이다.

이들 방법에 기대 이효석은 '잃었던 고향을 다시 찾을' 수 있었다.

4.

'잃었던 고향을 다시 찾'은 이는 유독 이효석만은 아닐 것이다. 나 또한 백석의 시 한 편으로 '잃었던 유년'을 다시 찾았다.

유난히 몸이 약한 나는 아주 늦게까지 오줌을 가리지 못했다. 꿈속에서 급히 오동동거리다가 마침내 '에라 모르겠다!' 하고 싸지르는 순간 '아, 이건 꿈일 뿐만 아니라 현실이기도 하지.'하고 화들짝 놀라 일어나면 이미 흥건하게 요와 이불은 푹 젖어 있곤 했다. 슬쩍 자리를 바

* 고형진(2013), 『백석 시를 읽는다는 것』, 문학동네.

꿔치기할 동생은커녕, 걸핏하면 콩콩 쥐어박는 형들만 둘 있었기에 엄마의 지청구를 어찌 피해 볼 도리가 없었다. 참다못한 엄마는 어떤 날은 키를 씌워 소금을 얻으러 이웃집으로 내몰기도 했고, 이불이 척 걸쳐진 담벼락 옆에 세워두기도 했다. 나는 훗날을 대비해 얻은 소금을 조금씩 덜어 뒤란 장독대 뒤에 비축을 해 두기도 했고, 누가 볼세라 이불 속에 상체를 가린 채 발만 삐죽 세워놓기도 했다. 그러나 자지러질 듯한 창피함도 그때뿐이었다. 밤이면 또 온갖 채비를 갖추고서도 염려와 근심에 뒤척이다 나도 모르게 잠이 들고, 그럼 또 어김없이 오줌 눌 곳을 찾아 헤매다 꿈인데 뭘 하며 오줌보를 열면…….

그 '병 아닌 병'이 아닌 병을 고치기 위해 엄마는 무던히도 애쓰셨다. 사흘거리로 무거운 이불 빨래와 씨름을 해야 했으니 어련했으랴 싶다. 몸을 보해야 한다며 개구리를 퍽이나 열심히 먹였다. 말간 국물에 노란 기름이 동동 떠다니던 개구리 뒷다리 곰탕. 아마 개구리가 없었으면 엄마는 쥐라도 삶아 먹였을 것이다.

그런데 그런 경험을 여실히 복원한 시가 백석에게도 있었다.

동뇨부童尿賦

봄철날 한종일내 노곤하니 벌불 장난을 한 날 밤이면 으레
이 싸개동당을 지나는데 잘망하니 누워 싸는 오줌이 넓적다리
를 흐르는 따끈따근한 맛 자리에 평하니 괴이는 척척한 맛

첫여름 이른 저녁을 해치우고 인간들이 모두 터 앞에 나와

서 물외 포기에 당콩 포기에 오줌을 주는 때 터 앞에 밭마당에 샛길에 떠도는 오줌의 매캐한 재릿한 내음새

긴긴 겨울밤 인간들이 모두 한잠이 들은 재밤중에 나 혼자 일어나서 머리맡 쥐발 같은 새끼 요강에 한없이 누는 잘 마렵던 오줌의 사르릉 쪼로록 하는 소리

그리고 또 엄매의 말엔 내가 아직 굳은 밥을 모르던 때 살갖 퍼런 막내고모가 잘도 받아 세수를 하였다는 내 오줌빛은 이슬같이 샛말갛기도 샛맑았다는 것이다*

동뇨童尿는 어린아이의 오줌을 일컫는 말이다. 그리고 '부賦'는 한시의 일종으로 '사물이나 대상에 대한 감상을 비유를 쓰지 않고 직접 서술하는 작법'을 일컫는다. 고려나 조선에서 '시詩', '송頌'과 함께 과거 시험의 과목이기도 할 정도로 두루 널리 쓰이는 장르였다. 백석은 유머러스하게도 이 전통적인 시 형식에 어린아이의 오줌을 끼워 넣음으로써 장르의 근엄함을 훌쩍 넘어서고 있다.

백석의 기억 속에 가장 먼저 떠오르는 오줌은 '넓적다리를 흐르는 따끈따끈'하고 '척적한' 야뇨다. 막 피어오르는 따스한 봄날 온종일 들판을 휘저으며 불놀이를 한 뒤끝이기에 몸이 나른할 대로 나른한 아이는 내처 잠자리에 오줌을 누고 만다. 그런데 백석을 이를 맛이라는

---

* 벌불: 들불, 싸개동당 : 오줌이 마려워 발을 동동 구르며 기어코 싸는 장소, 잘망하니 : 얄밉게도, 당콩 : 강낭콩, 터앞 : 텃밭 앞, 재방중 : 한밤중

미각으로 느낌을 표현한다. 당연히 촉감의 은유다. 그럼에도 느낌은 여실히 전해진다. 특히 유경험자인 나에게는 더욱. 다음은 텃밭에 거름입네 하며 게을러터진 사내놈들이 내지르는 오줌과 그 재릿한 냄새, 그리고 한밤중 혼자 일어나 요강을 들고 누던 오줌과 그 새침한 오줌발 소리. 그리고 이유식을 하던 영아 때의 오줌을 받아 그것으로 낯을 씻던 고모와 그 오줌의 빛깔.

이처럼 백석은 아이의 오줌조차 맛, 냄새, 소리, 빛깔 등 다양한 감각적 이미지를 구축하며, 유년의 기억들을 되살려 놓는다. 심지어 오줌조차. 그는 삶의 세목 그 어느 것 하나 놓치고 싶지 않았던 것이다. 왜? 무엇 때문에? 기억은, 더욱이 개인의 기억을 넘어 민족 구성원 전체의 기억으로 고양될 때, 민족 자체가 사라져버릴 위기일 때 기억은 거대한 투쟁이기 때문이다.

5. 예술, 멀고 험한 길

1980년 스무 살 무렵, 백석의 시 「모닥불」이 처음 내게 왔다. 그때부터 그를 짝사랑하기 시작했다. 사회과학적 열정과 기운이 문학을 견인하던 당시에 백석의 시는 내가 깃들일 거의 완전한 둥지였다. 지금은 이름도 기억나지 않는 수많은 집회에 참가해서 구호를 외치다가 돌아와 쉴 속도 그 둥지였고, 잃어버린 시의 나침반을 찾아 헤맬 때 길을 가르쳐 준 것도 그 둥지였다. 1989년, 두 번째 시집을 준비하면서 나는 출판사에 『모닥불』을 시집의 제목으로 삼자고 우겼다. 그렇게라도 백석을 베끼고 싶었다.

—안도현*

1.

어릴 때 내 꿈은 선생님이 되는 것이었다. 그런데 어디 선생님 되기가 쉽기나 한가. 그래서 몰래 따로 꿍쳐둔 꿈이 또 하나 있었다. 목수가 되는 것. 예수의 아버지 요셉과 같은 목수. 큰 집을 짓거나 하는 거창한 꿈은 아니었다. 작은 책상이나 탁자, 의자, 문갑 등 손에 닿는 나무로 이렇게 저렇게 뭐라도 만들고 싶었다. 그런데 꿈으로 가는 길은 까마득했다. 나무로 만들어 본 것은 새총이 유일했으니까.

세월이 흘러 꿈이었다는 것조차 희미해졌을 무렵 우연히 집 근처

* 『백석 평전』, 다산책방, 2014, 7쪽.

'문화의집'에 고가구를 만드는 프로그램이 있음을 알게 되었다. 나는 용기를 내어 찾아갔다. 그런데 서안이나 삼층 장식장을 만드는 소목반은 이미 시작됐고, 바로 배울 수 있는 것은 장석반이 남았다고 했다. 보석함이나 장식장에 소용되는 쇠붙이 장식들을 만드는 과정이라 했다. 나는 이미 마음먹고 온 다음이라 덜컥 등록을 했다. 뭔가 순서가 뒤바뀌었다는 생각을 떨칠 수가 없었지만, 그래도 계속 미루느니 순서가 뒤집힌들 어떠랴, 어차피 어디서부터 하건 시작은 반이거니 싶었다.

장석이란 기본적으로 황동에 정과 망치로 모양을 잘라내고 굽히고 또 문양을 내는 것이었다. 말은 쉽지만 과정은 결코 쉽지 않았다. 가장 많이 들었던 말은 선생님의 칭찬이 아니라, 머리는 뒀다 어디에 쓰느냐는 책망이었다. 그 과정에서 한 가지 배운 것은 장석이 아니라 수학의 미분이었다. 정을 작은 망치로 콩콩콩 두들겨 잘라내는, 정확히 말하면 무수히 구멍을 내는 과정이야말로 아주 미세한 직선으로 곡선을 만드는 과정이었다. 곡선의 길이를 재는 미분 역시 곡선을 잘게 쪼개 직선이 될 정도로 나누고 나누어 길이를 재는 것임을 홀연히 깨달았다. 그 깨달음을 간직한 채 나의 시도는 손 여기저기에 생채기를 남긴 채 끝났다.

예술가가 되는 일은 결코 호락호락하지 않았다. 그림도, 음악도, 하물며 장석도 그렇게나 매달려도 그 예술들은 한결같이 내게 곁을 내주지 않았다. 아마도 1만 시간의 법칙처럼 어느 정도 시간이 당연히 필요했을 것이다. 고비를 넘어 진득하니 매달려야 하는 끈기가 필요했다. 모든 예술가들이 새삼 존경스러울 뿐. 그래도 다행스러운 것은 음악이나 미술, 문학이 언제나 곁에 있다는 사실이다. 직접 그리고, 연주하고, 쓰지는 못할지라도 좋은 그림을 보고, 음악을 듣고, 문학작품을 쉼 없이 읽고, 이렇게 이야기를 나누는 삶도 썩 괜찮지 않을까.

2.

백석의 시는 시 읽기가 줄 수 있는 최상의 즐거움을 내게 준다. 백석의 시를 가만 읊조리면 리듬이 살아나고, 의미가 덧쌓이며, 때로는 마음이 누눅해지기도 하고, 무엇을 향한 것인지 모를 그리움이 밀물처럼 가만가만 차오른다.

얼마 전 클래식 음악에 관한, 지휘자 모세리John Mauceri의 에세이에서 초연을 듣는 즐거움을 읽은 적이 있다. 라벨M.Ravel의 〈볼레로Volero〉가 1928년 파리 오페라 좌에서 초연을 했을 때 실제 있었던 일이다. 15분 동안 계속해서 스네어 드럼이란 쇠줄에 연결된 작은 북의 기조음 위에 16가지 악기들이 동일하게 같은 리듬의 변주를 끝도 없이 이어가는 것을 듣고 한 청중이 소리를 질렀다. "미쳤어. 라벨은 미쳤어." 라고. 그런데 30초만 더 기다렸더라면 곡은 끝났을 텐데, 그 청중은 이 곡이 1악장밖에 없다는 것도 알 수 없었고 또 언제 끝날지도 몰랐기에 어쩌면 앞으로 15분을 더 그 악곡을 들을지도 모른다는 두려움을 참을 수가 없었던 것이다.* 모세리는 우리에겐 이렇게 처음 듣는 음악이 이 세상에 너무나 많기에 하나하나 새로운 마음으로 그저 흘려듣지 말고 '집중'하여 들을 것을 요구했다. 집중하는 순간 우리는 언제나 그 곡의 세계적인 초연을, 최고의 지휘자, 최고의 오케스트라에게서 듣는 셈이라고. 그러니 온 마음을 집중해 한번 들어보라고, 그러면 클래식

* John Mauceri(2019), *For the Love of Music*, Alfred A. Knopf, 114쪽

이 좋아질 것이라고 내게 권했다.

이 글을 읽으며 나는 시도 음악의 초연을 듣듯 찬찬히 집중해서 읽으면 어떨까 했다. 그렇게 하면 영혼의 언어라는 음악의 경이를 충분히 느낄 수 있듯, 비유가 아닌 말 그대로 영혼의 언어인 시를 더욱 깊이 읽을 수 있지 않을까 생각했다. 지금 내 앞에 있는 한 편의 시는 차이코프스키P.Tchaikovski의 〈피아노 협주곡 1번〉이다. 차이코프스키를 믿듯 나는 백석을 믿는다. 내겐 최고의 피아노 협주곡이고, 지금 읽고 있는 1연은 1악장이다. 지금 백석의 시 「모닥불」이 세계에서 처음으로 연주되고 있다. 나의 입술이, 나의 마음이 악기다. 나는 1875년 보스턴 음악 홀에서 이 협주곡을 피아노로 초연한 뷜러H.Bülow처럼 서재인지 창고인지도 아리송한 방에서 「모닥불」을 연주한다. 공교롭게도 차이코프스키의 협주곡도 3악장이고, 백석의 「모닥불」도 3악장 아니 3연이다. 내친김에 이 3악장은 알레그로, 안단티노, 알레그로다. 백석의 시는? 어쩌면 처음 읽는 혹은 읽는 척하는 나는, 음악적 구축력의 정화라는 〈볼레로〉를 이 세상에서 처음 들었던 그 청중처럼 '백석은 미쳤어!'라고 소리칠지도 모르겠다. 그래도 나는 그 긴장감, 그 펼쳐질 미지의 작품에 대한 기대를 지닌 채 읽어나간다. 그것이 가능한 것은 사실 백석의 시가 늘 새롭기 때문이기도 하다.

모닥불

새끼오리도 헌신짝도 소똥도 갓신창도 개니빠디도 너울쪽도 짚검불도 가랑잎도 머리카락도 헝겊조각도 막대꼬치도 기

왓장도 닭의 깃도 개 터럭도 타는 모닥불

재당도 초시도 문장門長늙은이도 더부살이 아이도 새사위도 갓사돈도 나그네도 주인도 할아버지도 손자도 붓장수도 땜쟁이도 큰 개도 강아지도 모두 모닥불을 쪼인다

모닥불은 어려서 우리 할아버지가 어미 아비 없는 서러운 아이로 불상하니도 몽둥발이가 된 슬픈 역사가 있다*

이렇게 빨리 읽으면 안 되는데 마음과는 달리 1분도 걸리지 않았다. 차이코프스키는 1악장만 해도 아쉬케나지가 연주한 곡이 21분 4초인데. 그래도 생각의 단서는 시가 음악보다 훨씬 풍부하니 생각을 그만큼 더 하면 되지 않을까 위로한다.

나는 이 시를 읽으며 백석의 민중성에 대해 먼저 생각했다. 백석은 외모가 일단 압도적이었다. 키가 180에 가까웠다고 하니, 허참, 종로통을 지나가면 여자들이 그 시절에도 막 뒤돌아 달려와서 한 번 더 보고 갔다고 했다. 허참. 그런데 백석은 결벽증에 가까울 만큼 정갈했다. "집 안방의 창문을 여닫을 때도 그는 잠금쇠 만지기를 피하여 손이 잘 닿지 않는 창문틀의 위쪽이나 아래쪽을 겨우 밀어서 여닫곤 했다."** 고 한다. 그 때문인지 민중성과 백석은 늘 동그란 세모 같이 나란히 놓이지 않았다. 어떤 연구자도 나란히 놓지 않았다.

---

* 새끼오리: 새끼줄 토막, 개니빠니: 개 이빨, 닭의 짓: 닭의 깃털, 재당 : 향촌의 최고 어른, 문장 : 문중에서 제일 어른, 갓사둔: 새사둔, 몽둥발이: 남은 몸뚱이

** 송준(2002), 『시인 백석2』, 흰당나귀, 178쪽.

그런데 나는 백석의 의식은 존재와 달리 민중적이었다고 생각한다. 그런데 우리가 읽는 것은 백석의 시이지 백석이 아니지 않는가? 나는 늘 백석에 대한 연구들이 조금은 불만이다. 백석의 삶을 계속 시와 동류로 놓고 논의하는 것이. 전기적 관점은 그 의미가 제한적이다. 시의 의미를 계속 전기적 삶과 연관시켜 해석하는 것은 '의도의 오류'일 수도 있다. 어느 정도는 시를 시인과 분리해서 읽어주어야 할 것이다. 차이코프스키가 동성애자라고 해서 그의 모든 음악을 자신을 받아들이지 않는 현실에 대한 비탄으로 들어야 할까. 마지막 교향곡 '비창'을 차이코프스키의 비극적인 운명에 대한 비탄으로 꼭 들을 이유는 없다.

나는 백석이 민족적일 뿐만 아니라 민중적이라고 생각한다. 사실 민족적이란 수식은 언제나 구체적인 내용을 동반한다. 백석이 지역어를 즐겨 썼다는 사실만 민족적인 것일 수는 없다. 민족적인 것은 언어를 넘어 민족의 삶을 시에 투영하는 것이며, 민족의 삶을 투영한다는 것은 민중적 인식을 바탕에 두지 않고서는 허약하다. 민중적 바탕이 없는 민족의 삶은 도대체 누구의 민족일까. 그들만의 리그나 관념 속에서 줄창 외쳐대는 민족은 무슨 쓸모가 있으랴. 민중성을 기저에 깔지 않는 민족문학이라면 그런 민족문학은 기꺼이 버려도 좋을 것이다. 백석의 시가 민족적이란 것은 그저 민족의 언어를 옹글게 구사했을 뿐만 아니라 그의 시 속에 존재하는 민중적 디테일이 꿈틀거리고 있기 때문이다. 민족적이며 동시에 민중적인 것이야말로 제대로 된 민족적 특성일 것이다.

「모닥불」도 물론이지만 백석의 시에 등장하는 모든 인물들은 민중으로 치환해도 어색함이 없다. 심지어 그 시대로서는 보기 드물다는

'학실(안경)'을 쓰고 대거 나타난 북관의 짐승 같은 '영감들'조차 나는 민중적이라 읽는다.

'거리는 장날이다/ 장날 거리에 영감들이 지나간다/ 영감들은/ 말상을 하였다 범상을 하였다 쪽제비상을 하였다/ 개발코를 하였다 안장코를 하였다 질병코를 하였다/ 그 코에 모두 학실을 썼다/ 돌체돋보기다 대모체돋보기다 로이드돋보기다/ 영감들은 유리창 같은 눈을 번득거리며/ 투박한 북관말을 떠들어대며/ 쇠리쇠리한 저녁해 속에/ 사나운 짐승같이들 사라졌다'(「석양夕陽」)

이 '짐승같'은 영감들이 그 잘난 돋보기 안경을 걸쳤다 한들 그래 봤자 이이들은 말상, 범상, 족제비상을 한, 개발코, 안장코, 질병코를 한, '쇠리쇠리한 저녁해 속에' 사라져가는 조선의 '짐승들'인 바에야. 어찌 이들을 반민중적이라고 할 수 있을까?

유년기의 삶을 형상화한 그 모든 『사슴』의 시편들에서 반민중적인 형상은 어디에도 없다. 오히려 온갖 상처 입은 식민지 조선의 군상들이 한 치의 어긋남 없이 민중적 관점 안에 담겨 있지 않은가? 그런데 왜 백석의 민중성에 관해 언급하고 있는 연구가 드문지 알 수가 없다. 심지어 백석이 북한에 남은 것도 기실 오산학교의 교장이었던 고당 조만식 선생 때문이었다. 선생은 광복과 함께 평안남도 건국준비위원회의 위원장으로, 이후 11월에 조선민주당을 창당하고 신탁통치에 대한 반대를 하다 결국 행방이 묘연해졌다. 한국전쟁 직전에 남한에서 활동하다 구금된 공산주의자들과 인신 교환이 논의되었으나 전쟁은 터졌고, 선생은 그 이후로 종적을 찾을 수 없게 되었다. 백석은 은사의 비서를 하느라고 기실 월남하지 못했고, '김일성 장군 환영식'에서도 조만식의 러시아어 통역 비서로 제 몫을 했다. 그 모든 선택은 누구의 선택이었는가? 백석의 선택이었다. 그는 해방공간과 한국전쟁 시기를 나름 힘껏 밀어가고 있었다. 그런 백석을 창백한 인텔리겐치아의 이미지 속에 묶어두고 민중적 지향을 애써 외면하는 것 역시 시 연구자들이 조롱했던 소박한 '의도의 오류'는 아닐까.

투정은 그만두고 시를 꼼꼼히 들여다보기로 한다. 1연은 온갖 것들이 동시에 주르륵 등장한다. 새끼줄 동강, 헌신짝, 소똥, 갓끈, 개 이빨, 널빤지 쪼가리, 짚 검불, 가랑잎, 머리카락, 헝겊 조각, 막대기, 기왓장, 닭의 깃털, 개 터럭. 이 모든 것이 타는 모닥불이다. 이 가운데는 사실 개 이빨이나 기왓장처럼 타지 않는 것도 있다. 그럼에도 백석은 넌지시 이들조차 끼워 넣는다. 2연은 이제 타는 것이 아니라, 추위를 이기지 못하고 타는 것 주위로 모여드는 온갖 인간 군상들이다. 여기에는 신분의 고하도 없고, 혈족의 위아래도 없으며, 직업의 귀천도 없고, 심지어 인간과 동물의 차별성도 없다. 모두들 모여든다. 1연에서 이미 마련된 대구의 짝은 이 연에서 명료한 형체를 가진 채 마치 심장의 박동처럼 쿵쾅 짝을 이루고 있다. '재당'과 '초시'가, '문장 늙은이'와 '더부살이 아이'가, '큰 개'와 '강아지'가 모닥불을 쬐기 위해. 3연에서 시인은 관찰한 것에서 마음속에 일어난 생각으로 옮겨간다. 백석은 결코 사물을 사물 그 자체로 내버려 두지 않는다. 늘 인정과 사람살이로 기어이 비끄러맨다. '어미 아비 없는 서러운 아이', 모닥불에 모여든 온갖 잡동사니와 다를 바 없는, 은유적으로 '몽둥발이'로 살 수밖에 없었던 아이와 우리 겨레의 '슬픈 역사'를 소환한다. 모닥불을 통해 민중적 형상을 발견하고, 모닥불을 통해 민중의 역사를 생각한다.

이 시의 매혹은 기교가 없다는 것이다. 문장의 구조를 보면, 쭉 나열되는 많은 사물과 사람들에도 불구하고 1연과 2연은 단순하기 그지없다. '~ 타는 모닥불', '~도 모두 모닥불을 쪼인다'가 전부이다. 그리고 덧붙여 모닥불은 그냥 모닥불이 아니라, 그 속에 모닥불의 불쏘시개 같은, 한 사람의 슬픈 역사가 있다는 것이다. 1, 2연의 앞에 놓인 그 많은 명사들은 그저 물건일 것, 사람 혹은 동물일 것이란 규칙만 있을 따름이다. 참 시 쓰기가 쉽다. '모닥불', '모닥불을 쬔다'라고 하면 1, 2연이 뚝딱 해결되고, 모닥불을 보니 누가, 할아버지 생각이 난다로 3연을 마무리하면 시 한 편이 뚝딱이다.

이 시를 읽노라면 시가 언어의 문제가 아니라 시적 인식, 시적 발견의 문제이며 그 인식과 발견에 깃든 삶과 인간, 그 모든 존재를 응시하는 마음의 결이 문제임을 알 수 있다. 그러니 이 단순한 시에서도 나는 깊은 출렁거림을 느끼게 되는 것이다. 이 단순한 문장만으로 한 편의 탁월한 시를 거뜬히 길어내다니. 게다가 그 어떤 시들보다 옹골찬 민중적 시야를 담아내다니.

음악은 기본적으로 메타포, 상징의 예술이다. 어떤 느낌인지, 무엇을 표현하고 있는지 비유로, 상징으로 말하는 양식이다. 다행히 원관념은 없다. 그 원관념이 운명인지, 전원인지, 영웅인지, 환희의 송가인지 사실은 없다. 원래는 추상적인 교향곡의 순서를 알려주는 번호만 붙어 있었을 따름이다. 설혹 원래부터 있었다고 할지라도 그것은 베토벤이 생각하는 원관념일 뿐이다. 음악은 그저 은유와 상징만으로 각자 제 나름대로 원관념을 구축하면 그만이다. 시도 은유다. '새끼오리'도 은유고, '개니빠니'도 은유다. 그나마 시는 음악과 달리 원관념, 애초 표현하고자 하는 함축이 있음이 다를 뿐이다. 그러나 그 함축조차 시어 하나하나를 읽자마자 바로 알 수는 없다. 시어는 마치 벽돌 한 장과 같기 때문이다. 이 「모닥불」이란 시도 다를 바 없다. '새끼오리'도 한 장의 벽돌이고, '개니빠니'도 한 장의 벽돌이다. 한 장의 붉은 벽돌임은 분명한데, 우리는 그저 벽돌의 쓰임이 여기에 적합하지 않을까 추론을 할 수 있을 뿐 궁극적으로 의미를 확정할 수는 없다. 의미의 확정은 벽돌 한 장이 어디에 어떻게 쓰이는지 전모를 알고 난 다음에나 가능하다. 그 붉은 벽돌이 건물 외벽의 벽돌인지, 벽난로의 벽돌인지, 화덕의 벽돌인지 전모를, 시 전체를 보지 않고서는 결코 제대로 알 수가 없다.

백석은 이 시를 통해 모닥불을 구성하는 요소들, 모닥불을 쬐는 존재들, 모닥불을 구성하는 요소와 쬐는 존재들과 그로부터 떠오르는 할아버지를 말하고 있지만은 않다. 백석은 이 모든 존재들과 생명들이 모닥불을 이룬다고 말하고 싶은 것은 아닐까? 그리고 비약하자면 그 온기로 식민지 시대를 돌파할 수 있다는 데 생각이 미친 것은 아닐까? '슬픈 역사'이지만 환하게 밝고, 비록 등은 시리지만 내민 손은 모두 따스한. 더욱이 온갖 낮은 자리에서 모여든 민중들이 모두 함께 만들고 누리는 모닥불로. 모닥불은 모닥불을 이루고, 모닥불에 둘러싼 존재들 전부가 함께 어우러져 비로소 모닥불이 되는 것이다.

3.

그런데 이 시를 읽고 이러저러한 마음의 출렁거림을 느끼는 이가 유독 나만은 아니었나 보다. 정말 다행이다. 백석을 사랑해 마지않는 안도현은 이 시를 오마주hommage한 시를 쓰기까지 했으니.

모닥불

모닥불은 피어오른다
어두운 청과시장 귀퉁이에서
지하도 공사장 입구에서
잡것들이 몸 푼 세상 쓰레기장에서
철야 농성한 여공들 가슴속에서
첫차를 기다리는 면사무소 앞에서
가난한 양말에 구멍 난 아이 앞에서
비탈진 역사의 텃밭 가에서
사람들이 착하게 살아 있는 곳에서
모여 있는 곳에서
모닥불은 피어오른다
얼음장이 강물 위에 눕는 섣달에
낮도 밤도 아닌 푸른 새벽에
동트기 십 분 전에
쌀밥에 더운 국 말아 먹기 전에
무장 독립군들 출정가 부르기 전에
압록강 건너기 전에
배부른 그들 잠들어 있는 시간에
쓸데없는 책들이 다 쌓인 다음에

모닥불은 피어오른다
언 땅바닥에 신선한 충격을 주는
훅훅 입김을 하늘에 불어놓는
죽음도 그리하여 삶으로 돌이키는
삶을 희망으로 전진시키는
그날까지 끝까지 울음을 참아내는
모닥불은 피어오른다
한 그루 향나무 같다*

백석의 「모닥불」은 '무엇이 타는가?', '누가 쬐는가?', '무엇이 생각나는가?'로 짜여 있다. 반면 안도현의 「모닥불」은 이 질문을 반복하고 확장하지는 않는다. 그 질문은 백석으로 충분하기 때문이다. 그리고 오마주는 패러디와 다를 바 없이, 반복이 아니라 넘어서야 하니까. 그 비켜선 자리에서 안도현은 '어디에서 피어오르는가?', '언제 피어오르는가?', '그리하여 무엇을 해내는가?'라는 질문으로 대체한다. 백석의 벽돌은 아주 촘촘한 데 비해 안도현의 벽돌은 성글다. 밀도를 얻을 것인지 체적을 얻을 것인지 선택한 결과이다. 다만 백석이 안도현에 결코 뒤지지 않고 있음은 눈여겨볼 일이다. 거의 70년이란 시적 상상력의 역사 속에 차근차근 축적된 시간의 힘이 안도현의 시에 있음에도 불구하고 백석의 시는 이에 조금도 뒤처지지 않고 있다.

그 이유는 백석이 「모닥불」에서 활용한 창작 방법에 아주 능숙하기 때문이다. 그에게는 「모닥불」과 나란히 놓이는 또 다른 한 편의 시가

* 안도현(1989), 『모닥불』, 창비.

있다.

연자간

달빛도 거지도 도적개도 모두 즐겁다
풍구재도 얼룩소도 쇠스랑볕도 모두 즐겁다

도적괭이 새끼락이 나고
살진 쪽제비 트는 기지개 길고

홰냥닭은 알을 낳고 소리치고
강아지는 겨를 먹고 오줌 싸고

개들은 게모이고 쌈짓거리하고
놓여난 도야지 둥구잡혀 오고

송아지 잘도 놀고
까치 보해 짖고

신영길 말이 울고 가고
장돌림 당나귀도 울고 가고

대들보 위에 베틀도 차일도 토리개도 모두들 편안하니

구석구석 후치도 보습도 쇠스랑도 모두들 편안하니*

• 함흥의 영생고보에서 수업 시간에

시집 『사슴』을 발표하고, 1936년 3월 『조광』이란 잡지에 실은 작품이다. 시가 발표된 다음 백석은 '조선일보사'에 사표를 내고 평안남도 함흥의 영생고등보통학교의 영어 교사로 자리를 옮긴다. 시기적으로 이 시는 『사슴』의 시적 아우라, 그 연장선 위에 서 있으며, 기법적으로는 「모닥불」과 엄밀하게 조응한다. 그러나 훨씬 더 아름답다. 민중적인 정향을 조금 옆으로 밀어내고 대신 연자간과 그 주변에서 일어나는 일에 관한 시적 반향을 중심에 두고 있다.

이 시를 두고 고형진**은 율격을 상세히 밝히고 있다. 7연으로 이루어진 시는 1연과 7연은 촉박하고, 나머지 가운데 연들은 유장하게 펼쳐진다는 것이다. 오히려 길게 이어지는 7연이 유장할 듯하지만 사실은 그렇지 않다. 각각의 행들은 저마다 동등한 심리적 길이를 지니기 때문이다. 리듬의 등장성 때문이

* 도적개: 도둑개, 풍구재: 풀무, 쇠스랑별: 쇠스랑 별으로 창살 무늬로 별이 들어오는 모양, 새끼락: 커지며 나오는 손발톱, 홰냥닭: 홰에 올라앉은 닭, 게모이고: 정신없이 모여들고, 둥구재벼 : 둥구란 큰 가마나 독을 말하며, 여기에서는 큰 가마나 독을 들 듯이 들쳐 메고 붙잡아오는 모습, 보해: 뻔질나게, 신영: 신랑이 신부를 맞이하기 위해 신부의 집으로 가는 풍속, 토리개: 목화의 씨를 뽑는 기구, 후치: 땅을 가는 농기구, 보십: 보습

** 고형진, 『백석 시 바로 읽기』, 현대문학, 2006, 92~94쪽.

다. 등장성等張性, 곧 길이가 같은 속성이란 뜻이다. 1연은 3, 2의 음보로 5음보, 7연은 2, 3, 2의 음보로 7음보로 율격이 형성되어 있다. 나머지 2연에서 6연까지는 모두 3음보다. 고형진은 2연~6연에 나타나는 3음보의 역동성을 근거로 상대적으로 1, 7연은 그에 비해 안정적이라고 하지만 실제 가만히 입술에 시어들을 올려보면 모든 행들이 '즐겁고', '편안하니' 경쾌한 춤곡처럼 감싸고 돌아간다는 것을 느낄 수 있다. 음보의 차이일 뿐 기능까지 다르지는 않은 것이다. 기능까지 다르다고 보는 관점은 음보율에 대한 기계적인 적용이다. 음보율에 덧붙여 이 시에는 행의 끝자락에 1연은 '~ 즐겁다', 2~6연은 '~고', 7연은 '편안하니'로 통일적으로 마무리하고 있다. 하여 리듬감은 요즘의 대세인 힙합이 라임을 맞추는 것처럼 딱딱 정돈되어 있다. 리듬이 시종일관 출렁이며 경쾌하다.

이 시가 「모닥불」과 다르지 않은 까닭은 처음과 끝의 '즐겁다'와 '편안하니' 속에 '어떻게'를 넣고 있기 때문이다. '어떠니?', '어떻게?', '그래서 어떠니?'라는 구조를 갖추고 있고, 열거와 대구로 속을 채우고 있기 때문이다. 그러나 역시 다른 까닭은 훨씬 더 많은 동사로 활기찬 역동성을 얻고 있기 때문이다. 「모닥불」과 같은 구조로 인식의 충격은 부족하지만 음악적 리듬감은 풍부하고 충만하다. 더욱이 이 시에서는 시적 화자의 초점이 딱 정해져 있다. 그 멈춘 지점에서 '연자간' 앞의 마당에서, 안의 도구들과 위의 하늘에서 지나가는 모든 것들이 무성영화처럼 포착된다. 시인은 멀리 떨어져 앉아 오래 그 장면들을 응시한다. 그 결과 서술과 묘사는 꽉 맞물려 한 세계를 펼쳐 보인다. 백석 시에서도 보기 드문 진경이다.

4.

백석이 「연자간」을 썼을 때는 스물다섯 살이었다. 「모닥불」은 『사슴』에 묶여 있으니 스물넷이거나 그 한두 해 전에 썼을 것이다. 아주 어릴 때 시시덕거리며 나누었던 농담처럼 '아들아, 난 너만 할 때 구구단을 5단까지 외웠단다.'라고 하니, 아들이 '아빠, 조지 워싱턴은 아빠 나이에 미국 대통령이었잖아요.'라고 했다는 이야기가 생각난다. 나는 스물다섯에 뭘 했을까?

그런데 이 시를 쓰기 1년 전에 백석은 박경련이란 여자를 친구 허준의 결혼식에서 하객 중의 한 사람으로 만난다. 그리고 그 먼 통영까지 혹여 그녀를 볼 수 있을까 세 번을 오간다. 그리고 그예 마지막 방문에서 구혼을 했으나 문전박대 얼굴조차 다시 보지 못하고 돌아선다. 그런데 충격적인 것은 박경련이 또 다른 절친한 친구 신현중과 결혼을 한다는 사실이다. 확인할 수는 없지만 쫓아다니는 백석을 보고 박경련의 모친이 동향 사람인 신현중을 불러 그 사람이 어떠한가 물었는데 그는 백석의 어머니가 '무녀'라고 했단다. 사실 백석의 어머니가 무녀가 아니라 그 어머니의 어머니가 기생이었다고 한다. 신현중은 이를 슬쩍 비틀어 사실을 왜곡한 것이다. 이 말에 깜짝 놀란 박경련의 모친이 이 일을 어찌 할꼬 했더니 신현중이 그럼 자기는 어떻겠느냐고 해서 서둘러 혼례를 치렀단다. 이 일로 상심이 크기도 했던 백석은 이 시 「연자간」을 발표한 다음 해 1937년, 스물여섯 나이에 부모의 강요를 견디지 못하고 혼례를 치른다. 그러나 며칠 되지 않아 함흥으로 돌아오고 만다. 그리고 또 1939년에도 기생 자야와 가까이 지낸다는 이유로 한 번 더 혼례를 치르지만 이때 역시 다시 돌아온다. 두 번 다 1936

년 가을부터 만나기 시작했던 자야가 있는 함흥으로, 경성으로 돌아왔다. 차이코프스키의 〈교향곡 6번〉의 표제가 '비창'이었나.

어쩌면 공교롭게도 백석과 차이코프스키는 비슷한 점이 많다. 백석이 러시아문학에 정통하고, 몇 권의 번역서가 있음은 나중에 알려진 사실이다. 그 유명한, 또 길고 긴 숄로호프M.Sholokhov의 『고요한 돈강』을 완역하기까지 했다. 그리고 차이코프스키는 1868년 28살 때 연주여행에서 오페라 가수 데지레 아르토를 보고 첫눈에 사랑에 빠져 서둘러 고백을 한다. 그런데 그를 고작 피아노를 두드리는 사람으로만 알았던 그녀는 보란 듯 다른 오페라 가수와 결혼해 버린다. 이후 차이코프스키도 결혼을 한 번 하는데 그조차 엉망이었다. 제자였던 안토니나 미류코바와의 결혼이었다. 그녀는 그를 너무도 사랑한 나머지 미친 듯이 매달렸고, 결혼하지 않으면 죽어버리겠다고 협박한다. 결국 차이코프스키는 마음에 없는 결혼을 하나 몇 달 참지 못하고 날아나고 만다. 차이코프스키는 아르토와의 결별 이후 스스로가 동성애자임을 자각했기 때문이었다. 그는 아내가 그 사실을 폭로할지 몰라 이혼도 강하게 주장하지 못했고, 결국 정신병으로 그녀가 죽을 때까지 불행한 형식적인 결혼 생활을 이어간다. 그리고 한 차례 이 홍역을 치른 이후 차이코프스키의 음악적 경향은 바뀌었으며, 그 첫 번째 작품이 〈바이올린 협주곡 1번〉이다.

그런데 그의 〈피아노 협주곡 1번〉과 〈바이올린 협주곡 1번〉, 그 사이에 놓인 차이를 사람들은 알까. 내겐 두 작품 모두 지나치게 좋아하는, 아주 자주 듣는 작품임은 분명한데 그 차이는 무엇일까? 모르겠다. 나는 알 수가 없다. 또 얼마 전에 나는 오리엔탈리즘Orientalism이란 동양을 보는 서구인의 편견을 탁월하게 분석한 에드워드 사이드Edward Said의 음악평론집*에서 앞서 차이코프스키 〈피아노협주곡 1번〉을 연주한 아쉬케나지가 글렌 굴드Glenn Gould에 비하면 두어 단계 낮은 피아니스트라는 사실을 읽었다. 물론 사이드의 평가이겠지만 당연히 나는 그 평가의 옳고 그름은커녕 평가의 의미조차 전혀, 결코 알 수가 없다. 내가 좋아하는 예술들은 왜 한결같이 이다지 내게 곁을 주지 않는지. 그저 듣기만이라도 하려는 것뿐이거늘. 짝사랑은 늘 조금은 서럽다.

* 『경계의 음악』(이석호 옮김), 봄날의책, 2019.

2부

『사슴』 이후

졸레졸레 도야지 새끼들이 간다
귀밑이 재릿재릿하니 볕이 담복 따사로운 거리다

잿더미에 까치 오르고 아이 오르고 아지랑이 오르고

해바라기 하기 좋을 볏곡간 마당에
볏짚같이 누우런 사람들이 둘러서서
어느 눈 오신 날 눈을 치고 생긴 듯한
말다툼 소리도 누우러니

소는 기르매 지고 조은다

아 모두들 따사로히 가난하니

—「삼천포三千浦 - 남행시초南行詩抄 4」

6. 아빠가 매어주던 새끼줄 따라

『사슴』 가운데는 농촌 고유의 여러 가지 습속, 낡은 삼림, 시골의 분위기, 산길, 그윽한 골짜기 들의 아름다운 정경이 시인의 고운 감애력을 가지고 객관적으로 노래되고 있다. 백석 선생은 분명히 아름다운 감각과 정서를 가진 시인이다. 더욱이 이 시인의 방언에 대한 고려와 그 시적 구사는 전인미답의 것이라 해도 과언이 아니리라.

…… (그러나) 그곳에는 생생한 생활의 노래는 없다. 오직 이제 막 소멸하려고 하는 과거적인 모든 것에 대한 끝없는 애수, 그것에 대한 비가이다. …… 나는 이 야릇한 방언을 『사슴』 가운데 표현된 작가의 강렬한 민족적 과거에의 애착이라 생각하고 있다.

—임화*

1.

내게는 아버지가 두 분 계시다. 한 분은 당연 나를 낳아주신 이고 또 다른 한 분은?

낳아주신 아버지는 1929년생이셨다. 그리고 1985년에 돌아가셨으니 미처 회갑도 지나지 못한 채 일찍 돌아가셨다. 생전 용돈 한번 쥐여드리지 못했고, 막내아들이 어엿한 성년으로 혼례를 치르고 아이를 낳

* 「문학상의 지방주의 문제」, 『조광』 1936년 10월호.

고 제 몫의 앞가림을 하는 것도 보지 못한 채 눈을 감으셨다. 애통한 일이다.

아버지를 둘러싼 기억은 그리 선명하지 않다. 늘 밖으로 떠도셨다. 그 시절에는 누구든 잘난 이들은 이마에 호된 정을 맞았고, 아마 아버지 역시 그러저러한 일을 겪었음이 분명했다. 겨우 일자리를 잡으면 조금 머무르다 그만두고, 그만두고는 하셨다. 그러다 훌쩍 어디론가 떠났다 두어 달 지난 다음 잊힐 만하면 돌아오시고는 했다. 아버지에 관해 그나마 조금 알게 된 것은 대학에 들어와서였다.

1980년 5월 광주를 대학 1학년 때 겪고, 이른바 나는 운동권의 말석에서 대학 시절을 보냈다. 그러던 차 1980년 12월에 아무것도 한 일이 없는데, 그저 부산대학교에 다니는 친구들을 만나러 가는 길에 학교 입구에서 붙잡혔다. 이러저러한 문건들이 가방에 들어 있었기 때문이었다. 아마 스무날 남짓 구금된 채 지냈나 보다. 처음엔 동래경찰서, 다음은 서울시경, 관악경찰서, 남영동 대공분실 등등을 전전하며 보냈다. 굳이 서울까지 붙들려 올라온 것은 자취방을 뒤져 나온 또 다른 문건들 때문이었다. 나중에서야 정체가 오리무중이라 붙여진 '무림사건'의 끄트머리에 매달려 있다는 혐의로 조사를 받았음을 알게 되었다. 그때 관악경찰서 유치장에서 우연히 고세현이란 사람을 만났다. 그 형은 출판사를 다니고 있었던지라 거사의 자금을 댄 연유로 잡혀와 있었고, 나는 전단을 뿌린 것으로 그곳까지 가게 되었다. 그러니 이 어리숙한 두 사람은 정작 몸통에서 무슨 일이 일어났는지 모르는, 사건의 시작과 끝이었던 셈이다. 유치장에서 형은 나의 앞날을 염려하며 여기서 오래 버텨야 하니 끼니 거르지 말고, 단무지 한꺼번에 먹지 말고 조금씩 나눠 먹어라 일러주고는 훌쩍 먼저 나가버렸다. 다소 세월이 흐른 뒤에 우연히 다시 만났는데, 형은 여전히 출판사에 근무하고 있었고 나는 평론집 원고를 출간해 달라고 맡기기도 했다. 이후 출판사에서 이러저러한 일을 하며 아주 가까이 지냈다.

구금된 곳에서의 나날들은 끔찍했다. 고문이랄 것은 없었지만 한동안은 걸핏하면 두들겨 맞았다. 마치 교무실 앞에 서 있으면 오가는 선생님들이 '너 또 사고 쳤지?'하며 출석부로 머리통을 툭툭 치고 가듯, 조사를 받고 있으면 지나가는 사람들이 '1학년이 벌써 이런 델 들락거리냐!' 하며 툭툭 치고들 갔다. 동래경찰서에 있을 때 아버지가 면회를 온 적이 있었다. 그때 아버지가 담배를 내미셨다. '청자'였다. 나는 차마 그 담배를 받아 넣지 못했다. 나는 '거북선'인가 '한라산'인가 그보다 두어 단계 높은 담배를 호주머니에 넣고 있었기 때문이었다. 물론 "아버지, 그렇게 쓰고 독한 담배를 어찌 피워요?"라고 거절하진 않았다. 결코. 그런데 면회를 끝내고 아버지가 가시자마자 형사에게 많이도 얻어맞았다. 아버지 것보다 비싼 담배를 피운다는 이유로. 그런데 사실 내 주머니에 있던 그 담배는 형사 중의 한 사람이 준 것이었다.

그로부터 몇 년 후 고등학교 후배이기도 한 박종철 고문치사 사건으로 한국 사회를 떠들썩하게 만든 남영동 대공분실에서도 아버지 때문에 좀 맞았다. 아버지의 영향을 받지 않았느냐는 것이었다. 나는 아버지의 영향을 결코 받지 않았다. 당신의 특기는 술주정이었는데 그 영향으로 어찌 내가 운동권 학생이 될 수 있는지 이해할 수가 없었다. 과격한 술주정의 영향을 받아 과격한 운동권이 된 것이냐는 질문인가 생각했다. 나중에서야 아버지가 해방공간에서 좌익 노동운동 단체인 전국노동자평의회에서 활동했다고 알려 주었다. 부두 노동자로서 노동운동을 조금 가열차게 하셨다는 것이다. 나는 그제야 질문의 의도를 이해했다. 그리고 나는 그제야 아버지 삶의 한 자락을 이해할 수 있었다. 왜 우리 가족이 영도라는 섬 바깥을 나가서 살 수 없었는지, 왜 이사를 할 때마다 낯선 사람들이 집을 둘러보고 가곤 했는지. 직장을 옮기실 때마다 한 번씩 휘젓고 가곤 했다는 것도 나중에 들었다. 현대사는 참 질기고 오래 우리 가족을 짓누르고 있었다.

그곳을 나오기 전 마지막 이삼일 동안은 그동안의 폭력을 모두 잊어도 좋을 만큼 환대 속에서 지냈다. 나중에 박종철 고문치사 사건의 책임자로 지목된 대공분실장이 나를 양아들로 삼고 싶어 했기 때문이다. 보아하니 가정형편도 어렵고, 나쁜 물도 그리 많이 들지 않은 듯하며, 천성이 착하게 보이니 자기를 아버지처럼 생각하라고, 자기가 여러모로 돕겠다고 했다. 그 모든 이유가 다 사실이었지만 결론만큼은 거절했다. 그래도 생각해 보라고, 사회과학 서적으로 가득 찬 그곳 도서관에서 며칠 책을 읽으며 생각해 보라고 했다. 물론 가타부타 말을 하지 않고 버티다 겨우 풀려나기는 했다. 갑작스럽게 많은 것을 한꺼번에 이해하게 된 생부가 엄연히 버티고 있었기 때문이 아니라 일종의 프락치 활동을 하라는 것임을 익히 알고 있었기 때문이었다. 하마터면 아버지가 셋이 될 뻔했다.

2.

백석의 시에서 가족에 대한 이야기는 많지 않다. 어머니는 간혹 중심에서 밀려난 배경으로 얼핏 모습을 드러내거나 '내 가난한 늙은 어머니'(「흰 바람벽이 있어」)로 드물게 전면에 등장하기는 한다. 그러나 아버지는 「고야古夜」에서처럼 '아배는 타관 가서 오지 않고'라는 식으로 부재하는 존재로 소환된다. 아무래도 아버지는 시적 대상으로 신분 상승하기엔 다소 부적합한 대상이 아니었을까 하던 차에 불쑥 귀한 작품을 찾아냈다. 「여우난골족」이 제목 그대로 가족, 부족의 이야기인데 반해 그 귀한 작품 「오리 망아지 토끼」는 한결 개인적인 이야기로 정감이 더욱 깊다. 여기에는 아버지와 아들이 등장하며, 한층 섬세하고 소소한 이야기가 다감하게 아로새겨져 있다.

오리 망아지 토끼

오리치를 놓으려 아배는 논으로 내려간 지 오래다
오리는 동비탈에 그림자를 떨어드리며 날아가고 나는 동말랭이에서 강아지처럼 아배를 부르며 울다가
시악이 나서는 등 뒤 개울물에 아배의 신짝과 버선목과 대님오리를 모두 던져버린다

장날 아침에 앞 행길로 엄지 따라 지나가는 망아지를 내라고 나는 조르면
아배는 행길을 향해서 커다란 소리로
— 매지야 오너라
— 매지야 오너라

새하려 가는 아배의 지게에 지워 나는 산山으로 가며 토끼를 잡으리라고 생각한다

맞구멍 난 토끼굴을 아배와 내가 막아서면 언제나 토끼새끼는 내 다리 아래로 달아났다

나는 서글퍼서 서글퍼서 울상을 한다*

시는 크게 세 부분, 3연으로 이루어져 있다. 오리를 잡으러 갔으나 홀로 남은 것이 무서워 울다 아버지에게 분풀이한 이야기, 망아지를 갖고 싶다고 떼를 쓴 이야기, 토끼를 잡으러 가서 그만 놓치고 만 이야기. 이렇게 서로 다른 세 이야기를 나란히 놓고, 이야기의 중심 소재인 '오리, 망아지, 토끼'로 시의 제목을 삼고 있다. 백석 시의 이야기적 특성이 이처럼 서로 다른 조각난 이야기들조차 하나로 묶어낼 수 있게 만들었다. 그리고 하나로 묶어낼 수 있는 중심 고리는 당연 아버지다. 그러니 이 시의 진짜 제목은 아버지다. 그런데 아버지라고 제목을 적시하면 또 얼마나 밋밋하고 비시적일까. 이것만 보아도 백석의 내공이 만만치 않음을 알 수 있다.

이 시에 등장하는 아버지는 아주 독특하다. 아니면 아이 녀석이 턱없이 버릇이 없거나 지나치게 자기중심적이거나. 하긴 아이들이란 무릇 그런 법이기는 하다. 첫 번째 연에서 아버지는 다만 동행하는 이로 그려져 있다. 아들을 언덕받이에 두고, 홀로 무논으로 내려가 오리를 잡는 덫을 놓으러 갔다. 그러나 정작 오리들은 동쪽 비탈에 그림자를

---

* 오리치: 오리를 잡는 도구, 동비탈: 동쪽의 비탈, 동말랭이: 동쪽의 등성이, 시악: 악한 성미로 부리는 심술, 엄지: 짐승의 어미, 매지: 망아지, 새하다: 나무하다

던지며 날아가 버렸음에도 아버지는 도무지 되돌아올 줄 모른다. 동쪽 비탈의 그림자로 미루어 보아 아직 오전이고, 하여 춥기도 무섭기도 '시악'이 나기도 한 아이는 개울로 내려가며 아버지가 벗어둔 것들을 몽땅 물속에 내던져버린다. 두 번째 연에서 아버지는 성큼 전면에 등장한다. 장날 아침 행길에서 말과 망아지가 나란히 가는 모습을 아이는 본다. 아이에겐 망아지가 예쁘기 그지없었나 보다. 망아지를 달라고 연신 아버지를 조른다. 아버지는 싱글벙글 웃으며 '그럼 이 아버지가 한 마리 구해주마.'하고는 '망아지야, 망아지야!' 하며 연신 부른다. 물론 부른다고 '나 여기 있소.'하고 올 망아지는 없다. 그러나 성가신 아들 녀석에게 이 아버지는 여느 아버지가 그러하듯 지청구나 꿀밤을 먹이지 않고, 기꺼이 아이의 욕망에 시늉으로나마 부응하고자 한다. 세 번째 연에서도 아버지는 아이에 대한 각별한 마음을 아끼지 않는다. 나무를 하러 가는 길에 아이를 지게에 태우고 간다. 아이가 어릴 적 목마를 1분 넘게 태워준 적이 없는 나는 이 일이 아주 만만치 않음을 잘 안다. 그러나 백석의 아버지, 백영옥(백시박에서 나중에 영옥으로 개명하였다)은 기꺼이 가파른 산길, 아이를 태우고 간다. 토끼굴에서 아버지는 연신 발을 구르고 나뭇가지를 쑤셔대는데, 당연하게도 토끼는 아이가 지키고 선 반대편 구멍으로 달아난다. 고작 산도 제힘으로 오르지 못하는 주제에 생사를 앞에 둔 토끼의 절박함을 어찌 이기랴. 그럼에도 아이는 번번이 토끼를 놓치고 마는 제 굼뜬 움직임이 당연함에도 서글프기 그지없다. 그예 토끼를 놓친 분함에 울음이 터질 것만 같다.

아버지에 얽힌 짤막한 에피소드들이 짧게 요약된 가운데 제시되어 있다. 세 이야기 속의 아버지는 투박하지도 근엄하지도 않다. 시대에 앞서 '아들 바보'다. 백석이 장남이라 그런가? 그럴 것 같진 않다. 첫 아이에겐 기대가 매우 커서 언제나 턱없이 부족하게 느껴지는 법이다. 그래서 저도 모르게 많은 경우 윽박지르게 된다. 게다가 아들 녀석은 다른 집 자식들보다 낫기는커녕 더 덜떨어져 보인다. 그런데도 이 아버지는 아이를 온전히 받아주고 있다. 앞에서도 슬쩍 비추었지만 백석의 아버지 백영옥은 교육열이 대단하고, 공동체의 일에 앞장서고, 얼리 어댑터로서 사진에도 재주가 많은 사람이었다. 나중에는 『조선일보』의 사진부 촉탁, 그러니 비정규직 일자리를 얻어 식솔들 모두와 함께 경성으로 거처를 옮기기도 한다. 그런 그가 심지어 다정다감한 아비로서도 손색이 없다. 백석의 시를 보면 사실 아버지뿐만 아니라, 친지들, 이웃들 모두가 따스하고 또 든든하게 백석을 키워내고 있음을 엿볼 수 있다. 한 아이를 키우려면 온 마을이 필요하다는 것을 입증하고 있다. 그가 전통적인 마을 공동체를 이상적인 본향으로 여기는 것은 어쩌면 그의 유년기적 경험 때문일 수도 있다.

이 시에서는 여느 백석의 시들과 달리 기법적인 장치는 그리 눈에 띄지 않는다. 이미지도 뒤섞여 있고, 율격에 대한 고려도 두드러지지 않는다. 서사를 요약적으로 제시하고 있는 것이 전부이다. 다만 선명한 것은 감정의 표현, 곧 정서의 표출이다. 첫 번째 연에서는 '울음'과 '시악'이, 두 번째 연에서는 '떼를 쓰는 아이'와 '너스레를 떠는 아비'가 어우러져 설핏 미소를 띠게 만든다. 세 번째 연에서는 정서가 '서글픔과 울상'으로 겉으로 드러나 있다. 그렇다면 이들 각각의 에피소드에 깃든 정서를 아우르는 이 시 전체의 정서는 무엇일까?

한 편의 시에는 당연히 서로 다른 감정들이 곳곳에서 다채롭게 표현될 수 있다. 그렇다 해도 시 작품의 의미 전체를 통합하는 정서는 존재하며 또 존재해야 한다. 그래야만 모든 예술작품이 그러하듯 다양한 변주 속의 통일성이 확보되기 때문이다. 예술이란 낱낱의 조각이 아닌, 의미 있는 전체로 조각난 경험을 통합한 것이다. 시는 메타포란 시적 상상력으로, 이야기는 서사적 상상력으로 통합하는 것이다. 그렇다면 이 시의 정서는? 얼핏 보아 흩어진 이야기로 존재하는 이 시의 정서는?

그리움이다. 아버지를 향한 그리움.

시집 『사슴』 전체를 통해, 유년의 체험과 토속적인 마을 공동체의 기억을 형상화한 백석은 완미한 총체성의 세계, 풍족한 이상향의 세계, 사람들이 원래 있어야 할 그대로의 모습으로 존재하는 시원의 세계를 그려냈다. 그 속에 지극히 가까운 이, 자신의 아버지에 관한 이야기를 슬쩍 끼워 넣음으로써 유난히도 다정다감했던 아버지에 대한 그리움 역시 그 세계의 일부임을 드러내고 있는 것이다.

3.

백석의 시 전체에서 아버지를 전면적인 시적 대상으로 삼아 창작된 시는 이 시편 하나뿐이다. 그 한 편의 시가 그리움으로 말갛게 채색된 시여서 다행이다. 그의 시에는 적어도 유년기에 가족으로부터 받은 상처로 힘겨워하는 시는 없는 듯 보인다. 오히려 서른 즈음에 가까워지고서야 혼인 때문에 아버지와 갈등을 몇 차례 겪는다. 어쩌면 만주로 유랑의 길에 나서는 것도 이러한 갈등이 먼 원인이 되었을 수는 있다.

그런데 함흥에서 전전하던 시절 쓴 한 편의 시에는 아버지가 등장한다. 정확히 말하면 '아버지로 섬기는 이'가 등장한다.

고향故鄕

나는 북관北關에 혼자 앓아누워서
어느 아침 의원醫員을 뵈이었다
의원은 여래如來 같은 상을 하고 관공關公의 수염을 드리워서
먼 옛적 어느 나라 신선 같은데
새끼손톱 길게 돋은 손을 내어
묵묵하니 한참 맥을 짚더니
문득 물어 고향故鄕이 어데냐 한다
평안도平安道 정주定州라는 곳이라 한즉
그러면 아무개 씨氏 고향이란다
그러면 아무개 씰氏 아느냐 한즉
의원은 빙긋이 웃음을 띠고
막역지간莫逆之間이라며 수염을 쓴다
나는 아버지로 섬기는 이라 한즉
의원은 또다시 넌지시 웃고
말없이 팔을 잡아 맥을 보는데
손길은 따스하고 부드러워
고향도 아버지도 아버지의 친구도 다 있었다

1938년 4월 『삼천리문학』에 「석양」, 「절망」과 함께 발표한 작품이다. 이즈음 백석은 27살이고, 함경남도 영생고보에서 영어 교사로 근무하던 시절이다. 연인 자야를 만난 곳도 이곳에서였다. 북관. 북관이란 함경남북도를 모두 통칭하여 이르는 지명이다.

이 시는 백석의 시로서는 보기 드물게 단정하다. 여기서 단정하다 함은 백석 특유의 열거에 열거를 이어가는 서술 방식도 보이지 않고, 이미지 중심의 단시도 아니며, 지역어가 풍성하지도 않으며, 유년기의 체험을 시화한 것도 아니다. 그저 일상의 경험 가운데 시가 될 법한 이야기를 담담하게 옮겨두고 있으며, 주제 또한 명료하다. 그런 만큼 의미를 중심에 두는 백석의 후기 시에 가깝다. 다만 백석의 후기 시가 마음속에 떠오르는 심상 혹은 사유를 중심으로 이야기를 풀어간다면 이 시는 사건 자체와 그에 대한 감회를 담백하게 기술하고 있다.

무릇 객지에서 지내노라면 현관문을 열고 불 꺼진 방에 매일 들이서는 것이 힘들고, 명절날 음식점을 찾아 여기저기 기웃거리는 일도 쉽지 않다. 그러나 가장 힘들 때는 당연 아플 때다. 백석이라고 다르지 않았을 것이다. 혼자 지내는 생활이 익숙해질 법도 한데, 덜컥 아프기라도 해서 몸져누우면 삶의 신산스러움이 해일처럼 밀려든다. 그리고 사람이 몹시도 그리워지는 법이다.

그에 시인은 견디지 못하고 의원을 찾아간다. 그런데 그 의원의 용모가 범상치 않다. 여래 같은 얼굴에 관운장의 수염을 하고 앉은 모습이 마치 별세계에서 온 신선과도 같다. 이 세상 사람이 아닌 듯, 이 세상 온갖 생로병사와 무관하다는 듯 도인과도 같은 풍모를 갖추고 있다. 그가 진맥을 하던 끝에 고향을 묻고, 시인은 답한다. 자연스럽게 연결 고리를 찾던 차에 아무개를 함께 알고 있음을 알게 된다. 의원은 막역한 사이라고 하고, 시인은 '아버지로 섬기는 이'라 한다. 백석이 아버지로 섬기는 이는 그를 장학생으로, 또 신문사의 기자로 주선해 주기도 했던 조선일보 사주인 방응모일 것이다. 함께 아는 사람을 매개로 심정적으로 한결 가까워진 의원은 다시 진맥을 이어가고, 시인은 '손길은 따스하고 부드러워/ 고향도 아버지도 아버지의 친구도 다 있었다'로 마무리하고 있다. 앓던 끝에 찾은 의원의 마주 잡은 손길을 매개로 시인은 그리운 고향도, 아버지도, 아버지의 친구도 모두 느꼈다는 것이다.

시가 주관이 압도하는 문학 장르이기에 의원의 용모가 어떠하며, 손길만으로도 그리운 모든 것이 떠올랐다는 것 역시 주관적이다. 그런데도 그 주관은 자연스럽게 공감을 끌어낸다. 나 또한 이 시를 읽으며 '아버지로 섬기는 이'를 떠올렸기에.

내가 아버지로 섬기는 이는 운당雲堂 구인환 선생님이다. 대학의 은사이기도 하고, 대학원의 지도교수이기도 하신 분이다. 소설가이고 문학 연구자이며, 문학교육의 학문적 정초에 이바지한 분이다. 그러나 내게는 그 어떤 치레보다 그저 '아버지로 섬기는 이'이다. 당신이 있어 내 삶의 운명이 바뀌었다. 곰곰 생각해 보면 사람과 사람의 인연이 결국 우리네 삶이란 옷감을 짜고 있는 것이 분명하다. 누구를 만나느냐에 따라 삶은 쉼 없이 출렁거리고 심지어 변곡점을 이루며 방향을 선회하기도 한다.

선생님은 나를 낳아준 아버지와 같은 1929년 기사년생이시다. 어쩌면 그 때문에 한결 더 가깝게 느꼈는지도 모른다. 그러던 선생님을 가까이에서 모신 것은 대학원에서였다. 그런데 사실 대학원에 진학한 것도 모두 선생님 덕분이었다.

대학을 졸업하고 대부분의 사람이 그러하듯 교수님들과의 인연은 끝이겠거니 생각했다. 그런데 야릇하게도 구인환 선생님과의 인연은 간혹 이어지곤 했다. 처음은 군을 제대하고 학교에 다닐 때였다. 새로 근무하게 된 학교와 익숙하게 지내던 대학교, 그 가운데쯤 있는 지역이 신림사거리였고, 별생각 없이 그 인근에 자취방을 구했다. 매일 오가던 길이었는데 우연히도 늦은 퇴근길에 선생님을 딱 마주쳤다. 선생님은 대방동에 새로 아파트가 지어지기 전까지 임시 거처로 신림동에 기거하신다고 했다. 나는 막무가내로 선생님의 손을 이끌고 집으로 모시고 갔다. 화장실조차 마당 한쪽에 공동으로 썼고, 단칸방에 움푹 파인 부엌이 딸린 그 옹색한 집을 왜 그리 모시고 가고 싶었는지 지금도 모를 일이다. 대접이래야 고작 주스 한 산이 전부였고, 이러저러한 얘기 끝에 선생님은 일어나셨다.

그 인연 때문인지 이듬해 선생님을 찾아뵙고 혼사의 주례를 부탁드렸고, 선생님은 기꺼이 맡아주시기도 했다. 그리고 또 한 해 뒤 우연히 만나 뵌 것은 조금 결정적이었다. 그때 나는 전교조로 해직이 되었고, 전교조에서도 제대로 적응하지 못한 채 떨려나온 즈음이었다. 중앙위원에 정책실 국원으로 활동했는데, 당시 전교조의 집행부나 정책실은 대체로 민족해방계열의 이론가들이 많았고 나는 민중민주계열에 가까웠기에 한 해 사업의 계획을 짜고 우선순위를 정할 때마다 번번이 충돌했다. 나로서는 교육내용이 더욱 중요하다고 생각했는데 주류들은 통일 교육이나 민주화 운동의 연대를 중요하게 여겼다. 몇 차례 그런 경험을 하노라니 문제 제기의 수준에 그칠 뿐 빠른 의사 결정에 오히려 방해만 되는 것이 아닌가 하는 자괴감에 시달렸다. 결국 공부를 더 해야겠다는 핑계로 모든 일을 작파하고 대학원 시험을 봤는데 그 또한 보기 좋게 미끄러졌다. 모여서 하던 공부, 하고 싶었던 공부가 미학이었는데 진입 장벽이 높았고, 나는 말 그대로 나아갈 방향을 잃고 방황하는 청춘이 되었다. 그때 역시 신림사거리의 밤거리를 헤매다 운명처럼 선생님을 만났다.

선생님은 어찌 지냈나 근황을 물으시더니 문학교육을 공부하는 것이 어떻겠느냐고 하셨다. 온건하고 보수적인 선생님은 적어도 제자에 관해서는 어떤 차별도 하지 않으셨다. 모두를 어미 새가 포란을 하듯 품에 안으셨고, 그 덕분에 선생님 슬하에는 보수와 진보 가릴 것 없이 제자들이 모여들었고 또 생각을 굽히지 않고 거침없이 성장할 수 있었다. 그런데 선생님을 만난 시점이 대학원 입시를 얼마 남겨두지 않은 때였다. 그래도 나는 그저 선생님만 믿고 준비를 했고 대학원에 진학했다. 국어교육과로.

대학원 석, 박사과정 5년은 온전히 선생님의 후의에 힘입어 공부했다. 선생님의 연구실 한켠에 책상을 두고, 선생님은 퇴임을 앞두시고 나란히 학교를 나가자고 다독거리셨는데 나는 그 약속을 지키지 못했다. 미욱한 놈이 고집도 세서 심사위원이 시키는 대로 논문을 수정하지 않아 통과되지 못했다. 그래도 선생님은 기대를 접지 않으셨다. 또 퇴임하시고도 제자의 자리를 마련해 주려고 많이 애쓰시기도 하셨다. 특히나 없는 살림에 집을 장만하려고 했을 때 그걸 어찌 아셨는지 은근히 불러 아주 큰 목돈을 어떤 기약도 없이 빌려주시기도 했다. 해마다 선생님을 뵙고 인사드리기는 했지만 그조차 근래 들어서는 선생님의 거동이 불편하셔서 어쩔 수 없이 뜸해지고 말았다. 그래도 나는 언제 어디서나 선생님의 아들임을 공공연히 떠들고 다녔다.

그렇게 다정다감하시던 나의 또 다른 아버지 구인환 선생님이 지난 시월 한글날 돌아가셨다. 부음을 듣고 한동안 나는 망연자실했다. 향년 91세. 호상이라고 하지만 내게는 참으로 아득하고 가슴 저민 부음이었다. 애통하기는 매 한 가지가 아닐 수 없었다. 더욱이 나는 그 자리를 지키지도 못했다. 번잡한 개인적인 사정 때문에. 누구나 무슨 일인지 물을 터이고, 사실이 무엇인지 말하기도 구차했다. 그러나 그보다 애도의 시간과 공간들을 나로 말미암아 흐트러뜨리고 싶지 않았다.

구인환 선생님. 낳아주신 아버지가 없는 빈자리 빈틈없이 빼곡하게 채워주셨던 당신. 늘 잡아주시던 손의 온기 속에 내 아버지가 늘 함께 있었던 당신. 은혜와 평강 속에 편히 잠드소서.

4.

중학교 다닐 적이었다. 늘 밖으로 떠돌기만 했던 아버지가 이즈음에는 어찌 된 일인지 직수굿이 집에 붙어 있던 시절이었다. 회사도 다니고, 여느 가장과 다를 바 없이 당신의 몫을 해내던 시절이었다.

그때 한 두어 달 아버지와 나는 낚시를 다녔다. 주말마다 낚시 가방을 메고 집을 나섰고, 때로는 갯바위에서, 때로는 작은 목선을 타고 앞바다에서 놀래미, 망상어, 줄돔, 뱅에돔, 참돔 등의 고기를 잡으러 다녔다. 그러고는 해가 저물면 골목 초입에 있는 선술집에 잡은 생선을 맡기고 회나 매운탕을 먹었다. 아버지는 쓴 소주 한 잔. 나는 사이다. 회나 매운탕에 익숙지 않았던 나는 오직 나만을 위해 아주머니가 석쇠에 구워주는 닭똥집을 먹었다. 연탄 석쇠에 굽고, 참기름을 넣은 소금장에 찍어 먹는 닭똥집은 정말 맛있었다. 백석의 붕어곰처럼.

그러다 주말만이 아니라, 평일에도 급기야 아버지는 낚시를 다녔다. 나를 대동하고. 새벽에 가까스로 눈을 뜨면 낚시 가방을 챙겨 버스를 타고 가까운 갯바위로 나갔다. 그러고 한두 시간 고기를 잡고 있다 보면 엄마가 뒤이어 아버지의 서류 가방과 내 책가방을 챙겨 왔고, 그곳에서 우리는 매운탕을 끓여 아침을 먹었다. 그리고 나는 책가방, 아버지는 서류 가방, 엄마는 낚시도구를 챙겨 각자 흩어졌다. 그때가 내겐 가장 행복했던 유년의 기억이다. 엄마와 아버지와 나. 그 기억을 위해 물고기들이 퍽 많이도 죽어 나갔겠지만. 그래도 그 시절, 그 기억이 없었더라면 나는 아직도 아버지를 미워하고 있을지도 모른다. 그때가 있었기에, 그 기억을 남겨주셨기에 난 당신이 그립다.

나는 두 아버지가 저승에서 우연히도 만나기를 바란다. 그리하여 한 아버지가 내 손을 잡고 이미 장성한 나를 새롭게 이끄셨듯 먼저 가 터를 닦아 두고 계셨던 원래의 아버지가 뒤늦게 찾아든 또 다른 아버지의 손을 잡고 저승의 가볼 만한 여러 구석들을 안내해 주시기를 바란다. 그리고 또 두 분이 마주 앉아, '그놈 마음에 들지 않는 구석이 한둘이 아니야.'라며 맞장구를 치며 함께 술잔을 기울이시길 간절히 바란다. 어쩌면 두 분은 태어난 해는 같았지만 겪은 세월이 너무도 달랐기에 아버지는 소주를, 또 다른 아버지는 맥주를 각기 따라 드실지도 모를 일이다. 그래도 내가 따라드리는 곡주는 같이 받으실 수 있으려나. 두 분께 새삼 그리움을 담아 이마를 조아린다.

7. 떠나온 길의 끝에서 다시 나를 만나고

> 백석은 전국을 돌면서 자신이 몸담았던 곳의 정경과 풍속 그리고 객수客愁 등을 제재로 많은 시들을 발표한다. 이 시편들은 소위 기행시들이라고 할 수 있다.…… 이 기행시들의 시제詩題는 곧 여행지의 지명이라고 할 수 있겠는데 제목에서 일견 드러나듯이, 그는 여행의 폭이 상당히 넓었음을 알 수 있다. 가령 '창원'은 우리나라의 최남단이며 '북신'은 최북단이다. 이외에도 「안동安東」이라는 시를 비롯해 만주 지방을 배경으로 쓴 작품도 여러 편 발견된다. 이렇게 볼 때 그의 여행 선호는 단순히 취미의 단계를 넘어선 것이라고 할 수 있다.
>
> —고형진*

1.

사랑에 빠진 이는 시인이 된다고들 한다. 길가에 핀 한 송이 꽃도 새롭고, 스치고 지나가는 바람도 예사롭지 않다. 마주치는 사람들이 모두 환해 보이고, 저마다 정결한 떨림 속에서 고운 생각만 하고 있을 듯하다. 심지어 그 사람이 멀리서 나타나기라도 하면 귓전에서 황동으로 만든 작은 종소리가 당그랑 울리기도 한다니. 더욱이 러브홀릭의 노랫말처럼 '사랑은 늘 기적 같아서', '또 다른 내 모습을 보여주고', '잠자던 내 모습을 깨워 주'기도 한다. 사랑은 세상을 바꾸어놓을 뿐 아니라

---

*「백석시연구」, 『백석』(고형진 편), 새미, 1996, 64쪽.

스스로를 변화시키기도 하는 것이다. 거짓말이기도 거짓말이 아니기도 하다.

사랑은 쳇바퀴 돌 듯 굴러가는 일상의 감각으로는 알 수 없는, 아주 드물고 새롭고 낯선 경험이다. 무엇보다 사랑에 빠진 고양된 정념은 감각을 최대치로 끌어올린다. 눈은 밝아지고, 귀는 활짝 열린다. 또한 삶의 중심축이 새롭게 옮겨간다. 새로운 중심축인 사랑하는 그대의 눈으로, 척도로 세상을 보려고 부심한다. 그동안 어기차게 매달려 있었던 자신의 느낌, 자신의 판단을 내려놓고 상대방의 마음을 헤아리려고 전전긍긍한다. 더욱이 사랑은 마음속 차오르는 기쁨을 몸짓으로 언어로 표현하고 전달해야 한다. 낭중지추처럼 숨길 수 없이 드러나는 것이기도 하지만 반드시 더도 덜도 말고 정확히 전달되어야 비로소 마음이 놓이는 일이다. 그러니 어찌 시인이 되지 않을 수 있으랴. 시인이 늘 일삼던 모든 것이 사랑에는 깃들어 있으니.

그런데 범속한 우리를 시인으로 만드는 온전한 사랑은, 온전히 사랑에 빠지는 일은 힘겹고 또 드문 일이다. 딱히 젊음의 특권은 아닐지라도 나이 들수록 생기기 마련인 번잡한 일상의 감정과 의식을 싹둑 끊어내지 못하는 한 쉽게 얻기 힘든 일이다. 달 같고 별 같은 이를 만나도 낯설 것도, 새로울 것도 없는 많은 관계 중 조금 소중한 관계 그 이상도 이하도 아니기 십상이다.

그런데 사랑이 아니고서도 낯설고 새로운 세계, 낯설고 새로운 자아와 마주칠 기회는 또 있다. 그것은 여행이다. 길을 떠나는 것. 마치 기형도가 '장님처럼 나 이제 더듬거리며 문을 잠그네/ 가엾은 내 사랑 빈집에 갇혔네'(「빈집」)라고 탄식하며 잠그고 가두 듯 모든 번다한 일상을, 가엾은 내 생활을 둘둘 뭉쳐 빈집에 잠그고 가두고는 훌쩍 떠나는 것. 그것 또한 사랑에 갈음할 만한, 시에 갈음할 만한 낯설고 새로운 경험이다. 여행은 일상의 대척에 놓여 있다. 여행은 자동화된 길을 벗어나는 것이다. 새 길에 들어서는 것이다. 그 길에서 마주치는 모든 사람과 풍정은, 문화와 자연은 낯설고 새롭다. 더욱이 들뜬 나머지 우리는 이미 마른 습자지처럼 그 모든 것을 빨아들일 듯 호기심으로 충만해 있다. 골목을 돌 때마다 경이가 펼쳐지고 우리는 경탄한다.

그러나 안타깝게도 이 또한 오래가지 못한다. 사흘만 지나면 조금 심드렁해진다. 하루 이틀 몰아치듯 보고 겪다 보면 새로운 것들이 많아도 너무 많아 이제 좀 쉬었으면 싶다. 그 풍경이 그 풍경인 것만 같고, 성당의 스테인드글라스는 어찌 그리 다 똑같아 보이는지. 그 그림이 그 그림이고, 음식도 차츰 질리기 시작한다. 그때 빈집에 가두어 둔 그 보잘 것 없던, 다 버리고 미니멀리즘으로 새로 출발하리라 작정했던, 그 너절하고 손때 묻은 일상이 슬금슬금 고개를 쳐든다. 한편으로는 걱정이기도, 한편으로는 그리움이기도 한 기묘한 양가적인 감정이 번갈아 등을 두드리는 것 같아 자꾸만 뒤를 돌아보게 된다. 그러다 이윽고 깨닫는다. 이 길이 다시 돌아가기 위해 떠나온 길임을. 여행이란 무릇 그런 법이다. 새롭고 낯선 것들을 향해 떠나지만 그 길의 끝에서 엉거주춤 무언가를 예비하고 있는 또 다른 나를 만나게 되는 길. 아무리 새로운 사람을 만나도 '빈집'에 갇힌, 그 옛사랑에게로 마음이 도돌이표처럼 되돌아오듯.

2.

백석의 시에는 기행시편들이 적지 않다. 이 시들로 미루어 더러 백석을 유랑하는 음유시인처럼 말하기도 하지만 결코 그렇지 않다. 유랑이란 정처 없이 표표히 떠돌아다니는 것인 데 반해, 백석은 언제나 뚜렷한 목적지가 있었으며 돌아올 곳 역시 분명히 있었다. 더욱이 그의 기행시 중 많은 작품들은 신문사나 잡지사의 취재를 위한 여행길에 쓴 것들이었고, 여행의 결과를 시로 발표했을 뿐이다. '남행시초', '함주시초', '서행시초' 등의 표제어로 묶여 있는 시편들이 모두 이렇게 쓴 작품들이다. 더욱이 기행의 형식을 빌고는 있지만 누군가를 만나고자 하는 열망으로 떠난 시편들도 있다.

이른 바 기행문이란 여정과 견문, 그리고 감상이란 세 가지 요소로 이루어져 있다. 백석의 시에서는 제목이나 부제, 혹은 연작 제목 등이 여정에 해당할 터이고, 견문과 감상은 시 속에 녹아들어 있다. 그런데 무엇을 보고 감흥을 느끼는지는 사람마다 다를 것이다. 그러니 이미 형식적 요소들이 마련되어 있는 기행시들은 시로 포착한 견문이 무엇이며, 그 견문에 시인의 어떤 현재성을 담아내고 있는지, 나아가 어떤 상상이 작동하여 마침내 주제에까지 육박해 가는지가 관건일 것이다.

백석의 기행시에서 가장 눈에 띄는 작품은 「통영統營」이다. 백석은 「통영統營」이란 제목으로 세 편의 작품을 발표하였다. 세 작품 모두 제목은 한결같이 완고하게도 「통영統營」이다. 1, 2, 3이란 번호도 붙어 있지 않고, 마지막 작품을 제외하고는 부제조차 없다. 그만큼 옹근 마음이 배어 있는 작품들이다. 첫 작품은 1935년 12월 『조광朝光』에 발표되었으며, 두 번째는 1936년 1월 『조선일보』에, 연이어 1936년 3월 역시 『조선일보』에 발표한다. 이들 시편들은 모두 박경련이란 여인과 관련되어 있다. 백석은 1935년 서울에서 둘도 없는 막역한 벗 허준의 혼례에서 신부 측 하객으로 온 그녀를 처음 보았다. 박경련은 홀어머니와 함께 통영에 살고 있었다. 박경련을 알게 된 다음 세 차례에 걸쳐 백석은 통영을 찾았다. 한번은 허준의 신행길에 동행하였다. 내심 그녀를 만날 수 있으리라는 기대가 없지는 않았을 것이다. 그러나 박경련을 만나지 못한 채 돌아온다. 그리고 얼마 지나지 않아 이듬해 두 번째로 1월에 박경련을 직접 만나 마음을 전하려고 했으나 길이 어긋났다. 그녀는 서울로 가던 길에서 그가 온다는 소식을 들었고, 사촌오빠 서병수에게 대신 대접해 달라는 부탁을 남기고 가던 길을 가고 말았다. 그리고 세 번째는 신문사를 그만 두고 함흥으로 떠나기 전 그녀의 의중을 마지막으로 알기 위해 방문한다. 그러나 역시 만나지 못하고, 오히려 그녀의 어머니로 하여금 서둘러 친구였던 신현중과 혼사를 서두르게 되는 빌미가 되고 만다. 하 젊은 시인의 사랑은 어긋나고, 주인을 잃은 시는 그예 어디에도 닿지 못한 채 허공을 맴돌다 늦게서야 우리의 마음에 고조곤히 내려앉는다.

통영統營

옛날엔 통제사統制使가 있었다는 낡은 항구港口의 처녀들에
겐 옛날이 가지 않은 천희千姬라는 이름이 많다
미역오리같이 말라서 굴껍질처럼 말없이 사랑하다 죽는다는
이 천희千姬의 하나를 나는 어느 오랜 객주客主집의 생선가
시가 있는 마루방에서 만났다

저문 유월六月의 바닷가에선 조개도 울을 저녁 소라방등이
불그레한 마당에 김냄새 나는 비가 나렸다

첫 번째 「통영」이란 제목의 작품이다. 허준의 신행길 통영에 함께 들렀을 즈음 쓴 작품이다. 『사슴』에 다시 수록되었으며, 초기 시에 보이는 이미지즘적인 아취가 잘 묻어나는 작품이다. 첫 행의 '옛날이 가지 않은'이란 '옛날 투의 느낌이 가시지 않은'이란 의미라 짐작된다. 박경련을 백석은 '수선水仙'으로 혹은 '난蘭'으로 지어 불렀으나 여기에서는 '천희'라는 이름으로 등장시키고 있다. 유독 '천희'인 까닭은 이 지역 사람들이 처녀를 '처이', '처니' 등으로 부르기 때문이라는 설명도 있다. 물론 이 '천희'는 박경련을 실제로 만나지는 못 했기에 거듭되는 그리움이 상상으로 소환한 존재일 것이다. 그런데 백석의 마음에 담긴 사랑의 면모는 지극히 낭만적임을 엿볼 수 있다. 결국 해후하지 못한 채 '말없이 사랑하다 죽는다는' 이미지는 차갑고 선득하다. 비 내리는 저녁 객주집 마루방에서 거듭 그리운 이를 갈급하는 나머지 희망보다 안타까운 절망을 예감하는, 마음의 막막함을 표현한다. 다만 정서는 극도로 억제한 채 이미지만을 제시하고, 자신의 감정을 '천희'에게로 타자화함으로써 감상에서 가까스로 벗어나고 있다.

두 번째 「통영統營」은 이 작품에 비할 때 한결 객관화된 서정을 읊조린다.

통영統營

구마산舊馬山의 선창에선 좋아하는 사람이 울며 나리는 배에 올라서 오는 물길이 반날

갓 나는 고당은 갓갓기도 하다

바람 맛도 짭짤한 물맛도 짭짤한

전복에 해삼에 도미 가재미의 생선이 좋고

파래에 아개미에 호루기의 젓갈이 좋고

새벽녘의 거리엔 쾅쾅 북이 울고

밤새껏 바다에선 뿡뿡 배가 울고

자다가도 일어나 바다로 가고 싶은 곳이다.

집집이 아이만 한 피도 안 간 대구를 말리는 곳

황화장사 영감이 일본말을 잘도 하는 곳

처녀들은 모두 어장주漁場主한테 시집을 가고 싶어 한다는 곳

산山 너머로 가는 길 돌각담에 갸웃하는 처녀는 금錦이라든이 같고

내가 들은 마산馬山 객주客主집의 어린 딸은 난蘭이라는 이 같고

난이라는 이는 명정明井골에 산다든데

명정明井골은 산山을 넘어 동백冬栢나무 푸르른 감로甘露 같은 물이 솟는 명정明井샘이 있는 마을인데

샘터엔 오구작작 물을 긷는 처녀며 새악시들 가운데 내가 좋아하는 그이가 있을 것만 같고

내가 좋아하는 그이는 푸른 가지 붉게붉게 동백冬栢꽃 피는 철엔 타관 시집을 갈 것만 같은데

긴 토시 끼고 큰머리 얹고 오불고불 넘엣거리로 가는 여인女人은 평안도平安道서 오신 듯한데 동백冬栢꽃 피는 철이 그 언제요

옛 장수 모신 낡은 사당의 돌층계에 주저앉어서 나는 이 저녁 울 듯 울 듯 한산도閑山島 바다에 뱃사공이 되어가며

녕 낮은 집 담 낮은 집 마당만 높은 집에서 열나흘 달을 업고 손방아만 찧는 내 사람을 생각한다*

지금이야 바로 진주를 거쳐 육로로 통영으로 간다지만 예전에는 마산에서 뱃길로 통영으로 갔는가 보다. 시적 화자는 '좋아하는 사람이' 경성으로 갈 때마다 '울며 나리는' 배에 거꾸로 올라서 반나절이나 되는 뱃길을 가야 한다는 것으로 시를 시작하고 있다. 고둥의 종류가 많기도 하고, 불어오는 바람도, 튀어오르는 물맛도 짭짤하다. 갖가지 해산물이 좋고, 젓갈이 좋고, 선창가에는 북이 울고, 바다에는 뱃고동이

* 고당: 고둥, 갓갓기도: 종류가 많기도

울리고. 힘겹게 오긴 했지만 '자다가도 일어나 바다로 가고 싶은 곳'이 통영임을 조곤조곤 서술한다. '자다가도 일어나 바다로 가고 싶은 곳' 이라니. '자다가도 일어나 가고 싶은 곳.' 그곳이 내겐 어디던가 하는 생각을 절로 불러일으킨다.

이어 한결 구체적으로 통영의 물산과 사람에 관해 묘사하고, 마산에서 통영으로 시집을 간 '난이라는 이'를 매개로 생각은 '명정골'로 이동한다. 고을 이름의 유래와 함께 그 샘터에 '내가 좋아하는 그이가 있을 것만 같'다고, 그리고 그이는 '동백꽃 피는 철엔 타관 시집을 갈 것만 같'다고 조바심을 내거나 혹은 자신에게로 시집을 올 것이라고 혼자 헤벌쭉 어림잡기도 하는 것이다. 심지어 가깝게 느껴지는 이에게 동백꽃 피는 철이 언제인지 묻기까지 한다. 이윽고 생각은 다시 자신에게로 되돌아와 '이 저녁 울 듯 울 듯' 뱃사공이라도 되어 가까이 있고 싶은 마음 간절해지고, 내치 '영 낮은 집 담 낮은 집 마당만 높은 집에서 열나흘 달을 업고 손방아만 찧는 내 사람을 생각한다'는 것으로 마무리짓고 있다. 생각이 생각을 물고 이어져 그녀는 이미 '내 사람'으로 안착하고 있으나, 그녀는 도리어 달뜬 사내의 마음을 모른 척 '손방아만 찧'고 있을 따름이다.

첫 번째 시가 솟아오르는 감정을 이미지로 절제하고, 한 폭의 작은 풍경화를 보여주듯 마음을 드러낸 것과 달리 두 번째 시는 한결 곡진하다. 마음이 커지 듯 화폭의 크기도 넓어졌고, 담아내는 세계도 그만큼 풍성하다. 그리운 이, 이윽고 내 사람이기도 한 이가 살고 있는 곳이기에 모든 것이 넉넉하고 어여삐 보인다. 그러나 앞날은 알 수 없고, 그 촉급한 조바심 속에서 서로 이어지지 못한 채 단절되고, 고립된 자신에 대한 마음의 쓸쓸함과 어쩌지 모를 막막함이 여실히 느껴지는 작품이다.

통영統營

—남행시초南行詩抄 2

통영統營장 낫대들었다

갓 한 닢 쓰고 건시 한 접 사고 홍공단 댕기 한 감 끊고 술
한 병 받아 들고

화륜선 만져보려 선창 갔다

오다 가수내 들어가는 주막 앞에
문둥이 품바타령 듣다가

열이레 달이 올라서
나룻배 타고 판데목 지나간다 간다*

이 세 번째 시에는 시의 말미에 '서병수'란 이름을 부기해 두고 있다. 그런 즉 두 번째 통영행에서 자신을 안내했던 박경련의 사촌오빠

*낫대들다: 맞서서 달려들 듯이 곧장 앞으로 나아가다, 홍공단 댕기: 붉은 공단천으로 만든 댕기, 가수내: 지명 이름, 판데목: 통영과 미륵도 사이에 있는 물길의 이름

인 서병수에게 건네는 작품이다. 이 세 번째 여행에서 백석은 서병수를 통해 박경련의 어머니에게 혼삿말을 넣는다.

이제 백석에게 통영은 조금은 낯익은 곳이기도 하다. 하여 백석이기도 한 시적 화자는 곧장 통영장으로 가서, 사려고 했던 물목들을 산다. 서병수에게 건넬 것도 박경련의 모친에게 건넬 것도 박경련에게 건넬 것도 따로따로 있다. 선물을 잔뜩 사고 나니 조금 여유가 생겼고, 그래서 화륜선을 구경하고, 되돌아오다 주막 앞 문둥이의 품바 타령을 듣기도 한다. 그러나 이윽고 달이 뜨자 나룻배를 타고 '판데목을 지나' 서병수의 집을 향해 간다. 마음은 이미 좋아하는 사람의 집에 닿은 듯하다. '지나간다 간다'란 반복과 강조가 오래 기다려온 마음의 동궤를 여실히 느끼게 한다.

전반적으로 기행시에 걸맞게 이것을, 저것을 하고 또 했으며, 이윽고 이제 다음 행신지로 간다는 현재 시점의 여정까지 잘 드러나고 있다. 그저 '낮대들었다'와 '지나간다 간다'라는 구절에서만 마음의 다급함과 활기찬 면모를 보일 뿐 나머지는 행동을 객관적으로 묘사하고 있을 뿐이다. 그러나 이 구절만으로도 마치 움켜쥔 손바닥을 펼치듯 마음속 담아둔 말을 전하고야 말겠다는 결의에 차 나아가고 있는 한 청년의 마음이 여실히 느껴진다.

3.

통영에는 백석의 시비와 함께 곳곳에 백석의 시가 얼굴을 내밀고 있다. 아이러니도 이런 아이러니가 없다. 결국 그들의 인연은 이것으로 끝이었는데, 시는 남아 온 동리를 휘감고 있는 셈이다. 애초 통영이 토박이였던 박경련이나 그이와 정작 혼례를 치른 신현중, 그리고 그 후손들의 눈으로는 도대체 어찌 비칠지 괜스레 내가 걱정이다. 어머니가, 할머니가 그런 분이었다니. 그런데 기실 박경련은 백석을 허준의 혼례식장에서 본 것이 처음이자 마지막이었다. 그런데 난데없이 잘 알지 못하는 남자가 홀로 연모했다는 사실만으로 줄곧 사람들의 입길에 오르내리고, 급기야 동리 구석구석 90년 전 사실을 빌미로 만천하에 이름이 떠돌고 있는 셈이다. 통영시는 그렇게 백석을 내세우면서까지 여행객들을 불러 모아야 하는 것인지 의아할 따름이다. 더욱이 백석이 없더라도 통영에는 유치환도, 김춘수도, 김상옥도, 박경리도, 심지어 이중섭, 전혁림, 윤이상도 있다. 예향이란 이름에 결코 뒤지지 않은 걸출한 작가, 예술인들이 있는 바에야. 게다가 '한산섬 달 밝은 밤에/ 긴 칼을 옆에 끼고' 있는 충무공도 있지 않은가? 그러니 그만 아이러니한 상황은 거두어 주었으면 싶다. 아, 왜 이러니라고 책망하고 싶다.

정작 백석의 기행시는 「통영」이란 세 편의 작품보다 개인적으로는 다음의 시가 훨씬 더 아름답다고 생각한다.

창원도昌原道

—남행시초南行詩抄 1

솔포기에 숨었다
토끼나 꿩을 놀래주고 싶은 산山허리의 길은

엎데서 따스하니 손 녹이고 싶은 길이다

개 데리고 호이호이 휘파람 불며
시름 놓고 가고 싶은 길이다

괴나리봇짐 벗고 땃불 놓고 앉어
담배 한 대 피우고 싶은 길이다

승냥이 줄레줄레 달고 가며
덕신덕신 이야기하고 싶은 길이다

더꺼머리총각은 정든 님 업고 오고 싶을 길이다*

통영으로 가는 길이었는지 통영에서 되돌아오는 길이었는지는 알 수 없다. 진주에서 마산의 뱃터까지 가는 도중에 마주친 창원의 길을 노래하고 있는 시다. 백석이 즐겨 활용하는 열거와 반복의 문장으로 형식적인 안정감이 돋보이는 작품이다.

시는 대뜸 '솔포기에 숨었다'라고 주어를 감춘 서술부만 제시함으로써 열어나간다. 주어는 '길'이다. 그저 숱한 이들의 발걸음이 지나가 생겨난 길일 뿐인데, 백석의 시는 인격을 부여하여 주어의 위치로 끌어올리고 있다. 그 길은 게다가 의향을 지니고 있기까지 하다. 길은 '토끼나 꿩을 놀래주고 싶은 산허리의 길'이다. 이 두 번째 행은 첫 행을 이어받기도 하고, 다음 행에 연결되기도 한다. 서술의 경제성을 얻고, 더욱이 리듬감도 얻고 있다. 이제 '산허리의 길은'으로 주어를 찾

* 땃불: 화롯불

은 시는 연이어 '길이다'로 다섯 문장이 이어진다. 길은 엎드려 손을 녹이고 싶은 '따스한 길'이며, 강아지 한 마리 데리고 휘파람 불며 휘적휘적 시름없이 걸을 수 있는 흥겨운 길이며, 가기를 멈추고 머물러 잠시 쉬었다 가도 좋을 안온한 길이다. 그리고 그 사나운 승냥이조차 조금 멀찌감치 달고, 두런두런 실없는 이야기를 나누며 가고 싶은 상념의 길이기도 하다. 이 모든 이미지들이 모이고 모여 마침내 '더꺼머리총각은 정든 님을 업고 오고 싶을 길'로 압축적으로 마음속 서리서리 접어둔 갈망을 풀어헤치고 있다.

짧고 단정한 시임에도 많은 것들이 담겨 있는 작품이다. 따스한 산허리의 남도 길을 고스란히 옮겨두고 있으며, 그로부터 떠오르는 상념과 이미지를 찬찬히 펼쳐 보이고 있는 수작이다. 백석만이 구사할 수 있는 어휘들과 통사, 반복되는 통사 구조로 일어나는 리듬감, 토속적이고 민담적인 소재, 마음속 깊이 웅크린 바람을 가만히 펼쳐내는 솜씨 등 어느 하나 나무랄 구석 없는 시다. 더욱이 이 시에는 시적 화자의 마음을 전하는 장치로 길이 쓰이는 것이 아니라 길이 도리어 마음을 불러일으키는 주체로 설정되어 있다. 설정이 아니라 남녘 길에 보내는 헌사가 주체가 되어 시적 화자의 마음자리를 마련해 주고 있다. 쓰개치마 사이로 언뜻 비치는 여인의 맑은 아미처럼 이 시에서 시적 화자의 정서는 보일 듯 말 듯 숨겨져 있으며, 그것이 여타 「통영」 시편들의 목마른 갈급함보다 한층 시적으로 승화되어 있다.

지금까지 살펴본 시편들은 이제 막 스물다섯, 사랑에 빠진 청년기 백석의 기행시편들이었다. 이를 끝으로 백석은 당분간 시작을 멈춘다. 1935년 「정주성」으로 처음 시를 발표하고, 1936년 1월 시집 『사슴』을 상재하고, 그해 3월에 이르기까지 열 편 남짓 시를 발표한 다음이었다. 이후 백석은 '조선일보사'를 사직하고 함흥으로 옮겨가고, 그 와중에 좋아해마지 않았던 박경련의 결혼 소식을 들으며 한동안 시를 쓰지 못했다. 그러다 다시 1938년 함흥에서의 교사직을 그만 두고 서울로 돌아왔다. 그 와중에 백석의 시는 크게 방향을 선회한다. 개인의 서정에 몰두하던 그의 시는 의식적으로 민족사 전체에 대한 궁구를 시작한다. 백석 연구자이기도 한 이숭원은 오랜 침묵 끝 백석의 쏟아져 나온 작품들의 급격한 선회를 다음과 같이 기술하고 있다. "우리는 여기서 백석의 의식이 개인적인 삶의 국면을 넘어서서 어떤 공동체적 지평을 향하고 있음을 감지할 수 있다."* 라고. 백석의 이즈음의 기행시 역시 이러한 변모를 입증해 주고 있다. 그 대표적인 작품은 다음의 시편들이다.

북관北關

—함주시초咸州詩抄

명태明太창난젓에 고추무거리에 막칼질한 무를 비벼 익힌 것을
이 투박한 북관北關을 한없이 끼밀고 있노라면
쓸쓸하니 무릎은 꿇어진다

시큼한 배척한 퀴퀴한 이 내음새 속에
나는 가느슥히 여진女眞의 살내음새를 맡는다

* 이숭원, 『백석을 만나다』, 태학사, 2008.

얼근한 비릿한 구릿한 이 맛 속에선
까마득히 신라新羅백성의 향수鄕愁도 맛본다*

북신北新

—서행시초西行詩抄 2

거리에는 모밀내가 났다
부처를 위하는 정갈한 노친네의 내음새 같은 모밀내가 났다

어쩐지 향산香山 부처님이 가까웁다는 거린데
국수집에서는 농짝 같은 도야지를 잡아 걸고 국수에 치는 도야지 고기는 돗바늘 같은 털이 드문드문 백였다
나는 이 털도 안 뽑은 도야지 고기를 물끄러미 바라보며
또 털도 안 뽑은 고기를 시꺼먼 맨모밀국수에 얹어서 한입에 꿀꺽 삼키는 사람들을 바라보며
나는 문득 가슴에 뜨끈한 것을 느끼며
소수림왕小獸林王을 생각한다 광개토대왕廣開土大王을 생각한다

두 작품은 모두 여행 중에 쓴 작품들이다. 「북관」은 함경남북도를 통칭하는 이름이며, 「북신」은 평안도의 지명이다. '함주시초' 연작, '서

* 고추무거리: 고추를 빻아 체에 쳐서 가루를 빼고 남은 찌꺼기, 끼밀고: 어떤 물건을 끼고 앉아 얼굴을 대고 자세히 보다, 배척하다: 조금 비린 냄새가 나는 듯하다, 가느슥히: 가느스름하게,

행시초' 연작으로 표제가 달려 있기에 이 모든 시편들이 기행시임을 알 수 있다. 「북관」은 오랜 침묵 끝에 비로소 1937년 10월 『조광』에 '함주시초'의 한 편으로 발표된 작품이며, 「북신」은 백석이 1939년 1월 『조선일보』에 '서행시초'의 한 편으로, 「구장로球場路」, 「팔원八院」, 「월림月林장」 등과 나란히 발표한 작품이다. 만주의 신경으로 이주하기 직전 쓴 작품들이다. 만주로 이주하기 전 고향 정주를 떠나 평안북도를 여행하며 보고 듣고 느낀 점을 쓴 것이다.

「북관」은 함흥 고유의 음식을 앞에 두고 시작된다. 명태창난젓에 굵은 고춧가루를 뿌리고 무를 썰어 곰삭을 만큼 익혀서 먹는, 일종의 식혜를 앞에 두고 있는 것이다. 그 음식은 북관 전체를 상징하는 것이기에 그는 그것을 앞에 두고 음식에 깃든 오래 이어온 민족의 삶에 배인 결을 곰곰 생각한다. 은근하니 내음새가 끼친다. 시큼하고 비릿하고 쿠쿠한. 이 냄새를 맡자 불현듯 '여진의 살내음'이 상상으로 떠오르고, '신라 백성의 향수'도 떠오른다. 오래 전 민족의 시원에 닿는 것이다.

「북신」은 거리에서부터 이미 '모밀내'가 난다. 찰기가 없어 툭툭 면발이 끊어지고, 맛도 아주 슴슴한 모밀국수. 이를 시인은 역시나 냄새라는 감각으로 포착한다. 그리고 갈아놓은 모밀 빛깔 같은 잿빛 일옷을 입은, '부처님을 모시는 정갈한 노친네'의 냄새로 다시금 변주된다. 부처님을 모시며 불사를 돕는 정갈한 보살에게서나 날 법한 냄새인 것이다. 그 '향산 가까운' 거리, 묘향산이 가까운 거리에 있는 북신의 길을 지나치지 못하고 시적 화자는 국수집을 찾아든다. 그런데 '어쩐지'라는 부사를 끼워두고 있다. 살육을 금하는 불가의 계율에도 불구하고, 묘향산의 명찰이며 서산대사가 머물기도 했던 보현사가 가까움에도 불구하고 국수집은 '농짝 같은 돼지'를 걸어두고 있음에랴. 그리고 국수의 고명으로 올리는 그 돼지고기에는 '돗바늘 같은' 털이 숭숭 박혀 있고, 이 평안도 사람들은 털도 뽑지 않고 한입에 국수에 올려 '꿀꺽 삼키는' 것을 목도하게 된다. 그런데 시인은 문득 가슴이 느꺼워지며 '소수림왕'과 '광개토대왕'을 생각한다는 것으로 시를 끝맺고 있다. 소수림왕은 고구려조에 불교를 받아들인 왕이며, 광개토대왕은 고구려의 영토를 북쪽 만주를 넘어 최대치로 확장한 왕이다. 시인은 정갈함과 우직함을 표상하는 북신의 사람들을 보며, 문득 이 두 왕을 떠올린다. 고구려의 정신을 떠올리며, 지금 홀로 선 자신의 자리를 생각한다.

이미 이 시에서 백석은 북방 시편의 웅혼한 상상력을 앞질러 예비하고 있는 셈이다. 그리고 이 시는 또한 앞의 「북관」에서 '여진'과 '신라' 등 국토의 지형을 최대한 확장해 온 한반도의 고대국가들을 소환한 것과 다를 바가 없다. 이들 우리의 고토古土와 그 국가들, 그 모든 시원에의 향수야말로 이즈음 백석의 내면에 또아리를 틀고 있는 정신적 지평이다. 그리고 이러한 백석의 변모는 해를 더할수록 경험과 인식이 확장되었기 때문이기도 하며, 일본 제국주의의 침탈이 한층 노골화되어 가는 과정과도 연결되어 있을 터이다. 시인은 몸을 누일 곳이 없어져 가는 것을 절감하며, 어떤 변화에도 불구하고 삶의 본모습을 때로는 창난젓의 '얼근한 비릿한 구릿한' 맛 속에서, 때로는 '털도 안 뽑은 고기를 시꺼먼 맨모밀국수에 얹어서 한입에 꿀꺽 삼키는' 식성에서 발견하고 있는 것이다.

이처럼 백석의 기행시편들은 새로운 풍물의 신기함과 풍광의 아름다움을 찬탄하는 것에 결코 머물지 않는다. 그의 기행시편들은 사랑하는 이에 대한 결곡한 그리움을 매개하기도 하며, 새롭게 마주친 풍속 속에서 민족적 삶의 원형을 뜨겁게 떠올리기도 한다. 더욱이 후기 기행시들에 이르러 상상력의 폭을 성큼 확장하고 있으며, 이윽고 「팔원八院」과 같은 뛰어난 시편으로 고양되기도 한다. 결국 백석에게서 여행이란 새로움의 발견 그 너머 현실의 재발견이자 스스로의 재발견으로 귀결되고 있는 것이다.

4.

백석의 기행시를 살피다 보니, 아주 힘겨웠던 미국 여행이 떠오른다. 여행이라기보다 공부하러 간 길이었다. 나는 그림책을 조금 더 본격적으로 공부하고 싶었고, 그림에 관한 이해를 높이고 싶었다. 그리고 지인들은 그림 공부로는 그림을 많이 보는 것이 최상이며, 그림을 가장 많이 볼 수 있는 곳은 당연히 뉴욕이라고 했다. 언어가 문제였지만 그 또한 별문제가 없을 것이라고들 격려해 주었다. 언어에는 '돈 버는 언어'와 '돈 쓰는 언어'가 있는데 내가 주로 사용할 언어는 '돈 쓰는 언어'기에 걱정할 필요가 없다고들 했다. 돈을 벌려고 작정한 사람들이 알아서 끔찍한 언어조차 기꺼이 들어줄 준비가 되어 있다는 것이다. 그 말만 믿고 간 것이 어리석기도 했지만 지내다 보니 '돈을 버는' 것까지는 아닐지라도 '돈과 관련이 없는' 일도 있었다. 예컨대 대학원 수업 같은 일이었다. 그곳에서 그림책 이론가인 바바라 키퍼B. Kiefer 교수가 진행하는 박사과정 수업을 참관했는데 그것이 화근이었다. 미리 제출된 발표문을 읽는 것도 힘들었지만 수업 시간 학생들의 발표에 내 의견을 제시하는 것도 끔찍했다. 물론 많은 부분 영어 때문이었다. 발표문을 읽고 할 말이 있으면 미리 영작을 해야 했고, 수업 시간에도 그때그때 의견을 짧게나마 피력해야만 했다. 일주일에 세 시간 있는 그 수업을 따라잡기가 그리 힘들었고, 끝나고 돌아오는 길에는 파김치가 되고는 했다. 더욱이 수업 시간에 몇 마디 하면 키퍼는 중요한 지적인 듯하니 그 내용을 다시 메일로 발표 학생에게 전해주라고 따로 부탁하고는 했다. 내가 더듬더듬 하는 말이 제대로 전달되지 않았음을 에둘러 전한 것이다. 이렇게 한 학기를 보내고 나니 몸도 마음도 소진된 느낌이었다.

그래서 나는 학기가 끝나자마자 모든 것을 팽개치고 길을 떠났다. 무엇보다 겨울 바다가 보고 싶었다. 뉴욕의 맨해튼에서 보는 좁은 만이 아니라 수평선이 보이는 바다가 보고 싶었다. 태평양을 보았으면 좋겠지만 대서양이라도 보고 싶었다. 그런데 허겁지겁 동쪽으로 동쪽으로 가서 본 바다는 내가 늘 보던 바다가 아니었다. 바위가 있고, 멀리 섬이 있는 그런 아기자기한 바다가 아니었다. 겨울 바다야 어디든 철 지난 바다임에는 다를 바 없겠지만 정말 무서우리만치 인적이 없었다. 아름답기는 했지만 끝없이 펼쳐진 해변이 너무나 거대한 나머지 황량하기 그지없었다. 더욱이 오래 머물 수도 없었다. 머무를 만한 숙소도 마땅치 않았지만 먹거리가 뒤따르지 않는 바다, 생선회에 한 잔 소주가 없는 바다는 그다지 큰 감흥을 불러일으키지 못하였다. 그나마 조금 위안이 되는 것은 짭조름한 바다 냄새가 그리 다르지 않다는 것뿐이었다. 실망만 가득 안고 다시 돌아와야 했다.

그런데 며칠 지나지 않아 예기치 못한 곳에서 예기치 못한 것으로 위안을 받았다. 심각했던 향수병이 뻥 뚫리며 해소되는 느낌을 받았다. 그나마 살던 곳에서 그리 멀지 않은 필라델피아 미술관에서였다. 그곳에서 나는 그림 한 점을 보았다. 고흐Vincent van Gogh의 〈비Rain〉란 그림이었다. 딱 보기만 해도 왜 내가 그런 느낌을 받았는지 이해할 것이다.

고흐는 이 그림을 생-레미Saint-Rémy에서 그렸다고 하지만 믿을 수가 없었다. 이 그림은 프랑스의 생-레미가 아니라 우리나라 곡성이나 영양 어느 시골 밭둔덕에 걸터앉아 그린 것이 아닌가 싶었다. 늘 보던 풍경이었다. 파릇파릇 새순이 돋는 봄이면 언제나 하염없이 앉아 있고 싶었던 그 밭둔덕이었다.

이 그림을 보는 순간 나는 조금 울컥했다. 고흐의 어떤 그림보다 나를 뒤흔들었다. 그림에는 먼 산이 원경으로 잡혀 있고, 얕으막한 언덕에는 이제 막 푸르게 돋는 이파리의 나무들이, 그리고 오른쪽에 소담한 집이 두어 채, 대부분의 화폭을 그득 채운 밭에는 파릇파릇 알지 못할 푸성귀가 돋아나고 있다. 밭은 제주의 돌담처럼 빙 돌아 울타리가 낮게 둘러쳐져 있고. 그리고 비가 내린다. 빗방울은 투둑 투둑 가벼운 바람에 방향을 잃고 흩뿌리고. 새롭지도 낯설지도 않은, 너무나 익숙한 풍경이 딱 눈앞에 나타난 것이다. 나는 비행기를 타지 않고도 그렇게 보고 싶던 내 나라에 훌쩍 닿은 것이다.

나는 고흐의 풍경화뿐만 아니라 고흐의 그 어떤 그림보다 이 그림을 좋아하게 되었다. 내게 많은 말을 걸어온 그림이기 때문이다. 이 경험으로 미루어보건대 그림이나 음악, 시 등 예술이란 모름지기 객관적인 아름다움이 전부가 아님을 알 수 있다. 여행지에서 만난 풍경이나

빈센트 반 고흐V.van Gogh,
〈비〉, 1889,
캔버스에 유채, 73.3×92.4, 필라델피아 미술관.

음식, 인정도 다르지 않을 것이다. 그 모든 새로운 경험은 그동안 나를 형성해 온 내면의 그 무엇과 접점을 형성하는 순간 우리는 온전히 그 경험을 자신의 것으로 체화할 수 있다. 예술작품과 마주치는 순간도 다르지 않을 것이다. 예술가의 경험과 나의 경험이 어떤 형태이든 마주쳐 감응할 수 있을 때 우리는 그 작품의 온전한 진면목을 비로소 알 수 있다. 〈비〉를 만난 그날 나는 외국에서의 빠듯한 살림에도 아랑곳없이 지갑을 열어 고흐의 포스터와 필라델피아 미술관의 화집을 샀다. 그리고 지금도 가장 가까운 곁에 두고 때때로 들추어 본다.

결국 여행에서는 보이는 것을 보는 것이 아니라 보고 싶은 것, 볼 수 있는 것을 볼 뿐임을 여실히 깨닫는다. 보이는 것과 보고 싶은 것의 변증법, 주객의 변증법. 여행이란 객체가 주체의 인식을 이끌어내고, 주체가 객체를 해석하고 전유專有하는 과정이었다. 그것이 백석이 마주친 통영이든 창원길이든 북관이든 북신이든 내가 만난 대서양의 바다든 고흐의 그림이든 무릇 모든 여행은 그런 법이다. 하여 그 길의 끝에는 조금은 새로워진 또 다른 내가 뒷모습을 보이며 지친 나를 기다리고 서 있기 마련이다.

8. 애통해 하는 자는 복이 있나니

백석의 시집 『사슴』 한 권을 처음 대할 때에 작품 전체의 자태를 우리의 눈에서 가려버리도록 크게 앞에 서는 것은 그 수정修整 없는 평안도 방언이다. 그러나 우리가 이 작품의 주는 바를 받아들이려는 호의를 가지고 이것을 숙독한 결과는 해득하기 어려운 약간의 어휘를 그냥 포함한 채로 그 전체를 감미鑑味하는 데 아무 지장이 없다는 모어母語의 위대한 힘을 깨닫게 된다…… 이 시인은 현재의 우리 언어가 전반적으로 침식 받고 있는 혼혈 작용에 대해서 그 순수를 지키려는 의식적 반발을 표시하고 있다. 이 시집의 체제와 인쇄와 발행을 통해서 이 시집이 나타내는 바 구차하지 않고 타협이 없는 강한 신념은 우연적이고 부수적인 사건이라기보다는 이 시인의 본질적 표현의 일부인가 싶다.

—박용철*

1.

어린 시절 퍽이나 가난했다. 방 한 칸, 다락 한 칸 셋집에서 오래 살았다. 대들보와 가장 가까운 다락방은 집안의 대들보인 큰형 차지였고, 나머지는 모두 책꽂이에 꽂힌 책처럼 가지런히 누워 자야 했다. 그래도 늘 내 자리는 엄마 옆자리였다. 막내였으니까. 불편했으나 따뜻

*「백석 시집 『사슴』 평」, 『조광』, 1936.4.

한 잠자리만큼 지지리 궁핍했으나 마음이 주눅들어 지내진 않았다. 피난민들이 이룬 동네에는 모두들 예외 없이 가난했기에 우리 집 가난이 그닥 눈에 띄지도 않았다. 가난은 그저 물려받은 교복처럼 조금 깡똥할 뿐 몸에 착 맞아 자연스러웠다. 말 그대로 그저 조금 불편할 뿐이었다.

다만 동네를 벗어나 학교에 가면 빈부의 차이가 조금씩 드러났다. 42색 크레파스를 들고 다니는 아이들이 있었고, 피아노를 치는 아이들이 있었다. 그래도 조금 부러웠을 뿐이다. 여전히 12색 크레파스밖에 없는 아이들이 대부분이었고, 그조차 흰색과 파란색 등 자주 쓰는 색상들은 없거나 몽땅했다. 그러니 가진 아이들과 그조차 없는 나, 그 사이가 그리 넓지도 깊지도 않았다. 오십 보 백 보였다. 더욱이 크레파스나 지우개는 그냥 슬쩍슬쩍 가져다 썼다. 훔친다는 의식도 희박했다. 없는 내가 있는 너희의 것을 잠시 쓰는 것은 당연한 일이었다. 잠시 쓸 뿐만 아니라 숙제가 있기라도 하면 집에까지 가져가기도 했다. 바늘 도둑이 소도둑 된다는 속담이 번번이 나를 망설이게 했지만 법보다 주먹이라는 말처럼 숙제를 못 해서 받아야 할 벌은 언제나 더 무서웠다. 나는 계속 바늘을 훔쳤다. 나는 『레미제라블Les Miserables』에서 장 발장이 빵을 훔치는 것은 죄가 아니라고 생각했다. 그때부터 이미 나는 어린 마르크스주의자가 아니었을까?

어른이 되어서야 나는 생각했다. 왜 사람은 가난한가? 그에 대한 교과서적인 답은 일정한 스펙트럼을 지닌 채 펼쳐지고 있었다.

먼저 혈통이나 종족의 탓이라고 생각하는 관점이다. 가장 오른쪽에 있는 관점이다. 가난의 DNA가 깊이 각인된 혈통들이 있다는 것이다.

유대인은 인색하다거나 흑인은 게으르다거나 조선인은 더럽다는 등의 편견들이 모두 혈통이나 종족을 문제 삼는다. 그런데 적어도 지금은 이렇게 지껄이는 사람들이 겉으로는 없다. 그러나 민주주의의 산실 영국에서 여성의 참정권이 온전히 보장된 것은 1928년이었고, 아우슈비츠의 학살이 일어난 건 1940년대였으며, 미국에서 로자 파크스가 버스 안에서 흑인의 자리로 옮기기를 거부하여 체포된 것은 1955년이었다. 그리 오래전 일도 아니었다. 그저 공공연하게 혈통 운운하는 사람이 없을 뿐 의식 깊숙이에는 여전히 이런 생각을 하는 사람이 적지 않을 것이다.

그 다음으로는 개인의 성정이나 기질 때문에 가난하다고 주장한다. 한 마디로 게으르다는 것이다. 게으르기 때문에 가난하다니. 이것 또한 새빨간 거짓말이다. 나는 우리 어머니처럼 부지런한 분을 본 적이 없다. 어릴 때 어머니는 함지박을 이고 다니며 겨울에는 생선을 팔러 다니셨고 여름에는 콩국수를 팔러 다니셨다. 그러고 파김치가 되어 집으로 오면 다시 마늘을 까거나 이쑤시개를 말았으며, 인형의 눈을 붙이셨다. 내가 대학을 들어가던 1980년에도 어머니는 삯바느질을 하셨다. 아침부터 밤까지 평생 일을 손에서 놓지 않으셨다. 그런데 게으르다니. 이 말보다 더 가난한 사람들의 마음에 염장을 지르는 말은 없을 것이다.

그 다음은 세상의 재화는 한정되어 있기에 누군가는 가난할 수밖에 없다는 것이다. 신자유주의자들의 전형적인 관점이다. 몇 해 전 교육부의 고위공무원이 국민의 세금으로 녹을 받으면서도 '신분제를 공고화해야 한다. 민중은 개돼지며 상층부 사람들이 먹고 살 수 있게만 해

주면 된다.'는 망언으로 우리 사회를 쑥대밭으로 만든 일도 있었다. 삼성이 우리나라를 먹여 살리는데 그 회장을 감옥에 보내면 어쩌냐, 우리 교육은 행복한 열 명의 아이들보다 능력 있는 한 명의 아이, 빌 게이츠나 스티브 잡스를 키워야 한다는 등 입만 열면 무한 경쟁을 들먹이며 몇몇 소수의 능력자들이 우리를 먹여 살린다는 주장이다. 가난은 나라도 구제하지 못하며, 무능하면 무능한 대로 살아갈 수밖에 없다고 주입시킨다. 그러나 이 또한 어불성설이다.

무엇보다 가난은 불평등에 기인한다. 애초 출발선이 다르기 때문이다. 출발선의 불평등이 생애의 가난으로 고착되고 있다. 살기가 점점 힘들어진다고들 다들 말한다. 아주 오랜 옛날처럼 굶어 죽는 사람들은 없지만 하루하루 살아가기가 벅찬 사람들이 너무 많다. 나라 경제는 세계 몇 위를 구가하는데, 주변 대부분의 사람들은 힘들다고 아우성이다. 이러한 불행의 기저에는 계층 간 불평등이, 양극화가 도사리고 있다. 지극히 안정적인 정치 체제, 사회 체제로 이름난 독일조차 자산 보유 상위 10%가 전체 자산의 절반 이상인 56%를 보유하고 있는 반면 하위 50% 인구가 소유한 자산은 전체 중 1.3%에 불과하다고 한다.* 더욱이 이 상태가 10년 이상 계속 유지되고 있다는 것이다. 우리의 경우는 2013년 기준으로 상위 10%가 소유한 자산이 무려 66.4%고, 하위 50% 자산은 고작 1.9%, 상위 10% 바로 아래 중간층 40%가 소유한 자산 비율은 31.7%** 라고 한다. 독일과 비교하더라도 부의 독점이 훨씬 더 심각하다. 하위 50% 자산이 1.3%, 1.7%로 우리가 조금

---

* 『아시아투데이』, 2019.10.06

** 『연합뉴스』, 2015.10.29

나은 듯 보이지만 중간층을 합한 90%의 국민들이 고작 33.4%로 독일의 44%에 비하면 참담한 수준이다. 하위 50%의 사람들이 고작 2%도 되지 않는 것을 나누어 가지기 위해 무한 경쟁을 해야 하는 사회는 비정상적이다. 신자유주의의 주박 아래 세계가 미쳐 돌아가고 있는 것이다.

다른 삶, 다른 철학이 필요하다. 부의 불평등을 완화하는 제도적 장치를 마련해야 하며, 기본소득제나 사회보장을 강화해야 한다. 노력하는 많은 사람들이 일한 만큼 그에 값하는 대가를 얻고 따뜻한 옷과 일용할 양식, 몸뚱아리 편안히 누일 집을 누릴 수 있어야 한다. 그러자면 제도적 장치와 함께 삶을 보는 철학을 갱신해야 한다. 외람되지만 무엇보다 타인의 고통에 공감하는 능력을 길러야 한다. 울음 우는 아이가 있으면 함께 우는, 마음의 울림이 긴요하다.

2.

백석의 유년 시절은 적어도 그의 시에서만큼은 안온하다. 내 어린 시절이 그러했듯. 그의 유년을 회상하는 시에는 식민지 민중의 일상적인 억압도 없으며, 계급과 민족이란 이중의 착취 속에서 헐벗은 가난도 없다. 뒤돌아 본 옛날의 추억이기에 날카로운 현실의 모서리들이 깎여 나갔기 때문은 아니다. 그 자체로 그에게 유년기의 삶은 가족의 품 안에서 공동체의 이상적인 삶으로 자리매김되어 있다. 그러나 유년을 벗어나 청년의 눈으로 응시하는 현실은 새록새록 안타까움을 자아낸다. 그 대표적인 작품은 『사슴』에 수록된 시편의 하나인 「여승」이다.

여승女僧

여승은 합장合掌하고 절을 했다
가지취의 내음새가 났다
쓸쓸한 낯이 옛날같이 늙었다
나는 불경佛經처럼 서러워졌다

평안도平安道의 어느 산山 깊은 금점판
나는 파리한 여인女人에게서 옥수수를 샀다
여인은 나어린 딸아이를 때리며 가을밤같이 차게 울었다

섶벌같이 나아간 지아비 기다려 십 년이 갔다
지아비는 돌아오지 않고
어린 딸은 도라지꽃이 좋아 돌무덤으로 갔다

산꿩도 섧게 울은 슬픈 날이 있었다
산절의 마당귀에 여인의 머리오리가 눈물방울과 같이 떨어진 날이 있었다

이 시에는 백석의 시들이 그러하듯 이야기가 있다. 처음, 중간, 끝. 그러나 이야기를 서술하는 방식은 끝, 처음, 중간으로 현재에서 과거로 거꾸로 되돌아가고 있다. 경험에서 기억의 재구성으로 되돌아간다. 물론 그 재구성된 기억이 실제 과거의 경험인지 아니면 상상인지는

중요하지 않다.

시는 경험과 상상으로 이루어져 있음이 일반적이다. 이 시에서는 1연이 경험이고, 나머지 연들은 상상이다. 과거에 있었던 일을 소환하여 연결하는 것 역시 추체험이란 상상의 한 방식이다. 지금 만난 한 여승의 예전 기억을 더듬어 여승이 되기 전의 사연을 상상으로 구성하고 있다. 이 또한 경험이 아니었을까 하는 의문은 시의 이해에 그다지 도움이 되지 않는다. 문제는 거듭 말하거니와 경험과 상상의 적합성이지, 상상 자체의 현실성 여부를 따져 묻는 것은 무의미하다. 시적 장치는 사실의 조회를 넘어 적합성, 곧 여하히 마음의 공명을 불러일으키는가에 달려 있기 때문이다.

경험을 바탕으로 상상을 추체험하기로 한 다음 시로 만들기 위해서는 먼저 최대한 압축해야 한다. 잉여를 덜어내고, 가장 최소한의 언어로 최대치의 정서를 환기시킬 수 있어야 한다. 나는 이 과정을 외국어를 번역하는 것과 흡사하다고 느끼고는 한다. 외국어로 된 텍스트가 존재한다. 나는 이 작품을 꼭 독자들에게 읽히고 싶다. 이 감동을 고스란히 전하고 싶다. 마치 시인이 경험하고 느낀 것을 독자에게 시로 건네고 싶어 하듯. 그런데 곧이곧대로 직역을 한다고 해서 내가 받은 감동이 고스란히 잘 드러나는 것은 아니다. 직역하는 순간 외국어는 뒤죽박죽이 되어 버린 채 또 다른 외국어마냥 언어만 바뀌었을 뿐 의미의 전달에는 여전히 어설프다. 그 정반대 편에는 의미를 중심으로 새롭게 전체를 탈바꿈시키는 방법이 있다. 그러나 의미를 전달할 수 있을지언정 원래 외국어의 결, 그 결의 미묘함은 어디론가 사라져버리고 없다. 정답은 없다. 경험을 시로 옮기는 것 역시 그 가운데의 어느 지점에 자리를 잡아야 할 것이다. 시인이 느낀 그 감정의 결도 고스란히 살리고, 의미의 전달에도 어느 정도 성공하고. 그럴 때 시는 마치 잘된 번역과 마찬가지로 예술이 되는 것이리라.

시인은 먼저 경험과 상상을 구분하고, 상상을 다시 시간 순서로 금점판에서 마주친 처음과 스님이 출가한 중간, 그리고 그 사이에 또 독립된 연을 따로 두어 출가한 연유를 제시하는 것으로 구성을 짠다. 그러고 나서는 최대한 압축적으로 서술하고 있다. 이미 시간의 흐름이 시를 구성하고 있기에 일어난 일, 상상한 일들은 가능한 한 압축하고, 그 빈 자리를 정서를 겉으로 드러냄으로써 공감을 불러일으키면 어떨까 한다. 이에 '서러워졌다', '차게 울었다', '슬픈 날' 등 직설적인 정서의 제시가 시의 또 다른 축으로 존재하게 된다. 그러나 그것만으로는 너무 밋밋하니 묘사를 덧붙이는 것은 어떨까. 그런데 자칫 묘사가 시를 늘어지게 만들 수 있으니 '옛날처럼', '불경처럼', '가을밤같이', '섶벌같이' 등 직유를 풍부하게 제시함으로써 문장의 리듬도 같이 얻으면 어떨까. 백석이 추체험을 통해 상상의 영역들을 채웠듯이 백석이 시를 쓰는 과정은 어떠했을까를 추체험하면 이렇지 않았을까 하는 것이다.

3.

그런데 사실 백석의 「여승」에서 경험과 상상의 거리는 그다지 조밀하지 않다. 매끄럽게 연결되어 있기는 하나 성글며 작위적이다. 더욱이 1930년대 초반 전형적인 식민지 민중의 삶을 옹골차게 제시하고 있다고 말하기도 어렵다. 무엇보다 가족의 붕괴를 원인으로 하는 '여승'의 삶이 개인적인 운명의 층위와 사회적인 현실의 층위로 명료하게 구획되어 있지 않기 때문이다. 붕괴 혹은 몰락, 비애와 환멸의 원인에 대한 탐구가 현저히 시적이기 때문이다. 채워야 할 빈 구석이 적지 않다.

그러나 다음 시는 훨씬 곡진하고 핍진하다. 1939년 11월에 발표한 작품으로 함경도 지역을 다니며 쓴 '서행시초西行詩抄' 4수 중의 한 수인 「팔원八院」이 그것이다. 이 시에 이르면 그의 시는 무언가 비어 있지도 넘치지도 않은 딱 맞춤한 풍경 하나를 밤하늘의 별처럼 돋을새김하고 있다.

팔원八院

—서행시초西行詩抄 3

차디찬 아침인데
묘향산행妙香山行 승합자동차乘合自動車는 텅하니 비어서
나이 어린 계집아이 하나가 오른다
옛말속같이 진진초록 새 저고리를 입고
손잔등이 밭고랑처럼 몹시도 터졌다
계집아이는 자성慈城으로 간다고 하는데
자성은 여기서 삼백오십리三百五十里 묘향산妙香山 백오십리百五十里
묘향산 어디메서 삼촌이 산다고 한다
새하얗게 얼은 자동차 유리창 밖에

내지인內地人 주재소장駐在所長 같은 어른과 어린아이 둘이
내임을 낸다
계집아이는 운다 느끼며 운다
텅 비인 차 안 한구석에서 어느 한 사람도 눈을 씻는다
계집아이는 몇 해고 내지인 주재소장 집에서
밥을 짓고 걸레를 치고 아이보개를 하면서
이렇게 추운 아침에도 손이 꽁꽁 얼어서
찬물에 걸레를 쳤을 것이다*

이 시는 마치 영화의 한 장면 같다. 그리고 연속극을 보면서도 왕왕 훌쩍거리는 나는 이 장면에서 울고 만다. 여성호르몬이 많아져서가 아니라 원래 잘 우는 사람이었다고 애써 우겨 보기도 하고, 잘 우는 사람치고 악한 사람 없다는 지론을 굳이 들먹이기도 한다. 마음이 꽉 막힌 듯 저며 온다. 이 계집아이를 떠올리면. 백석도 실제 본 장면이니 더욱 그러했으리라. 그런데 백석의 시는 오히려 백석의 경험보다 더 마음이 아프다. 예술이 원래 그러하듯.

카메라는 승합차 안에 자리 잡고 있다. 버스가 머뭇머뭇 서고, 잠시 뒤 계집아이 하나 버스에 올라탄다. 열하나, 열둘쯤 되었을까? 아직은 어린 계집아이다. 운전수가 묻는다. 아이는 자성까지 가노라고 답한다. 먼 여행길에나 입을 법한 진진초록 저고리를 입었고 카메라는 줌인으로 가까이 끌어당기다 아이의 손을 클로즈업한다. 버스삯을 내

* 옛말속같이: 옛말에 하던 것처럼, 진진초록: 먼 여행을 할 때 입었던 옷, 내임을 낸다: 배웅한다

미는 아이의 손은 밭고랑처럼, 거북등처럼 갈라지고 터졌다. 카메라는 다시 뒤로 조금 빠지고, 운전수는 '거긴 왜 가누 ?'하고 묻는다. '묘향산 자락에 삼촌이 사세요.'라고 아이는 들릴 듯 말 듯 대답한다. 이제 다시 카메라는 자리에 앉은 아이의 등을 거쳐 차창 너머 바깥 풍경을 아우른다. 그곳에 어른 한 사람, 어린아이 둘이 배웅하느라 서 있다. 순사복을 차려 입은 어른은 끝내 화가 난 듯 내 탓이 아니라는 듯 표정의 변화가 없고, 아이들은 엉거주춤 손을 흔들 듯 말 듯하며 눈물이 그렁그렁하다. 말소리는 들리지 않으나 '언니야! 언니야!'하는 듯 입이 다물어지지 않고 있다. 다시 카메라는 계집아이의 옆으로. 아이는 그예 운다. 울음은 점점 깊어지고 마침내 어깨를 들썩이며 운다. 흐느끼며 운다. 카메라는 초점을 아이의 뒤로 물리며 텅 빈 버스 안 유일한 승객인 사내를 비춘다. 사내 역시 어쩌지 못한 채 눈을 씻는다. 나는 이 사내를 안다. 백석이다.

카메라의 렌즈에는 감정이 담기지 않듯 이 시에서도 감정은 겉으로 드러나지 않는다. 그저 보이는 대로 담아낼 뿐이다. 주인공의 흐느낌조차 섣불리 규정하지 않고 지켜볼 따름이다. 지금 이 계집아이의 마음은 어떨까 짐작하지 않는다. 보여줄 뿐이다. 심지어 시인은 자신의 모습조차 그저 카메라에 담담히 담아낼 따름이다. 이 시가 주는 울림의 대부분은 보여주기에 충실한 이야기꾼의 기법 때문이다. 상상으로 이어지는 시인의 소회조차 '밭고랑처럼 몹시도 터'진 손등에 대한 부연으로 그치고 있다. 손등을 클로즈업하는 그 순간 스치고 지나간 생각의 자락들을 펼쳐 보일 따름이다. 이 단정한 작품 속의 사태 자체가 충분히 감정을 촉발한다는 점에서 시적 화자는 그저 보고 생각한 것만 제시하고 있다. 이 도저한 애연함에 굳이 무언가로 덧칠할 필요를 느끼지 않는다. 감정을 억지함으로써 독자들 스스로 언급하지 않은 것을 채워주기를 기대한다. 그렇게 얻어진 시적 효과는? 이루 말할 수 없이 성공적이다. 공감이란 무릇 이런 것이 아닐까 싶을 만큼.

백석의 시편들 가운데 당대의 객관적 현실을 표현한 작품은 「여승」과 「팔원」이다. 두 작품은 모두 전편에 걸쳐 고단한 삶에서 느끼는 설움이 가득 차 있으나 그것을 드러내는 방법은 판이하다. 「여승」은 감정을 직설적으로 드러내고 있는 반면 「팔원」은 최대한 배제하고 있다. 울음을 감추려 해도 그예 새어 나오고 마는 흐느낌처럼. 물론 그 어떤 방법이 더 시적이거나 더 예술적 형상화가 뛰어나다고 쉽게 말할 수는 없다.

4.

백석의 시 「팔원」에는 시인이 까메오처럼 슬쩍 화면에 비친다. 그는 온전히 그 '계집아이'의 마음속 파동을 느끼고 있다. 시인이란 그런 법이다. 그래야 한다. 시인의 마음은 온전히 이 '계집아이'의 마음결에 이어져 있다. 사실 이 '계집아이'의 마음이 정확히 어떠한지 우리는 알 길이 없다. 어쩌면 이 아이조차 자신의 울음이 어디에 잇닿아 있는지 모를지도 모른다. 울음의 연원이 두고 가는 안타까움인지, 쫓겨나는 서러움인지, 미처 제대로 보상받지 못한 고생스러움인지, 삼촌네에 이르기까지의 먼 길인지, 그곳에서 또 닥쳐올지 모를 미래인지, 그래 봤자 여전하지 않을까 하는 떨쳐지지 않는 생 전체에 깔린 비애인지 알 바가 없다. 그 무엇이든, 그 모든 것이든 중요한 것은 이를 지켜보는 시인 백석이 '눈을 씻'고 있다는 사실이다. 스물일곱 청년이 여행길에서 마주친 한 삶을 지켜보며 울고 있다. 그 울음은 80년이 지나 그때의 백석보다 두 곱절 넘게 나이가 많은 한 사내를 또 울리고. 그 세월의 차이에도, 연륜의 차이에도 잇닿아 있는 것은 공감이다. 백석은 그 '계집아이'의 신산스러운 생을 공감하고, 나는 백석의 시를 통해 역시나 그 아이의 슬픔을 공감한다.

공감한다는 것. 그저 겉을 핥는 것이 아니라 정말 제대로 깊이 공감하는 것. 그것이 나는 지금의, 미래의 뒤얽힌 문제를 푸는 열쇠라 생각한다. 어눌하고 소박하지만. 신자유주의의 무한 경쟁도, 양극화도, 가난도. 그런데 안타깝게도 공감하는 능력은 오장육부처럼 원래 가지고 태어나는 것도 아니며, 자라면서 성장하는 것도 아니라는 사실이다. 그것은 많은 부분 스스로 계발하거나 길러내는 것이다. 공감하는 능력은.

그리고 그 능력을 길러내는 가장 바람직한 방법은 예술작품을, 문학작품을 경험하는 것이 아닐까. 한 편의 시, 소설, 동화를 읽으며 우리는 다른 사람이 되어 보는 경험을 한다. 우리는 책이란 날개를 달고 날아간다. 우리는 백석이 되어 보고, 내지인 주재소장의 두 아이와 헤어져 멀고 먼 자성까지 삼촌을 찾아가는 '계집아이'의 마음이 되어 본다. 도덕과 윤리는 어떠해야 한다를 가르칠 뿐 어떻게 느낄까를 가르치지는 않는다. 문학은 말 그대로 다른 사람의 눈, 귀, 마음으로 보고, 듣고, 느끼게 한다. 공감의 영어식 표현에 늘 뒤따르는 '다른 누군가의 신발을 신고in somebody else's shoes' 걸어보게 만든다. 그것이 문학이고 시다. 백석의 시는 그 준칙에 어긋남이 없다. 하여 백석은, 백석의 시는 애통해하는 자다.

심지어 백석은 어린 거미새끼 한 마리에도 기꺼이 마음을 송두리째 내어준다.

수라修羅

거미새끼 하나 방바닥에 나린 것을 나는 아무 생각 없이 문밖으로 쓸어버린다
차디찬 밤이다

어느샌가 새끼거미 쓸려나간 곳에 큰 거미가 왔다
나는 가슴이 짜릿한다
나는 또 큰 거미를 쓸어 문밖으로 버리며
찬 밖이라도 새끼 있는 데로 가라고 하며 서러워한다

이렇게 해서 아린 가슴이 삭기도 전이다
어데서 좁쌀알만 한 알에서 갓 깨인 듯한 발이 채 서지도 못한 무척 적은 새끼거미가 이번엔 큰 거미 없어진 곳으로 와서 아물거린다
나는 가슴이 메이는 듯하다
내 손에 오르기라도 하라고 나는 손을 내어미나 분명히 울고불고할 이 작은 것은 나를 무서우이 달아나버리며 나를 서럽게 한다

나는 이 작은 것을 고히 보드러운 종이에 받아 또 문밖으로 버리며

이것의 엄마와 누나나 형이 가까이 이것의 걱정을 하며 있다가 쉬이 만나기나 했으면 좋으련만 하고 슬퍼한다

9. 누구나 사는 동안에 한번

백석은 물질적 계량주의가 확대되는 시기에 고립을 축복으로 전환시키는 '소외의 미학'을 실현했다. 세상과 거리를 두고 고고한 마음의 자리를 유지하면서 과거의 시간에서 위안을 얻고 격리된 공간에서 안식을 얻는 전례없이 독특한 이 '소외의 미학'은 모든 소중한 것이 사라진 공백의 시대를 버텨가게 한 백석의 정신적 준거였다.

—이숭원*

1.

예전 초등학교 다닐 때 배운 이야기가 있다. '들은'이 아니라 '배운' 것은 선생님이 가르쳐줬기도 하지만 이야기 자체가 교훈적이었기 때문이다. 진정한 친구에 관한.

옛날 대단한 부자가 아들과 함께 살고 있었다. 그런데 아들은 커 가며 흥청망청 돈을 쓰며 친구들과 놀기에 여념이 없었고, 자기에겐 진정한 친구가 아주 많다고 자랑이 이만저만이 아니었다. 이를 본 아버지는 과연 아들에게 진정한 친구가 있는지 시험하고자 했다. 아버지는 아들에게 죽은 돼지를 자루에 넣은 다음, 친구들을 찾아다니며 도움을 구해 보라고 했다. 아버지의 말대로 아들은 친구들을 찾아가 사람을 죽였는데 시체를 감출 수 있도록 도와달라고 하자 아무도 도와주지

* 「백석 시의 꿈과 힘」, 『남신의주 유동 박시봉방』, Human&Books, 2011, 188쪽.

않았다. 반면 아버지가 자신의 친구를 찾아가 살인을 해서 시체를 지고 왔다고 하니, 그 친구는 바로 집으로 들어오게 한 후 수습할 방도를 찾자고 했다. 그리고 자기 집 뒤꼍을 괭이로 파고 시체를 묻자 하고는 친구에게 안심하라고 했다. 이에 아버지는 아들에게 어떤 친구가 진정한 친구인지를 가르칠 수 있었단다.

지금 같다면야 공범이 되어 달라는 턱없는 주문을 한 셈인데 아버지의 친구는 기꺼이 시신을 뒷마당에 파묻고 진정한 친구로 등극한다. 이야기는 마치 경주마에게 눈을 가리는 차안대를 씌운 것처럼 오직 진정한 친구라는 한 방향만을 보며 달려간다. 황당한 이야기지만 그 즈음 나는 깊은 감동을 받았다. 친구가 세상에서 가장 소중한 그 또래 아이들이라면 누구나 그 교훈에 흠뻑 빠져들었을 터이다. 나는 그 이야기를 배운 다음 알게 모르게 끊임없이 주변 친구들을, 나를 평가하고는 했다. 이 친구는 진정한 친구일까 아닐까? 나는 누구의 진정한 친구일 수 있을까? 내가 사람을 죽였다고 하면, 누군가가 사람을 죽였다고 하면, 그는 혹은 나는 '그래 우리 같이 파묻자'고 말하며 삽을 찾을 수 있을까? 아니면 얼굴이 사색이 된 채 자초지종은 듣지도 않고 서둘러 밀어낼까?

그래도 다행스러운 건 중학교 때 만난 몇몇 친구들이 지금까지 내게는 있다. 물론 그 친구들이 끔찍한 시험을 통과한 것은 아니다. 그래도 중학교 때 만난 이후로 지금껏 연락을 하고 지내고, 더러 술이 잔뜩 취하기라도 하면 내게 전화를 걸어주기도 하고, 어머님의 부고를 알리지 않았다는 이유로 정색을 하고 책망하기도 하니, 진정한 친구가 있느냐고 물으면 그 친구들이 떠오른다.

그런데 지금은 진정한 친구라는 담론이 일종의 관념이 아닐까 생각하기에 이르렀다. 내 친구들은 대학을 가면서 사실 뿔뿔이 흩어졌고, 처음에는 1년에 한 번, 그러다 몇 년에 한 번 만날까 말까 한 사이가 되어버렸다. 마음속에 깃들어 있을 뿐. 더 이상 촌락 공동체에 살지 않는 우리는 진정한 친구조차 가질 수 없게 된 것이다. 결국 나는 이 관념을 털어버리기로 한다. 어쩌면 본질적으로 진정한 친구란 존재할 수 없으며 진정한 친구는 그때그때 구성되는 것이 아닐까. 심심해서 불러내면 총알같이 튀어나와 주는 친구, 술은 마시고 싶은데 주머니가 비어 있을 때 온갖 욕을 하면서도 기어나와 술잔을 채워주는 친구, 길흉사에 기꺼이 시간을 비워 주는 친구. 너무 멀리 떨어져 쉽게 만날 수도 없는 진정한 친구가 아닌, 지금 내 곁에서 시시덕거리며 짊어진 삶의 무게를 까맣게 잊게 만드는 친구야말로 진정한 친구가 아닐까.

그렇다면 사랑은?

진정한 사랑은 있을까? 어떻게 사랑해야 진정 사랑하는 것일까? 풋풋한 첫사랑은 너무 싱그럽고, 너무 서툰 나머지 이루어지지 못하는 부족한 사랑일까? 어쩌면 사랑은 청춘의 사랑만이 아니라 그 어떤 누구와의 사랑이든 언제나 진정한 사랑의 잣대에는 미치지 못하는 것은 아닐까. 많은 실패 끝에 사랑하는 법을 배웠다고 해서 이 세상 유일한 단독자인 또 다른 사람을 진정 사랑할 수 있을까. 그 또한 스스로 진정한 사랑이란 관념의 울타리 속에 상대방을 가둬두고, 닭장 속의 여우처럼 자신만만 활개 치는 사랑은 아닐까.

어쩌면 서투름에도 불구하고 상대방의 허물을 모른 척하거나 기꺼이 인정하고 용납한다면, 묵인하고 포용한다면 그것이 진정한 사랑은 아닐까. 그러다 결국 허물이 역치에 이르러 더 이상 참을 수 없을 때 사랑은 깨어지고 이별이 도래하는 것은 아닐까. 그러니 이별은 갑작스러운 것이 아니라 더 이상 견디지 못하고 끓어 넘치는 비등점에 놓인 물과 같은 것이리라. 그렇기에 결코 돌아선 마음을 되돌리기는 쉽지 않은 법이다.

나는 주례를 가능한 한 서지 않으려고 한다. 한 남자와 한 여자가 사랑으로 맺어지는 축복의 자리에서 내가 적어도 사랑에 관한 한 무슨 말을 할 수 있을까 싶어서다. 그러나 이러저러한 피치 못할 형편으로 말을 할 수밖에 없는 상황일 경우 나는 오직 한 가지만 전하려고 했다. 지금 사랑하는 사람은 완벽하지 않고 흠결이 많은 사람이다. 그대 또한 다르지 않고. 우린 이 허물 때문은 아니겠지만, 허물에도 불구하고 한 존재를 사랑하고 그러기에 간절히 결합하고자 원한다. 지금 이대로의 상대방을 사랑하듯 앞으로도 있는 그대로를 사랑하라. 이런 줄 몰랐다고, 이 지경까지일 줄 몰랐다고 하지 말라. 사랑은 어느 한쪽의 구미에 맞게 꿰맞추는 것이 아니라 있는 그대로를 인정하는 것이다. 여기도 잘못됐고, 여기도 고장이라고 상대방을 향해, 부모를 향해, 세상을 향해 애프터서비스를 요구하지 말라는 주문이다. 문제는 사랑이 식은 것이지 상대방의 잘못은 아니기 때문이다.

불행하게도 영원한 사랑은 없다. 우정이 사랑으로 변하듯, 사랑 또한 우정으로 변하기도 한다. 우정이 사랑으로 변하기는 어려워도 사랑이 우정으로 변하는 것은 지극히 자연스러운 귀결이다. 불타오르는 운명적인 사랑은 시효가 있기 마련인지라 언젠가는 먼 곳의 등불처럼 은은하니 옅은 빛으로 그 존재만을 느긋하게 감지하는 때가 올 것이다. 그때야말로 상대방의 이러저러한 잘못을 탓하기보다 늙음을 받아들이듯 자연스럽게 받아들여야 한다. 니체F.Nietzsche의 말처럼 결혼에 실패하는 것은 사랑에 실패했기 때문이 아니라 우정에 실패한 것이기 때문이다.

2.

그럼에도 사랑은 그 누구의 사랑이든 아득하니 부럽다. 설렘과 두근거림 속에 안절부절 기다리던, 그저 문을 열고 딱 얼굴만 비쳐도 미소가 번져나던, 스칠 듯 맞잡은 손길에도 전율이 흐르던, 헤어지기 싫어 뒤돌아보고 뒤돌아보던, 미련이 끝도 없던, 그 사랑이 한없이 부럽다. 감히 부인하기 힘든, 열병 같은 뜨거움이 사랑에는 있다. 그렇게 생겨먹은 것이 인간이기에 사랑하고 또 사랑받는 만큼 흐뭇한 일이 이 세상에 어디 있으랴.

그러나 문제는 사랑의 밀도다. 우리는 사랑하는 가운데에는 그 밀도를 알 수가 없다. 사랑의 깊이는 진행 중인 사랑의 한복판에서는 정작 알 길이 없다. 사랑의 밀도를 알 수 있는 유일한 기회는 헤어지는 것이다. 이별만이 사랑의 밀도를 비로소 가늠할 수 있게 해 준다. 얼마나 아이러니한가. 부재 속에 비로소 온전히 제 모습으로 떠오르는 마음의 깊이라니. 그런 즉 모든 사랑은 결국은 비극이고 파국이다. 진정한 사랑이란 관념 속에 서 있는 한. 그러니 시는 사랑의 기쁨보다 이별의 슬픔을 노래하는 법이다. 시의 핵심적인 정서는 기쁨이 아니라 그리움이거늘. 그런데 백석의 시에 드물게도 사랑의 기쁨을 노래하는 시가 있다.

나와 나타샤와 흰 당나귀

가난한 내가
아름다운 나타샤를 사랑해서
오늘밤은 푹푹 눈이 나린다

나타샤를 사랑은 하고
눈은 푹푹 날리고
나는 혼자 쓸쓸히 앉아 소주燒酒를 마신다
소주를 마시며 생각한다
나타샤와 나는
눈이 푹푹 쌓이는 밤 흰 당나귀 타고
산골로 가자 출출이 우는 깊은 산골로 가 마가리에 살자

눈은 푹푹 나리고
나는 나타샤를 생각하고
나타샤가 아니 올 리 없다
언제 벌써 내 속에 고조곤히 와 이야기한다
산골로 가는 것은 세상한테 지는 것이 아니다
세상 같은 건 더러워 버리는 것이다

눈은 푹푹 나리고
아름다운 나타샤는 나를 사랑하고

어데서 흰 당나귀도 오늘밤이 좋아서 응앙응앙 울을 것이다*

1938년 3월에 『여성』지에 실린 작품이다. 백석의 시를 대표하는 작품 가운데 한 편이다. 1938년은 『사슴』의 출간 이후 백석이 가장 본격적으로 시 창작에 몰입하던 시기였다. 이 한 해에 그는 22편이나 되는 시를 발표하였다. 1936년 3월에 '남행 시초' 연작시를 차례로 발표한 이래 거의 18개월 동안 침묵한 뒤끝이었다. 짝사랑했던 박경련과의 혼사가 틀어지고 심지어 오랜 벗이었던 신현중이 그녀와 혼례를 치름으로써 마음을 추스르지 못한 탓도 있었을 것이다. 시간이 흐른 다음 백석은 담담히 '그렇것만 나는 하이얀 자리 위에서 마른 팔뚝의/ 새파란 핏대를 바라보며 나는 가난한 아버지를/ 가진 것과 내가 오래 그려오던 처녀가 시집을 간 것과/ 그렇게도 살뜰하던 동무가 나를 버린 일을 생각한다'(「내가 생각하는 것은」** 부분)라고 할 정도로 마음에 깊이 사무치는 일이었으리라. 더욱이 그뿐만 아니라 '조선일보사'를 사직하고 새롭게 옮겨간 '영생고보'라는 학교에서의 나날들도 녹록치 않았기 때문으로 추정된다. 그나마 그 침묵하던 동안에도 그가 끊임없이 시를 만지작거리고 있었기에 한꺼번에 작품이 쏟아져 나왔으리라.

오랜 침묵을 깨고 백석은 먼저 '함주 시초' 5편의 연작과 '산중음' 4편의 연작을 연이어 발표한다. 모두 수작이며 과거의 회상이 아닌 현재의 경험을 밀어간 시들이란 점에서 종요롭다. 그리고 이 시기의 시들은 시집 『사슴』에 담겨 있던 다기한 시적 경향들, 순간적인 이미지

* 출출이: 뱁새, 마가리: 오막살이, 고존곤히: 고요히

** 『여성』, 1939년 4월호.

를 포착하여 날카로운 언어로 직조한 이미지즘적 경향, 유년의 경험 속에 걸러진 토속적인 풍속을 지역어로 그려낸 서사적 경향, 이 양자를 아우르며 진전되고 있는 면모를 보이는 작품들이다. 또한 이들 연작 시편들은 이후 북방 시편의 실마리를 설핏 제공해준다는 점에서 백석 시의 정점이 갑자기 한때 쏟아지고 마는 소나기가 아니라 서서히 굵어지다 마침내 퍼붓는 폭우임을 알게도 해 준다. 그리고 이 시편들 가운데 「나와 나타샤와 흰 당나귀」와 유사한 내면을 엿보게 하는 시가 있다.

선우사膳友辭

낡은 나조반에 흰밥도 가재미도 나도 나와 앉아서
쓸쓸한 저녁을 맞는다

흰밥과 가재미와 나는
우리들은 그 무슨 이야기라도 다 할 것 같다
우리들은 서로 미덥고 정답고 그리고 서로 좋구나

우리들은 맑은 물밑 해정한 모래톱에서 하구 긴 날을 모래알만 헤이며 잔뼈가 굵은 탓이다
바람 좋은 한 벌판에서 물닭이 소리를 들으며 단이슬 먹고 나이 들은 탓이다
외따른 산골에서 소리개 소리 배우며 다람쥐 동무하고 자

라난 탓이다

우리들은 모두 욕심이 없어 희여졌다
착하디 착해서 세과슨 가시 하나 손아귀 하나 없다
너무나 정갈해서 이렇게 파리했다

우리들은 가난해도 서럽지 않다
우리들은 외로워할 까닭도 없다
그리고 누구 하나 부럽지도 않다

흰밥과 가재미와 나는
우리들이 같이 있으면
세상 같은 건 밖에 나도 좋을 것 같다*

5편의 '함주 시초' 연작 중 네 번째 작품이다. 제목 「선우사」는 선물膳 같은 벗友들에게 건네는 시辭라는 뜻이다. 함경도에서 홀로 받은 밥상에서 느끼는 소박한 즐거움을 노래하고 있다. 그러나 사실은 아주 쓸쓸한 밥상이다. 얼기설기 갈대나 나뭇대를 묶은 위에 올려둔 보잘것없는 쟁반에 받은 밥상이다. 학교 선생님으로 홀로 떨어져 나온 객지에서 받은 조촐한 밥상이다. 찬이라고는 백석이 평소 좋아했다는 가자미구이뿐이다. 흰 밥에. 시인은 그 밥상을 받고, 시인이나 흰 밥이나 배가 흰 가자미나 닮은 구석이 많은 정다운 벗인 양 느낀다. 가자미는

* 세괏은: 매우 기세가 억세고 날카로운

'맑은 물밑 해정한 모래톱'에서 자랐고, 흰 밥은 '바람 좋은 넓은 벌판에서' '단 이슬 먹고 나이 들'었다. 나는 '외따른 산골에서' '다람쥐 동무하고 자라'났다. 하여 닮은꼴이다. 모두들 욕심이 없고, 희고, 착하고, 정갈하고, 파리하다. 비록 가난하지만 '서럽지 않'고 '외로워할 까닭도', 다른 누구를 부러워할 것도 없다. 마침내 시인은 우리들이 함께 있기만 하다면, 흰밥과 가자미와 내가 함께 있기만 하다면, '세상 같은 건 밖에 나도 좋을 것 같다'고 말한다. '세상 같은 건'에서 '세상'은 다소 부정적이다. 하찮은 것이다. '눈 밖에 나도'에서처럼 '세상 밖에 나도'는 '세상이 밀어내도'라는 뜻이거나 '세상을 밖에 내놓아도'라는 의미의 '세상을 등져도'라는 뜻일 게다. 의인화된 좋아하는 것들과 함께라면 세상쯤은 무시해도 괜찮을 듯싶다.

다만 시가 지나치게 서술적이며, 시적 응축이나 율격에 대한 고려가 없다는 점에서 심심한 작품이다. 더욱이 2연의 종결 '좋구나'는 전체의 서정과 어울리지 않는다. 그럼에도 몇 가지 지점에서 「나와 나타샤와 흰 당나귀」를 앞질러 예비하고 있다. 당연 당나귀와 마찬가지로 이들은 모두 흰 빛깔이며, 어쩌면 흰 당나귀 역시 욕심이 없고, 희고, 착하고, 정갈하고, 파리한 존재인지도 모른다. 그리고 세상과 맺고 있는 관계에서 흡사하다. 비록 '가난해도' 서럽지도 않고, 외로워할 까닭도 없으며, 부럽지도 않다는 씩씩한 선언과 함께 '같이 있으면' 세상을 등져도 좋을 것 같다는 것이다. 그러나 '~할 것 같다'라는 것은 어디까지나 가정일 뿐이다. 그것이 바람이든 상상이든 현실은 아니며 현실화하고자 하는 추동력도 지니지 않은 것이다. 이 모든 것을 생각하면 「선우사」는 마치 「나와 나타샤와 흰 당나귀」의 창작을 위한 메모 혹은 습작 같은 느낌이다. 하나의 착상으로 백석은 두 편의 시를 쓴 셈이다. 당연 무게 중심은 뒤쪽에 놓여 있다.

3.

「나와 나타샤와 흰 당나귀」는 '나와 흰밥과 가자미'와 동격이다. 나타샤가 가자미인지, 흰밥인지는 알 수 없다. 그러나 흰밥과 가자미는 동일성으로 묶여 있는 백석 자신의 서로 다른 함축인 데 반해, 나타샤와 흰 당나귀는 '나'와 서로 이질적인 가운데 서로가 서로를 지탱하고 이끌며 한 편의 시를 축조해가는 것이 다르다면 다르다. 「선우사」에 비견할 때 「나와 나타샤와 흰 당나귀」는 제목에서 이미 한결 풍부하고 다채로울 수 있게 된 셈이다.

시의 제목은 「나와 나타샤와 흰 당나귀」다. 백석은 전례 없이 시의 제목으로 톨스토이L.Tolstoy의 『전쟁과 평화』에 등장하는 여주인공 나타샤의 이름을 끌어들인다. 윤동주가 이국적인 이름으로 나열했던 '패, 경, 옥'과 같은 이름보다 훨씬 더 이국적이다. 북국의 이름이기에 눈이 푹푹 내리는 배경과 조응하기도 한다. 게다가 '흰 당나귀'는 또 무엇인지. 흰 당나귀는 백석이 좋아했던 프랑시스 잠Francis Jammes의 시에 자주 등장하던 동물이었다. 백석의 시에서도 당나귀는 더러 등장하는 캐릭터다. '장꾼들의 종이등에 나귀 눈이 빛났다'(「미명계」), '장돌림 당나귀도 울고 가고'(「연자간」)에서처럼 떠돌아다니는 장돌뱅이들의 사고파는 물목들을, 안주하지 못한 채 떠도는 시름과 고달픔과 애환을 함께 지고 가는 존재이다.

인디언들에게 나의 친구를 뜻하는 '미스타페오'란 말은 내 짐을 대신 들어주는 존재이거나 심장 속에 살고 있는 불멸의 내적 동반자인 자신의 영혼을 뜻한다고 한다. 그럴진대 짐을 대신 져 주는 당나귀는 친구이거나 또 다른 자아일 터이다. 실제 프랑시스 잠에게 당나귀는 곧 자신의 또 다른 이름이었다. 시집 서문에서 그는 '나는 지금 장난꾸러기들의 조롱을 받으며 고개를 숙이는,/ 무거운 짐을 진 당나귀처럼 길을 가고 있습니다./ 당신이 원하시는 때에,/ 당신이 원하시는 곳으로 나는 가겠나이다./ 삼종의 종소리가 웁니다.'*라고 말한 바 있다. 멸시와 조롱, 고난과 벅찬 노동 속에서도 순명하는 삶의 태도를 엿볼 수 있게 한다. 물론 백석의 이 시에서도 당나귀는 도움을 주는 존재이자, 내면에 깃든 영혼의 목소리를 대변하는 존재로 제시된다.

가난한 내가
아름다운 나타샤를 사랑해서
오늘밤은 푹푹 눈이 나린다

시는 인물과 배경을 등장시키며 첫 문장을 연다. 나는 가난하고 나타샤는 아름답다. 이 아름다운 나타샤를 가난한 내가 사랑한다. 그리고 오늘밤은 눈이 내린다. 그런데 내가 나타샤를 사랑하는 것과 눈이 내리는 것은 어떤 논리적인 연관이 없다. 그럼에도 시는 '사랑해서'로 그 사랑으로 말미암아 눈이 내리는 것이라고 인과적으로 표현한다. 나의 사랑에 우주가 화답하는 것이다. 여기에서 가난함과 아름다움은 결

* 프랑시스 잠(2017), 『프랑시스 잠 시집』(윤동주 100년 포럼), 스타북스.

핍과 충만이란 대립적인 양상*이 아니다. 진실함과 아름다움과 동등한 의미로 제시된다. 시인에게 가난은 자신의 존재를 증명하는 본질이며, 묵묵히 생의 짐을 지고 걷는 자의 자랑이기 때문이다. 가난이야말로 아름다움에 능히 맞설 수 있다는 인식과 함께 시인 백석이 가난에 새겨 넣고 있는 유니크한 자긍을 확인하게 해 준다.

나타샤를 사랑은 하고
눈은 푹푹 날리고
나는 혼자 쓸쓸히 앉아아 소주燒酒를 마신다
소주를 마시며 생각한다
나타샤와 나는
눈이 푹푹 쌓이는 밤 흰 당나귀 타고
산골로 가자 출출이 우는 깊은 산골로 가 마가리에 살자

두 번째 연은 첫 번째 연의 꼬리를 따와 다시 반복한다. '아름다운 나타샤를 사랑해서'는 '나타샤를 사랑은 하고'로 변용되어 3행의 '는'

---

* 이숭원을 비롯하여 대부분의 연구는 '가난한 내가'를 '아름다운 나타샤'와 어울리지 않는 대조의 짝으로 설명하며, 성사되기 어려운 까닭에 슬픔을 자아낸다고 한다. '푹푹' 내리는 눈 또한 '정황의 참담함과 마음의 순결함'을 동시에 암시한다고 함으로써 가난에 대한 부가적인 의미를 덧붙이나 납득하기 어렵다.(이숭원, 『갈매나무의 시인 백석』, 살림, 2012, 23쪽) 다만 고형진은 '가난한'을 '욕심 없고, 겸손하며, 인정 많은 마음을 지닌 사람'으로 해석하기도 한다.(고형진, 「'가난한 나'의 무섭고 쓸쓸하고 서러운, 그리고 좋은」, 『비평문학』제45호, 2012, 30쪽) 그러나 이러한 함축을 이 작품의 해석에 적용하지는 않는다. '가난해도…… 서럽지 않다'는 「선우사」를 비롯하여 '가난하고 외롭고 높고 쓸쓸한'이란 「흰 바람벽이 있어」를 보면 가난은 결코 부정적인 함축으로 쓰이지 않는다. 물론 '나는 가난한 아버지를 가진 것과'(「내가 생각하는 것은」), '가난한 동무가 새 구두를 신고'(「내가 이렇게 외면하고」)의 경우 말 그대로 부정적인 '가난'의 함축으로 쓰고 있기도 하다

과의 중첩을 교묘하게 피해 가는 동시에 '사랑은', '눈은', '나는'의 리듬감도 행마다 얻어내고 있다. 그렇게 통사적 구조를 조응시키는 가운데 '혼자 쓸쓸히 앉어 소주를 마신다'는 새로운 정보를 덧붙인다. 그리고 다시 꼬리따기 노래처럼 반복되며, '생각한다'는 중요한 매개를 끌어낸다. 다시 한 번 '나타샤와 나와 눈'이 반복되어 등장한다. 이를 통해 전반적으로 구조적인 통일성을 확보함과 동시에 '흰 당나귀 타고 산골로 가자', '산골로 가 마가리에 살자'로 새로운 정보 역시 거듭 덧쌓아간다. 소주에 취한 채 이루어지는 사념은 그 어떤 단계도 밟지 않고 일직선으로 욕망, 바람의 최대치를 밀어간다. 여기에서 '흰 당나귀'는 짐을 져 주는 존재로 부각된다.

눈은 푹푹 나리고
나는 나타샤를 생각하고
나타샤가 아니 올 리 없다
언제 벌써 내 속에 고조곤히 와 이야기한다
산골로 가는 것은 세상한테 지는 것이 아니다
세상 같은 건 더러워 버리는 것이다

다시 3연에서는 '나와 나타샤와 눈'은 '눈과 나와 나타샤'로 순서를 바꾼 채 한 덩어리로 또 한 번 제시되고, 그 생각의 간절함이 나타샤를 불러들인다. 나타샤는 이미 내 속에 와 조용히, 그러나 단단하게 이야기한다. 이제 나타샤는 내 안의 욕망을 승인하고 동조하며 더 한껏 밀어가는 존재로 이상화된다. 나타샤는 내 속에 무의식적 원형으로 존재하는 나의 아니마anima이며, 불멸의 내적 동반자로서 나의 미스타페오인 것이다. 물론 그 아니마가 투사된 현실의 존재이기도 하다. 그리고 이렇게 아니마를, 미스타페오를 불러내는 매개는 쓸쓸한 가운데 마시는 소주다. 홀로 마시는 소주는 꿈을, 무의식을 현현케 하는 매개로 작동한다. 그 매개에 힘입어 나는 비로소 산골로 가고자 하는 욕망이 '세상한테 지는 것이 아니'라, '세상 같은 건 버리는' 것으로 정식화할 수 있게 되는 것이다. 이는 이미 「선우사」에서 도달한 인식이기도 하다. '세상 같은 건 밖에 나도 좋을 것 같다'는 것이다. 이렇게 무의식을 의식화함으로써 '나'는 비로소 모든 내면적 억압의 기제를 적극적으로 해체하고 새로운 인식을 예고한다.

눈은 푹푹 나리고
아름다운 나타샤는 나를 사랑하고
어데서 흰 당나귀도 오늘밤이 좋아서 응앙응앙 울을 것이다

마지막 연에 이르기까지 그치지 않고 눈은 여전히 '푹푹 나리'고, 욕망을 마음껏 분출한 '나'는, 급기야 나타샤의 사랑을 얻기에 이른다. 내가 사랑하는 사람이 나를 사랑하는 일만큼 미쁜 일이 이 세상 그 어디 있으랴. 그러니 흰 당나귀, 나의 또 다른 정결한 순백의 영혼인 당나귀 역시 '응앙응앙' 우는 것으로 기뻐한다, 가난한 나와 아름다운 나타샤와 흰 당나귀 모두가 아我와 비아非我의 구분 없이 뒤엉킨 채 환호작약한다.

백석이 이 시를 발표한 것은 1938년 3월 『여성』지였다. 백석의 나이

스물일곱이었다. 새롭게 자야라는 여인을 만난 지 1년 남짓 지난 다음이었다. 백석은 어느 겨울 불쑥 서울로 자취를 감추었던 자야 앞에 미농지 봉투에 든 시를 건네고는 훌쩍 다시 함흥으로 떠났다. 자야뿐만 아니라 『삼천리』 잡지를 주관하던 소설가 최정희에게도 원고를 건넨 것으로 뒷날 알려져 순수성을 의심받기도 하지만, 이 시 속의 나타샤가 자야임은 분명하다. 그런 즉 굳이 밝히자면 '더러워 버리는 세상'은 인습과 윤리로 덧칠된 세상이다. 그 도덕과 윤리를 벗어나 산골짜기 오두막으로 세상을 등지고서라도 함께 가고자 하는 열망이 이 시에는 깃들어 있다. 순정하게 뜨거운 연시인 것이다.

격정적인 내용과 달리 시는 잘 정돈된 기승전결의 전형적인 형식적 틀 속에 담겨 있다. 그리고 주요한 등장인물인 '나와 나타샤와 흰 눈'이 거듭 변용되면서 연의 시작을 열고 있다. '승'에 해당하는 두 번째 연에서는 두 번이나 제시되기도 한다. 이 변용 속의 반복은 시의 리듬감과 의미상의 적층을 선명하게 제시하는 장치이며, 시에 일관성과 통일성을 부여하는 장치이기도 하다. 그리고 시의 구성은 앞의 구절들을 반복하는 가운데, 꼬리따기 식의 의미의 적층을 통해 형식적 단정함을 얻고 있다. 이 견고한 형식적 틀은 푹푹 내리는 눈을 배경으로 현실 속에서 이루어질 수 없는 사랑, 닿을 수 없는 연인에 대한 끝 모를 그리움, 내면적인 욕망에 대한 거침없는 분출, 상상 속에 획득되는 완벽한 사랑의 기쁨 등 다채롭게 펼쳐지는 격정적인 시적 정서와 서술의 비약들을 안정적으로 붙잡아 매어두는 역할을 수행한다. 하여 당대를 풍미한 연시로서, 낭만적 사랑의 전범으로서, 지금도 푹푹 내리는 눈발 속 흰 당나귀를 타고 산골 오두막으로 갔으면 하는 우리의 내면을 투영하는 이미지로서 회자되고 있는 것이다.

4.

이 세상에서 가장 어려운 일 한 가지는 누군가를 사랑하는 일일 게다. 부모 자식을 사랑하는 일, 스승이나 제자를 사랑하는 일, 이름도 모르는 불특정한 인간을 사랑하는 일을 말하는 것이 아니다. 한 여자를 혹은 한 남자를 사랑하는 일, 욕망이 깃든 에로스적인 사랑이 어렵다는 것이다. 책을 읽는다고, 누구의 충고를 듣는다고 해서 알게 되는 것도 아니다. 책으로, 충고로 배울 수 있는 것은 사랑의 보편적 자질들뿐이다. 화성에서 온 남자가 어떠니 금성에서 온 여자가 어떠니 아무리 설명해도 그것은 남자의 혹은 여자의 일반적인 자질일 뿐이다. 그 여자를, 그 남자를 세상에서 유일무이한 단독자, 개별자로 만드는 것은 보편적이고 일반적인 자질이 결코 아니다. 독특한 다른 점이 그 남자, 그 여자로 만들며 우리가 사랑하는 이는 바로 그 남자, 바로 그 여자의 독특함이다.

게다가 이 사랑은 결코 혼자서 이루어낼 수 있는 일이 아니다. 피로 맺어진 관계도 아니고, 적당한 거리를 유지하며 그저 간혹 마주칠 때마다 마음을 기울이면 되는 데면데면한 관계도 아니다. 상대방의 전부를 얻고자 하는 치열한 기투이며 나의 사랑 전부를 쏟아붓고자 하는 뜨거운 열망이다. 어렵고 또 어려운 일이다. 다행히 서로 사랑할지라도 시점이 조금 어긋나기라도 하면 틀어진다. 너무 빨리, 너무 늦게 그이에게로 가는 것이다. 어쩌면 정녕 사랑이란 불가능한 것인지도 모른다. 진정한 우정은 없지만 진정한 사랑은 불가능하다. 어쩌면 사랑의 외피로 혹은 필리아나 아가페와 같은 다른 사랑의 이름으로 겨우 명맥을 유지할 수 있을지는 모른다. 그러나 사랑에는 탕진이 없다. 탕진하고 돌아서는 사랑은 이미 사랑이 아니기 때문이다. 기묘하게도 함께 뜨겁게 고양된 사랑의 상태는 찰나에 가깝다. 그 고양은 언제나 갈급함에 비한다면 찰나일 수밖에 없다. 그 찰나를 지나 둘 중 한 편이 먼저 마음이 변하면 어쩔 수 없이 나머지 한 편도 마음을 서서히 누그러뜨릴 수밖에 없는 일이다. 하여 사랑이 깊으면 외로움도 깊은 것이리라. 하여 사랑은 어쩔 수 없이 쓸쓸한 일이리라. 그래도 사랑하였으므로, 그것만으로도 고맙고 또 고마운 일일 것이다. 백석도 그러했을 것이다. '가난한 내가/ 아름다운 나타샤를 사랑해서/ 오늘 밤은 눈이 푹푹 나린' 날이 있었다는 것만으로도 그지없이 고마운 일이었으리라.

• 1980년대 중반 삼수군에서 가족과 함께

천재 시인이라 일컬어질 만큼 그렇게 시를 잘 썼던 백석도 사랑에 관해서 만큼은 시 창작처럼 능숙하지 못했다. 하긴 사랑은 결코 능숙해지지도 않는 일이니까. 당대 일급의 여류작가들인 모윤숙, 최정희, 노천명 등의 관심을 받기는 했지만 정작 사랑했던 여자 박경련과는 이루어지지 못했고, 우연히 만나 사랑한 자야 역시 집안의 반대 속에서 허덕거려야만 했다. 그녀와 만나고 동거를 하면서도 부모의 강권에 두 차례나 혼례를 치르기 위해 일주일 혹은 한 달을 떠났다 다시 자야에게 돌아오기도 했다. 그 때문에 둘 사이는 버석거렸고, 결국 백석은 홀로 만주로 떠나게 된다. 아마 백석 또한 이러지도 저러지도 못했을 것이다. 이럴 수도 저럴 수도 없었을 것이다.

양희은의 노래처럼 '누구나 사는 동안에 한번 잊지 못할 사람을 만' 난다. 백석에게 잊지 못할 사람은 누구였을까? 알 수 없다. 함부로 누가 잊지 못할 사람인지 타자의 시선으로 왈가왈부할 일은 아니다. 그러나 '잊지 못할 이별을' 한 사람은 분명하다. 비록 백석으로는 네 번째였지만 처음 백석과 1946년 혼례를 치르고, 다섯 아이를 낳아 기르며, 1959년 양강도 삼수군으로 양치기가 되어 가는 백석을 뒤따르고, 마침내 백석이 작고하는 1996년까지 그의 곁을 51년간 지켰던 이윤희다. 백석에게나 이윤희에게나 잊지 못할 이별은 이윤희였으며, 백석이었다. 그것만큼은 흔들림 없는 사실이며 또 진실이다.

10. 겨레의 기억, 기억의 투쟁

상당한 역량을 가지고 꾸준히 시작을 발표하건만 한 번도 그 작품을 정면으로 문제 삼아 주는 사람이 없는 그러한 시인이 왕왕히 있다. 백석 씨가 그러한 시인이다. 그것은 결국 그 시를 어떤 카테고리에 넣고 평하여 좋을는지 모르기 때문이다. 「목구木具」만 하여도 무엇이 들어 있기는 하는 것 같은데 그것이 확실히 무엇인지, 또 그것이 시재詩材로서 가치 있는 것인지 전연 무가치한 것인지 얼른 판단하기가 어렵다. 이런 각도에서 백석 씨를 전면으로 취급할 사람은 없는가?

—최재서*

1.

나는 텔레비전을 좋아한다. 〈동물의 왕국〉이나 〈다큐멘터리〉를 켜 놓고 보다가 깜빡 잠드는 것을 최고의 휴식으로 친다. 일을 할 때에도 그냥 텔레비전은 보던 대로 켜둔다. 계속 보험 광고와 상조 광고를 들으며 일을 한다. 그런데 그 무엇보다 잘 만든 드라마를 좋아한다. 생동하는 인물들, 적합하고 온당한 배경, 짜임새 있는 구성, 섬세한 미장센, 그리고 이 모든 것을 아우르는 이야기의 진실함이 담긴 드라마. 그런 드라마가 방영될 때에는 저녁 약속을 잡지 않거나 시작하기 전에 산

* 「이월시단평」, 『인문평론』, 1940.3.

책을 서둘러 마무리하는 등 나름 일정을 조율하기도 한다.

근래 푹 빠져 보았던 드라마는 〈응답하라〉, 〈시그널〉, 〈나의 아저씨〉 등이었다. 여기에 〈그레이 아나토미〉나 〈빅뱅 이론〉과 같은 오래전부터 시리즈로 이어져 온 미국드라마도 즐겨 본다. '세상에 없던 서정적인 얼굴의 메르디스가 자꾸만 늙어가네, 왜 내가 좋아하는 주인공들을 자꾸 죽이는지 몰라, 쉘든과 에이미가 노벨상을 받는다는 건 정말 황당하지만 해피엔딩이군.'하고 고시랑대며. 그래도 그 누가 뭐라 하든 역대급 드라마는 〈왕좌의 게임〉이다.

처음에는 우연히 굴러다니는 것들을 보다가 시즌6부터 금요일 밤마다 본방송을 사수했다. 조지 마틴G.Martin의 원작에 기댄 바 크겠지만 거대한 스케일과 짜임새 있는 서사, 이면에 깔려 있는 선악을 향한 철학적 성찰들, 인간의 본성에 대한 깊이 있는 탐구 등 어느 것 하나 부족함이 없는 드라마였다. 비록 마지막 시즌에서 지나치게 서두른 나머지 드라마와의 이별을 서서히 갈무리할 여운을 남겨주지 못한 것은 분명한 흠결이다. 그럼에도 마지막 회 티리온 라니스터의 대사는 두고두고 기억될 듯싶다.

티리온은 모든 사태가 끝난 다음, 용들의 어머니 대너리스 타가리옌마저 죽은 다음, 철 왕좌의 주인을 결정하는 회의장에서 다음과 같이 말한다.

> "사람들을 하나로 모으는 것은 무엇일까요?…… 이야기입니다. 훌륭한 이야기만큼 강력한 것은 세상에 없지요. 그 무엇으로도 막을 수 없고, 어떤 적보다도 강합니다. …… 그

(브랜)는 우리의 기억이며, 모든 이야기의 수호자입니다."

왕좌를 차지할 자 누구인가에 대한 답일 뿐만 아니라 8년을 끌어온 드라마의 핵심임은 물론이다. 왕좌는 기억하는 자, 이야기를 지키는 자의 것이다. 왕좌의 게임은 그렇게 끝났다. 현실의 역사에서는 한 번도 그렇게 된 적이 없었지만. 너무도 인간적인, 기억과 이야기의 승리로 끝났다. 여기서 말하는 이야기는 역사로 치환해도 무리가 없다. 그런 즉 단편적인 기억에 의미와 가치를 부여하여 이야기로 세우는 것 emplotment, 그것이 곧 역사이며, 역사는 기억의 투쟁이다.

2.

기억은 그저 개인의 지나가 버린 경험의 조각이 아니다. 우리는 기억을 통해, 기억 속에서 우리 자신을 형성한다. 경험을 통해 형성되는 것이 아니라 엄밀히 말하면 살아남은 경험, 살아남은 기억을 통해 스스로를 형성한다. 그러니 지금의 나를 있게 한 기억된 과거는 현재를 장악하고 미래를 추동한다. 나아가 인상적인 기억은 결코 개인의 내밀한 경험이 아니다. 경험은 언제나 맥락에 의존하며 사회적으로 형성된다. 더욱이 경험은 내 안에만 기거하는 것이 아니라 이야기되고 공유된다. 그 공유된 기억, 함께 나눈 이야기는 우리의 기억이 된다.

그렇다고 우리의 기억이 곧 우리의 역사가 되는 것은 아니다. 누군가가 말했듯 역사란 '선생님이 가르쳐 준 거짓말'이다. 누구의 기억이 참인지를 밝혀내야 한다. 동학농민운동은 운동인지 혁명인지 전쟁인지, 식민지 시대 성노예는 자발적인 선택인지 일제의 강압적인 인신

구속인지, 속절없이 수많은 아이들을 수장시키고 만 세월호의 침몰은 그저 어쩔 수 없는 해상사고인지 구할 수 있었음에도 구하지 못한 엄청난 과실인지 규명되어야 한다. 어떤 기억을 현재화할 것인가는 중요하다. 더욱이 기억은 단순한 뼈대만 있는, 주장만 있는 이야기의 줄거리만으로는 부족하다. 구체적인 숨결을 얻을 때 기억은 더욱 선명하게 각인되며 진실에 한결 가깝게 육박한다.

> "나는 역사를 기억의 투쟁이라고 생각해요. 그리고 기억은 구체적인 매개물로 형성되고 유지되는데, L의 운동화 같은 물건이 그 매개물이 아닌가 싶어요."*

• 이한열의 복원된 운동화

기억은 매개를 통해 형성되고 유지된다는 김숨의 소설은 1987년 유월 항쟁의 도화선이 된 이한열 열사의 운동화를 매개물로, 시의 경우라면 객관적인 상관물로 형상화하고 있다. 주인을 잃은 운동화 한 짝은 그의 부재를 상징하며, 공권력의 폭력성을 상징한다. 운동화는 열사, 폭력, 희생 등의 추상을 구체로 끌어올린다. 기억의 매개물은 누군

* 김숨, 『한겨레신문』(2016.6.4.) 인터뷰 기사

가의 운동화라는 특정한 이미지를 환기한다. 나아가 기억의 매개물은 이미지에 그치지 않고, 문학과 예술의 기능 혹은 힘에 관해 생각하게 한다. 문학과 예술이야말로 기억의 구체적인 매개물을 선명하게 돋을 새김해 주기 때문이다. 그림은 이미지로, 음악은 멜로디와 화성으로, 문학은 언어로 기억을 매개한다. 선명하고 날카롭게.

이러한 맥락에서 백석의 시는 소중하다. 백석의 시는 일제 강점기, 제국주의 일본이 광포하기 그지없이 날뛰던 시기에 시는 무엇을 기억할 것인가라는 본질적인 물음을 던지고 또 답한다. 그가 선택한 기억은 오래되고 낡은 것이며 가뭇가뭇 사라져가는 것들이다. 누구도 눈여겨보지 않는 것들이며 근대의 거센 물결에 주춤주춤 휩쓸려 가는 것들이다. 백석이 기억하고자 하는 것은 그 모든 스러지는 것들이다. 그는 이 모든 스러지는 것들을 기억의 이름으로 불러들이고, 식민지 권력이 강요하는 다른 기억, 다른 담론, 다른 역사와 쟁투를 벌이고자 한다. 그러기 위해 백석은 그 기억에 생생한 이미지를 부여하고, 의미를 부여하고, 잊지 않겠다는 다짐을 되뇌이고, 시란 매개를 통해 개인의 기억이 아닌 겨레의 기억으로 되살리고자 한다. 그렇다면 백석은 무엇을 어떻게 기억하고자 했을까.

목구木具

오대五代나 내린다는 크나큰 집 다 찌그러진 들지고방 어
둑시근한 구석에서 쌀독과 말쿠지와 숫돌과 신뚝과 그리고
옛적과 또 열두 제석님과 친하니 살으면서

한 해에 몇 번 매연 지난 먼 조상들의 최방등 제사에는 컴컴한 고방 구석을 나와서 대멀머리에 오얏망건을 지르터맨 늙은 제관의 손에 정갈히 몸을 씻고 교의 위에 모신 신주 앞에 환한 촛불 밑에 피나무 소담한 제상 위에 떡 보탕 식혜 산적 나물지짐 반봉 과일들을 공손하니 받들고 먼 후손들의 공경스러운 절과 잔을 굽어보고 또 애끓는 통곡과 축을 귀애하고 그리고 합문 뒤에는 흠향 오는 귀신들과 호호히 접하는 것

귀신과 사람과 넋과 목숨과 있는 것과 없는 것과 한 줌 흙과 한 점 살과 먼 옛조상과 먼 훗자손의 거룩한 아득한 슬픔을 담는 것

내 손자의 손자와 손자와 나와 할아버지와 할아버지의 할아버지와 할아버지의 할아버지의 할아버지와…… 수원 백씨水原白氏 정주 백촌定州白村의 힘세고 꿋꿋하나 어질고 정 많은 호랑이 같은 곰 같은 소 같은 피의 비 같은 밤 같은 달 같은 슬픔을 담는 것 아 슬픔을 담는 것*

---

* 들지고방: 들문만 나 있는 고방, 말쿠지 : 벽에 옷 같은 것을 걸기 위해 박아놓은 큰 나무못, 신둑: 방이나 마루 앞에 신발을 올리도록 놓아둔 돌, 매연 지난: 촌수가 떨어지는, 최방등 제사: 정주 지방의 토속적인 제사 풍속으로 차손이 맡아서 모시게 되는 5대째부터의 제사, 반봉: 제물로 쓰는 생선의 통칭, 축: 축문, 합문: 제사의 마지막에 조상들이 편하게 식사를 할 수 있도록 자리를 비껴주는 절차, 흠향: 망자의 혼이 제물을 받아 음식을 먹는 것,

백석이 1940년 2월에 발표한 작품이다. 이즈음 백석은 이미 고향을 떠났다. 정주를 떠나고, 경성을 떠났다. 자야를 떠났고, 벗들을 떠났고, 가족들을 떠났다. 홀로 표표히 떠나 만주에서 정착하고자 기웃거렸다. 그럼에도 백석은 여전히 시는 떠나지 않고 있었다. 모국어로 쓰는 시, 겨레의 기억을 담는 그릇으로서의 시는 그의 내면에 깃들어 있었다. 이 시는 그 증거다.

이 시에서 백석이 민족의 기억으로 선택한 것은 제사에 쓰이는 제기들이다. 나무 제기인 목구. 제사에 쓰이는 기물이기에 목구는 즉각 과거와 현재, 역사와 전통을 소환한다. 더욱이 제사는 누대에 걸쳐 이어온 정결한 문화적 의식의 하나이다. 같은 동아시아 문화권으로 일본에도 제사가 없으랴마는 우리는 우리 식의 제사를 지내고, 이미 마련된 제단이 아니라 매번 조상을 섬기는 제단을 새롭게 차려낸다. 그런즉 '목구'는 삶의 자리가 곧 귀신과 접하는 공간이 되는 우리의 제의에서 산 자와 죽은 자를 잇고, 현재와 과거를 잇는 우리네 민족정신의 매개물로 손색이 없다.

첫 번째 연은 목구가 평소 놓여 있는 장소인 '고방'을 묘사한다. 5대나 이어져 온 큰 집의 한 귀퉁이에 문짝이 달린 낡은 고방이 있다. 그 고방에는 생활에 필요한 다른 기물들과 함께 나무 제기가 있다. 뿐만 아니라 '옛적', 곧 오래도록 이어져 온 시간이 축적된 곳이며, 집안 사람들의 대소사에 길흉화복을 관장하는 가신家神인 '열두 제석님'이 기거하는 곳이기도 하다. '목구'는 이들과 '친하게 사'는 존재로 제시됨으로써 인격을 얻고, 시인은 전통의 무게와 신령스러운 외경을 목구에 부여한다.

두 번째 연은 목구의 기능을 제시한다. 목구는 제삿날이 오면 고방을 나와 제관의 손에 몸을 씻고, 제단 위에 온갖 제물을 '공손하게 받들고' 앉아 후손들을 굽어보고 귀신들을 접한다. 형용사구로 수식을 복합적으로 제시하며 문장을 이어가고, 대등한 대상의 열거를 통해 의미의 층을 두텁게 쌓아올리는 것은 백석 특유의 어법이다.

세 번째 연에 이르면 귀신과 사람의 이분법 속에서 이 대립축의 양태들이 다양하게 제시되고, 그 두 존재 모두의 '거룩하고 아득한 슬픔을 담는' 것으로 목구의 의미를 새롭게 규정한다. 2연에서 제를 올리는 시간의 순서에 따라 제시되었던 목구의 기능은 3연에 이르러 그 의미가 요약적으로 제시되고 있는 것이다. 영혼의 매개물로서 목구의 의미를 '슬픔을 담는 것'으로 고양시켜 낸다.

그리고 끝으로 수원 백씨들의 집성촌으로 정주에 터를 잡고 모여 살았던 모든 조상과 후손들의 슬픔을 담는 것으로 다시 변주하고 강조하며 마무리를 짓는다. 나는 이 대목을 '호랑이 같은/ 곰 같은/ 소 같은/ 피의/ 비 같은/ 밤 같은/ 달 같은/ 슬픔을 담는 것'으로 끊어 읽는다. 그렇게 보면 '호랑이 같은', '곰 같은', '소 같은'은 '피'를 수식하며 혈통을 의미하고, '비 같고', '밤 같은', '달 같은'은 '슬픔'을 수식한다. 호랑이, 곰, 소 같은 정주 백씨의 피 속에 흐르고 있는 비, 밤, 달 같은 슬픔을 담는다는 것이다. 그런데 정작 이 작품에서 '슬픔'은 구체적인 그 무엇으로부터 빚어지는 슬픔이 아니다. '거룩하고 아득한' 슬픔이며, '비 같고 밤 같고 달 같은' 슬픔으로 슬픔에 대한 수식만 있을 뿐, 슬픔을 야기한 근원에 대한 언급은 없다. 왜냐하면 그 슬픔은 '손자의 손자', '할아버지의 할아버지'에 내재된 슬픔이기 때문이다. 숙명과도 같은 근원적인 슬픔인 것이다. 삶과 죽음이란 엄연한 차이에 가로놓인 슬픔이며, 치유의 방도가 없는 슬픔이다. 이는 가히 민족 구성원들의 원형적 정서인 '한'의 다른 이름이라고 할 수 있다. 역사와 삶 전체에 내재된 근원적인 정서로서의 한이 그의 시에서는 '슬픔'이란 현대적인, 개인적인 언어로 재규정되고 있는 것이다.

낡은 집, 다 찌그러진 고방, 어두컴컴한 구석에 놓여 있는, 1년에 서너 번 쓸까 말까한 천덕꾸러기 '목구'는 백석의 시를 통해 말끔히 몸을 씻고, 제를 올리는 후손들의 정성과 애통함, 조상들의 흡족함과 축원을 이어주는 매개로 탈바꿈한다. 그리고 목구는 조상과 후손 모두가 겪었던, 겪고 있는 누대에 걸친 마음속 슬픔을 이어주고 담아내는 매개로 고양된다.

그런 즉 이제 목구는 그저 목구만은 아니게 된 셈이다. 목구가 영혼의 매개물이며, 매개물은 기억의 투쟁을 밀어가는 효과적인 미적 장치이다. 시적 장르에서 매개물이 객관적 상관물과 동의어라고 한다면, 목구는 무엇을 매개하고 어떤 기억을 소환하며, 무엇의 객관적 상관물인가?

3.

민족 구성원 모두의 의례인 제사에 사용되는 「목구」는 민족의 전통적인 의식, 전통적인 문화를 상징적으로 대표한다. 이를 백석은 '한恨'의 시적 변용인 '슬픔'을 '공손하니 받들'며 담아내는 것으로 재규정하고 있다. 그런데 '목구'는 그 선명한 상징성에도 불구하고 기억의 투쟁을 전면적으로 감당하기에는 부족하다. 사물은 그 자체로 존재하지 않고, 사람과 함께 엮이는 경우 기억으로 한층 더 고양될 수 있다. 그런데 이 작품에는 무게 중심이 사물 자체에 많이 기울어져 있다.

물론 그의 시에서 상징적인 기억의 투쟁은 『사슴』의 전편에 흩어져 있는 「여우난골족」, 「고야古夜」, 「가즈랑집」, 「고방」, 「모닥불」, 「오금덩이라는 곳」 등과 『사슴』 이후에 창작된 「연자간」, 「탕약湯藥」, 「외가집」, 「동뇨부童尿賦」, 「국수」, 「마을은 맨천 귀신이 돼서」 등 시작 전반에 걸쳐 감행되고 있다. 그럼에도 가장 돋보이는 작품 중 하나는 「넘언집 범 같은 노큰마니」란 작품이다. 시의 말미에서 '노큰마니의 당조카의 맏손자'라고 밝혔듯이 '당조카'는 사촌형제의 아들이며, 백석이 그의 손자이니 3대를 거슬러 올라가는 6촌 증조할머니다. 백석은 이 증조할머니를 형상화함으로써 기억의 투쟁에서 가장 강력한 매개를 제시한다.

백석의 시에는 할미니가 더러 등장한다. '귀신의 딸'인 무녀 할머니가 산다는 「가즈랑집」에서도 백석은 그 할머니의 사랑을 듬뿍 받는다. 사실 할머니란 존재는 백석뿐만이 아니라 그 누구에게든 깊은 정서적 반향을 불러일으킨다. 우린 특별한 예외가 없는 한 대부분 할머니 손을 거쳐 자랐다. 손주에 대한 할머니의 사랑은 부모의 사랑에 비할 바가 아니다. 부모의 사랑은 합리에 바탕을 두고 있다. 따져 묻고 구분하며, 꾸짖을 것은 꾸짖고 감싸 안을 것은 감싸 안는다. 반면 할머니의 사랑은 맹목에 가까울 만큼 절대적이다. 말 그대로 제한이나 조건이 없는 사랑이다. 그런데 온전한 사랑의 표상인 이 할머니 또한 젊었을 적에는 처자였고 새댁이었으며 또 어머니였고 삶과 어기차게 맞섰던 한 여성이었다.

나는 예전 외국에 나가 보았을 때 적이 놀라고는 했다. 맨해튼 타임 스퀘어의 번쩍이는 광고판에 삼성 제품이 홍보되고 있고, 현대자동차의 차들을 심심치 않게 보고, 유럽에서 엘지 가전을 가장 선호하는 제품으로 생각한다는 것은 경이라고밖에 표현할 길이 없다. 세계 경제의 여러 지표로 보면 한국은 교역량이 12위 정도 된다니 참 놀랄 일이다. 그런데 놀라운 것은 대부분 잘 사는 나라들이 한결같이 식민지를 지배했거나 전쟁으로 침략을 한 역사가 있다는 사실이다. 이 경우 피지배민족의 부는 어쩔 수 없이 제국주의로 흘러들어간다. 아니 적극적으로 빨대를 꽂고 뽑아낸다. 이렇게 얻은 부를 '본원적 축적'이라고 한다. 국민 경제의 흐름 속에서 얻은 과실이 아니라, 남의 것을 빼앗아 이루어낸 축적인 셈이다. 지금은 비록 2차 세계대전이 끝난 지도 70년이 지났지만, 선진국들은 그때 뽑아낸 재산을 굴려 여전히 망하지 않고 부를 뽐내고 있는 것이다. 그런데 우리나라는? 이 작은 땅덩어리 동아시아의 끝자락에 있는 한국은. 식민지 경영의 경험은커녕 오히려 식민지 지배를 그 어떤 제국주의보다 잔학한 일본에 당하지 않았던가.

도대체 이유를 알 수 없는 노릇이다. 어쩌면 베트남 전쟁에서 한국은 떡고물을 얻었을지도 모른다. 그러나 그 전쟁에서조차 재주는 곰이 넘고 경제적 부는 미군의 전초기지였던 일본으로 흘러가 전후 복구의 지렛대로 삼았다. 교육열? 중요한 원인이지만 이 정도 추동력은 아니었을 것이다. 심지어 박정희 정권의 경제 개발? 어이없는 강변이다. 정치경제학자도 아닌, 그저 문외한에 가까운 나는 경험으로 미루어 우리 역시 식민지를 경영했기 때문이라고, 본원적 축적을 이루었기 때문이라고 생각한다. 근거는 없다. 그냥 불현듯 떠오른 생각이다.

우리에게 식민지는 여성이다. 더 넓혀 말한다면 민중일 수도 있겠지만, 여성 또한 민중이었기에 여성이야말로 한국 근현대사의 식민지였다. 근현대사에서 쓸 만한 남정네는 모두 튀어나온 못처럼 망치로 두들겨 맞아 피폐해졌다. 노름꾼이거나 술주정뱅이로, 그도 아니면 무기력한 룸펜으로 밥만 축냈을 뿐이었다. 그이들의 잘못은 물론 아니다. 그럴 수밖에 없었을 것이다. 그럼에도 그 빈 자리를 채운 것은 모두 어기찬 여성이었다. 식솔들을 건사하기 위해 진이 빠져나가도록 닥치는 대로 일을 했다. 밖에서든 안에서든. 제대로 된 대가도 얻지 못했음은 물론이다. 그 잉여가 모두 한국의 지금을 있게 한 본원적 축적이라고 나는 생각한다. 식민지 시대는 이중, 삼중으로 그 착취의 정점이었다.

넘언집 범 같은 노큰마니

황토 마루 수무낡에 얼럭궁덜럭궁 색동 헝겊 뜯개조박 베짜배기 걸리고 오쟁이 끼애리 달리고 소 삼은 엄신 같은 짚세기도 열린 국수당 고개를 몇 번이고 튀튀 춤을 뱉고 넘어가면 골안에 아늑히 묵은 영동楹棟이 무겁기도 할 집이 한 채 안기었는데

집에는 언제나 센개 같은 게사니가 벅작궁 고아대고 말같은 개들이 떠들썩 짖어대고 그리고 소거름 내음새 구수한 속에 엇송아지 히물쩍 너들씨는데

집에는 아배에 삼촌에 오마니에 오마니가 있어서 젖먹이를 마을 청능 그늘 밑에 삿갓을 씌워 한종일 내 뉘어두고 김을 매러 다녔고 아이들이 큰마누래에 작은마누래에 제구실을 할 때면 종아지물본도 모르고 행길에 아이 송장이 거적뙈기에 말려나가면 속으로 얼마나 부러워하였고 그리고 끼때에는 부뚜막에 바가지를 아이들 수대로 주룬히 늘어놓고 밥 한 덩이 질게 한술 떨어뜨려서는 먹였다는 소리를 언제나 두고두고 하는데

일가들이 모두 범같이 무서워하는 이 노큰마니는 구덕살이같이 욱실욱실하는 손자 증손자를 방구석에 들메나무 회초리를 단으로 쪄다 두고 때리고 싸리갱이에 갓진창을 매어 놓고 때리는데

내가 엄매 등에 업혀가서 상사말같이 항약에 야기를 쓰면 한창 피는 함박꽃을 밑가지채 꺾어 주고 종대에 달린 제물배도 가지채 쪄주고 그리고 그 아끼는 게사니알도 두 손에 쥐어주곤 하는데

우리 엄매가 나를 가지는 때 이 노큰마니는 어느 밤 크나큰 범이 한 마리 우리 선산으로 들어오는 꿈을 꾼 것을 우리 엄매가 서울서 시집을 온 것을 그리고 무엇보다도 내가 이 노큰마니의 당조카의 맏손자로 난 것을 대견하니 알뜰

하니 기꺼히 여기는 것이었다*

백석은 이 작품을 28살인 1939년에 발표했다. 북관에서의 짧은 교사 생활을 끝내고, 다시 상경하였으며 『여성』지의 편집주임으로 일했다. 청진동에서 자야와 동거를 하던 시기도 이때였고, 백석의 혼인으로 둘 사이가 어그러져 마침내 헤어져 따로따로 운명의 길로 갈라선 것도 이때였다. 백석은 기생과 사귀는 아들을 못마땅하게 여긴 아버지의 강권으로 두 번 혼례를 치른다. 그러나 번번이 제대로 살림도 하지 않고 내팽개치듯 버리고 자야에게로 돌아가곤 했다. 결국 이 해에 백석은 만주로 홀연히 떠난다. 역사적으로는 중일 전쟁이 개시되던 시기였고, 일본은 한민족의 말살을 획책하던 시기였다. 민족의 운명이 말 그대로 바람 앞의 등불 같던 시기였다.

이즈음 백석은 고개 너머에 있는 '넘언집' '노큰마니'를 매개로, 겨레의 기억을 갈무리한다. 먼저 시는 그 할머니가 기거하는 집을 찾아가는 여정에서의 일을 기록한다. 황토마루를 올라서면 마을을 지키는 신을 모시는 제당인 국수당이 있다. 제당 옆에는 길이가 20미터 가까이 되는 높디높은 스무나무가 있으며, 그 나무에는 치성을 드리는 사람들이 걸어두고 간 온갖 헝겊조각과 오쟁이, 짚신짝 들도 매달려 있다. 그리고 더 이상 잡귀들이 쫓아오지 못하도록 침을 몇 번이나 뱉고 돌아서면, 고개 마루 아래에 무거운 기둥을 받치고 선 집이 한 채, 마

---

* 수무낡에: 스무나무, 뜯개조박: 뜯어진 헝겊조각, 뵈짜배기: 베 자투리, 끼애리: 짚으로 묶은 꾸러미, 소삼은 엄신: 성글게 짠 상제가 신는 짚신, 덥세기: 짚신, 녕동: 기둥과 서까래를 아울러 이르는 말, 게사니: 거위, 벅작궁: 떠들썩한 모양, 고아내다: 떠들어대다, 너들씨다: 한가하게 왔다갔다 천천히 맴돌다, 청능: 청냉 시원한 곳, 종아지물본: 세상물정, 구덕살이: 구더기, 상사말: 야생마, 항약: 악을 쓰며 대드는 것, 야기: 억지를 쓰는 짓

을에 안기어 있다. 노큰마니가 사는 집이다.

먼 눈에 먼저 안겨 온 집은 근경으로 다시 세목이 펼쳐진다. 흰 개처럼 보이는 거위, 말처럼 보이는 개, 한가로이 마당을 오가는 송아지 등이 청각과 후각으로 포착된다. 가축들을 이다지 크게 길러내는 것도 실상 노큰마니의 큰 품 때문이다. 그리고 이제 그 집에 사는 사람들, 아배, 어매, 할머니, 손주, 손주며느리 등이 언제 모두 호명되었나 싶게 들어 찬다. 그럼에도 그 가운데에는 단연 '오마니에 오마니'인 노큰마니가 있다. 어릴 적에는 식솔이 많아도 너무 많아, 세상물정 모르고 '행길에 아이 송장이 거적뙈기에 말려나가면' 저 집은 입이 하나 줄었겠구나 하며 '속으로 얼마나 부러워' 했던지 하는 속내도 고백*한다. 그리고 거의 소여물 끼얹듯 바가지에 밥덩이를 줄줄이 던져 놓아 새끼들을 먹였다는 얘기도. 참 고단한 나날이었을 터이다.

나이가 든 범 같은 이 노큰마니는 혹독한 매로 손자, 증손자들을 다스리기로 유명했는데, 그럼에도 은근히 시적 화자인 '나'에게만큼은 떼를 써도 온갖 정성으로 귀한 것들을 안겨주기도 했다. 그 까닭이 '크나큰 범이 한 마리 선산으로 들어오'더라는 태몽 때문만이 아니라 손주 며느리나 맏손주 역시 그저 기꺼워하며 대견하게 여겼음을 언급함

* 유성호(「백석 시의 세 가지 영향」, 『한국근대문학연구』 17, 2008, 11쪽.)는 이 대목을 "누군가의 희생 제의가 있어야만 마을이 재앙을 면하게 된다는 것, 그 점에서 자기 아이가 속죄양이 되기를 바라는 마음이 비정하게도 사람들 마음속에 있었다는 것, 그리고 가난과 무지로 둘러싸인 전근대적 풍경이 이러한 기억들을 완강하게 감싸고 있었다는 것 등이 시적 진술로 펼쳐진다."와 같이 해석하나 과도한 해석이 아닐 수 없다. 아무리 샤머니즘의 세계를 기저로 한다 해도 그 세계가 육친의 정까지 넘어 자식이 희생번제가 되기를 내심 기대한다는 것은 어불성설이다. 그저 스쳐 지나가는 생각이 불현듯 들 정도로 곤궁했으며, 생각만으로도 소스라치게 놀랐으리라. 그 앞의 세상물정 모르는 어리석은 생각이란 의미의 '종아지물본도 모르고'가 그것을 입증한다.

으로써 시를 끝맺는다.

고단한 살림에도 엄격한 훈육과 넉넉한 사랑을 동시에 끌어안고 대가족의 험로를 열어가고 있는 '범 같은' 존재로 증조할머니는 형상화된다. 마침표 없이 길게 이어지는 문장은, '~는데'로 연마다 끝을 맺기도 열어두기도 하다가 마침내 마지막 문장에서 '것이었다'로 마무리를 짓는 것도 이채롭다. 그러나 무엇보다 작품에서 소중한 것은 한 인물의 삶과 그가 삶에서 겪었던 신산과 그 내면에 깃든 삶의 기꺼움들이 하나로 엮여 우직한 한 여인의 초상을 그려내고 있다는 점이다. 더욱이 이 노큰마니 역시 그저 백석의 증조할머니란 개인에 그치지 않고, 우리 겨레의 삶을 저층에서 떠받치고 있는 든든한 정신적 대들보와 같은 존재이기도 하다.

그렇기에 이제 노큰마니는 그저 그리운 한 사람만은 아니게 된다. 노큰마니 역시 목구와 다를 바 없는 매개물이며, 매개물은 기억의 투쟁을 밀어가는 효과적인 미적 장치이다. 시적 장르에서 매개물은 객관적 상관물과 동의어라고 한다면, 목구와 노큰마니는 무엇을 매개하고 어떤 기억을 소환하며, 무엇의 객관적 상관물인가?

4.

얼마전 미술비평에 관한 책*을 뒤적거리다 아주 놀라운 그림, 아니 조각작품을 보았다. 나는 그 경이로운 작품을 조각이 전공인 조카아이에게 보여주었다. 내려 받은 사진을 보던 조카 옆에서 슬쩍 곁눈질로

* Schlam, C.(2020), 『*The Joy of Art: How to Look At, Appreciate, and Talk about Art*』, Allworth.

피비 스콧Phoebe Scott,
〈구상1, 토르소〉,
돌, 아티아트 컬렉션

그것을 본 조카의 외할머니이자 나의 어머니가 '할마씨구먼.'이라며 조각의 본질을 한눈에 알아봤다. 피비 스콧Phobe Scott의 〈구상1, 토르소〉라는 작품이다.

이 토르소는 여성의 몸, 늙은 여성의 몸을 빚어낸 것이다. 대리석이나 석고가 아니다. 마대자루에 회반죽을 넣어 형체를 잡고 굳힌 작품이다. 나는 예술이 기법을 넘어 궁극에는 삶을 보는 관점의 새로움에 있음을 새삼 이 작품을 보고 절감한다. 물론 작가가 담고자 한 것은 여성주의적 관점에서 본 몸이지만 나는 이 조각에서 여성의 몸과 민중의 몸을 함께 본다. 아랫배에 살집이 많은 것을 빼면 영락없는 노큰마니의 몸이기도 하다.

이 작품은 다시금 기억을 매개하고 있다. 굳이 존 버거J. Burger의 설명처럼 누드the nude와 알몸the naked*을 구분하지 않더라도 이 작품은 누드가 아니라 알몸이다. 이 알몸은 여성의 몸에 대한 기억의 투쟁이다. 여성의 몸에 대한 기존의 이데올로기를 전복시킨다. 우리가 기억해야 할 몸이 여기에도 있음을 작가는 전투적으로 선언한다. 굳이 보려고 하지 않았던, 외면하려고 들었던 몸이, 여성의 몸이, 인간의 몸이 여기에 있는 것이다. 기억의 투쟁은 도처에서 일어나고 있는 것이다.

소설가 밀란 쿤데라는 '권력에 맞서는 인간의 투쟁은 망각에 맞서는 기억의 투쟁'이라고 했다. 그렇다면 우리의 현대시에서 '망각에 맞서는 기억의 투쟁'을 가장 치열하게 밀어간 시인은 과연 누구일까?

* 『다른 방식으로 보기』(최민 옮김), 열화당, 2012.

3부

북방에서

수박씨 호박씨를 입에 넣는 마음은
참으로 철없고 어리석고 게으른 마음이나
이것은 또 참으로 밝고 그윽하고 깊고 무거운 마음이라
이 마음 안에 아득하니 오랜 세월이 아득하니 오랜 지혜가 또 아득하니 오랜 인정이 깃들인 것이다
태산의 구름도 황하의 물도 옛님군의 땅과 나무의 덕도 이 마음 안에 아득하니 뵈이는 것이다

—「수박씨, 호박씨」 부분

11. 역사를 담고 있는 씨앗들

> 우리나라의 시에 이런 느낌이 드는 시는 없었어요. 가장 주요한 원인은 시를 잘 썼지만 시를 이렇게 편지 쓰듯이 말을 하듯이 쓴 경우가 그 전에는 없었지요. 선배 시인 백석이 처음이었습니다. 일종의 산문시였지만 호흡이 있고 내용이 있고 시에 진실함이 묻어나 있었지요. 그 전에 어느 누구도 그런 성과나 경지를 얻지 못했어요. 놀라운 시였지요.
>
> —김상옥*

1.

이 세상에 경이로운 것 하나를 들라면 나는 씨앗을 꼽겠다. 아주 작은 바람에도 날리는 상추씨든 모래알처럼 작은 들깨 씨앗이든 씨앗을 꼽겠다. 김수영이 좋아하는 살구씨나 복사씨(「사랑의 변주곡」)도 좋다. 무엇보다 씨앗에는 식물의 한살이가 오롯이 담겨 있다. 어떻게 뿌리를 내리고 흙을 밀어올리고 떡잎을 펼치고 줄기를 뻗고 꽃을 피우고 열매를 맺어야 할지 모든 정보들이 이 작고 단단한 씨앗에는 모두 담겨 있다. 꽃잎은 몇 장, 어떤 색으로, 크기는 또 어떻게, 또 꽃잎 속 어디에 어떻게 암술과 수술을 둘지, 씨방은 어디에 두며, 어찌 수분受粉을 하게 할 것인지 하는 그 모든 정보가 한 치 흐트러짐 없이 채곡채곡 들

* 송준(2012), 『시인 백석2』, 흰당나귀, 380-381쪽에서 재인용.

어차 있다. 물론 식물의 씨앗만은 아닐 것이다. 모든 동물의 씨앗에도 유전자의 정보가 담겨 있으리라. 나는 종교를 믿지 않지만 이 대목에만 미치면 자연선택이나 적자생존의 진화만으로는 설명되지 않는 섬세하고 오묘한 질서가 존재한다는 것에 기대게 된다. 어쩔 수 없이 절대자의 권능을 생각할 수밖에 없다. 생명이며 과학에 대해 전혀 문외한이기에 나는 씨앗을 생각하면, 생명체를 떠올리면 조금은 작아지고 겸허해진다. 도무지 알 수 없는 미지의 신비는 외경을 알게 해 준다.

이 세상에 경이로운 것 또 하나를 들라면 나는 예술을 꼽겠다. 한 곡의 음악, 한 폭의 그림, 한 편의 시를 들겠다. 자연의 씨앗은 신이 빚은 예술품이지만, 예술은 인간이 빚은 삶의 씨앗이다. 씨앗처럼 예술은 자신의 생명력으로 줄기를 내밀고 꽃을 피우고 열매를 맺는다. 그 쉼없는 노동에 힘입어 예술은 듣고, 보고, 생각하는 우리의 지각을 확장시킨다. 보청기를 끼고, 안경을 걸친 듯 예술작품은 우리의 감각을 확장해 준다. 우리는 다른 느낌, 다른 사유로 살아가는 다른 존재가 된다. 예술은 자연의 소리를 어떻게 듣고, 자연의 무엇을 어떻게 보아야 하며, 자연으로부터 어떤 사유를 진작시켜야 할지를 제시해 준다. 예술작품을 통해 확장된 우리의 기관은 듣는 이, 보는 이, 읽는 이의 마음을 격하게 출렁이게 하며, 공감과 감동을 자아낸다. 조금은 흐릿하고 모호한 채로 당연하고 자연스러웠던 삶에 질문을 던지고, 익숙한 것을 전복시키고, 질문이 허문 빈자리에 새로운 빛을 던진다. 예술은 자연에 최대한 근접하고자 하는 정신의 힘으로 남루한 현실, 그 너머를 탐구한다. 자연이 삶의 본질이라면 예술은 남루한 현실에서 인간이 건져 올리는, 그 떨어져 나온 본질의 한 조각이다.

얼마 전 나는 데이비드 호크니가 쓴 책에서 그림 한 점을 보았다. 데이비드 호크니D.Hockney의 한국전이 열린 이래, 나는 부쩍 그의 그림과 그의 생각에 관심이 많아졌다. 그래서 그의 책을 뒤적이던 중 휘베르트Hubert와 얀 반 에이크Jan van Eyck의 「겐트 제단화」를 보고 말았다. 넓은 화폭에 줄지어 선 그 수많은 인물 군상들만 보아도 그 인물 한 사람, 한 사람에게 기울인 정교함에 숨이 막힐 지경이었다. 그리고 그 형상들에 쏟아 부은 섬세한 붓터치도 터치거니와 나를 경이롭게 만든 것은 그림의 오른쪽 상단을 확대한 부분화였다. 호크니는 이 부분을 다음과 같이 설명하고 있었다.

> "반 에이크의 〈겐트 제단화〉는 극상의 상태에서 보존되고 있다. 그 작품에는 가까이 접근할 수가 없게 되어 있어서, 자세히 보려면 쌍안경을 사용해야 했다. 그 세상은 놀라울 지경이었다. 풀밭의 초록색이 아직도 강렬하다. 나는 그것을 광학적 색상이라고 부르고자 한다. 광학적 투영을 활용하면 훌륭한 초록색을 만들어 낼 수 있다. 오랜 기간에 걸쳐 수많은 화가들이 그 색깔과 씨름해 왔다. 하지만 반 에이크의 초록색은 아직도 최고의 자리를 지키고 있다."*

나는 반 에이크가 어떻게 광학적 투영을 활용했는지 알지 못한다.

---

* 데이비드 호크니·마틴 게이퍼드(2016), 『그림의 역사』(민윤정 옮김), 미진사, 144쪽. 이 인용 바로 앞 단락에서 호크니는 레오나르도 다빈치의 〈최후의 만찬〉이 다소 값싼 물감을 사용한 결과, 제작 이후 곧바로 손상되기 시작했다고 안타까워하며 다음과 같이 덧붙이고 있다. 다빈치가 그 그림을 그릴 때 이렇게 생각하지는 못했으리라는 것이다. '나는 지금 거장 레오나르도 다빈치의 〈최후의 만찬〉이라는 불멸의 그림을 그리고 있다.'라고.

반 에이크 형제Hubert and Jan van Eyck,
〈겐트 제단화〉, 1432,
나무판에 유채, 134.3×237.5, 웹미술관.

〈겐트 제단화〉 부분

사실 광학적 투영이란 말 자체를 이해하지 못하고 있다. 그럼에도 나는 반 에이크의 초록이 '최고의 자리를 지키고' 있는 초록임은 분명히 알아차렸다. 직관적으로 그림 속 초록의 공명이 늘 찬탄해마지 않는 유월의 초록 숲에서 느끼는 자연의 경이에 능히 맞설 수 있는 것임을 알아차렸다. 딱 보는 그 순간. 나는 이 책을 동네 도서관에서 빌려서 보았지만 38,000원의 거금을 들여서라도 꼭 사야지 마음먹고 있는 중이다. 유월이 아니라도 나는 언제든 이 페이지를 펼쳐 아직도 회화의 역사상 가장 최고의 자리를 지키고 있는 초록을 볼 것이다. 마음을 활짝 연 채.

2.

한 폭의 그림은 백 마디, 천 마디 말에 값한다고 한다. 반 에이크의 그림을 어찌 말로 다 표현할 수가 있으랴. 이미지는 언어로 소진되지 않는 풍부함을 지닌다. 물론 그렇다고 언어 예술이 회화에 미치지 못한다는 말은 결코 아니다. 글과 그림은 저마다 다른 특장들을 지니고 있기 때문이다.

그림이 가장 잘 표현하는 것은 보이는 외부 세계의 묘사다. 이는 글이 표현하느라 가장 많이 애를 먹는 것이기도 하다. 글은 아무리 많은 문장을 동원해도 새끼손가락 하나 제대로 묘사하지 못한다. 다만 그 새끼손가락이 어떤 느낌을 불러일으키는지 말함으로써 슬쩍 묘사하는 척할 수 있을 따름이다. 반면 그림에는 어조가 없다. 분위기가 없을 수야 없겠지만 미적 대상을 보는 화가의 생각과 느낌을 정교하게 개진해내지 못한다. 그러나 무엇보다 그림의 가장 두드러진 한계는 시간을 담을 수 없다는 점이다. 성화聖畫처럼 시간을 담고 있는 이야기의 한 모티브를 그리거나 피카소의 〈게르니카〉처럼 화폭을 아주 키워 서로 다른 시간대의 대상을 파노라마 형식으로 동시에 그려 넣을 수야 있겠지만 그 한계 또한 명확하다. 반면 시는 시간에 대한 사유를 그 어떤 예술 형식에 비할 바 없이 정교하게 펼쳐낼 수 있다. 백석의 「국수」처럼.

국수

눈이 많이 와서
산엣새가 벌로 내려 메기고
눈구덩이에 토끼가 더러 빠지기도 하면
마을에는 그 무슨 반가운 것이 오는가 보다
한가한 애동들은 어둡도록 꿩 사냥을 하고
가난한 엄매는 밤중에 김치가재미로 가고
마을을 구수한 즐거움에 싸서 은근하니 흥성흥성 들뜨게 하며
이것은 오는 것이다
이것은 어느 양지귀 혹은 응달쪽 외따른 산옆 은댕이 예데가리 밭에서
하룻밤 뽀오얀 흰 김 속에 접시귀 소기름불이 뿌우연 부엌에
산멍에 같은 분틀을 타고 오는 것이다
이것은 아득한 옛날 한가하고 즐겁던 세월로부터
실 같은 봄비 속을 타는 듯한 여름별 속을 지나서 들쿠레한 구시월 갈바람 속을 지나서

대대로 나며 죽으며 죽으며 나며 하는 이 마을 사람들의 의젓한 마음을 지나서 텁텁한 꿈을 지나서

지붕에 마당에 우물둔덩에 함박눈이 푹푹 쌓이는 여느 하룻밤

아배 앞에 그 어린 아들 앞에 아배 앞에는 왕사발에 아들 앞에는 새끼사발에 그득히 사리워 오는 것이다

이것은 그 곰의 잔등에 업혀서 길러 났다는 먼 옛적 큰마니가

또 그 짚등색이에 서서 자채기를 하면 산 넘엣 마을까지 들렸다는

먼 옛적 큰아버지가 오는 것같이 오는 것이다

아, 이 반가운 것은 무엇인가

이 희스무레하고 부드럽고 수수하고 슴슴한 것은 무엇인가

겨울밤 쩡하니 익은 동치미국을 좋아하고 일일한 댕추가루를 좋아하고 싱싱한 산꿩의 고기를 좋아하고

그리고 담배 내음새 탄수 내음새 또 수육을 삶는 육수국 내음새 자욱한 더북한 삿방 쩔쩔 끓는 아르굳을 좋아하는 이것은 무엇인가

이 조용한 마을과 이 마을의 의젓한 사람들과 살뜰하니 친한 것은 무엇인가

이 그지없이 고담枯淡하고 소박素朴한 것은 무엇인가*

* 산엣새: 산에 있는 새, 메기고: 주고받으며 지저귀고, 애동: 아이들, 김치가재미: 한겨울 김치독을 보관하던 움막, 은댕이: 언저리, 예데가리밭: 쓰고 남은 귀퉁이 밭, 산멍에: 뱀의 한 종류인 산무애뱀, 분틀: 국수틀, 짚등색이: 짚과 등나무로 짜서 만든 자리, 댕추가루: 고춧가루, 탄수: 식초, 아르굳: 아랫목

시의 제목은 '국수'다. 백석의 고향이 평안도 정주이니 그 국수는 잔치국수가 아닌 냉면이다. 아주 가는 면발의 함흥냉면이 아니고 조금 굵은 면발의, 메밀가루에 전분을 조금 섞어내는, 분틀에서 뽑아내는 평양냉면이다. 나는 몇 차례 이 냉면을 먹으려고 시도해 본 적은 있지만 아직 제대로 성공한 적이 없다. 내게 냉면은 여전히 함흥냉면이고 회냉면이다. 그 슴슴한 심심함도 선뜻 내키지 않고, 계속 입속을 맴도는 메밀의 내음도 흔연하지 않기 때문이다. 그럼에도 이 시를 읽으면 냉면이라 하면 평양냉면이며, 다시금 도전해 보는 것이 내 안의 민족적 정체성을 회복하는 길이 아닐까 하는 생각이 들기도 한다. 아니 어쩌면 평양냉면은 저마다 맛이 달라 '을지면옥 냉면 정도는 괜찮더라구….'라고 중얼거릴 정도면 정체성을 굳이 회복할 필요까지는 없는 것 아닌가.

시는 눈이 많이도 내리는 겨울, 산새조차 벌판으로 내려와 먹거리를 구하고, 늘 눈밭을 제집 안마당처럼 뛰어다니던 산토끼조차 구덩이 속에 빠지기도 하는 때다. 이 때가 되면 '마을에는 그 무슨 반가운 것이 오는가보다'로 시는 시작된다. 원래 농촌에서의 겨울은 장작을 쌓아두는 일 말고는 달리 할 일이 없는 법이다. 더욱이 토끼마저 구덩이에 빠질 정도로 눈이 내렸다면 무료하기 그지없는 나날이 이어질 것이다. 그때 국수가 찾아든다. 아니 국수임을 덮어둔 채 '그 무슨 반가운 것'이 찾아든다. 겨울밤의 밤참이 아닌 오래 기다려왔던 손님처럼 찾아드는 것으로 묘사된다.

다음 행들은 '이것은 오는 것이다'가 네 차례 반복된다. 앞 행의 '그 무슨 반가운 것'에 대한 상세한 서술이다. '오는가보다'라는 예측이 단정으로 구체화되고 있다. '이것이 온다'와 '이것은 온다', '이것은 오는 것이다'는 분명 어감이 다르다. '이'나 '가'의 주격 조사가 특정한 의미를 덧붙이지 않는 지칭인데 반해, '은'·'는'은 주격 조사의 기능에 덧붙여 절대적인 단독자로서의 의미를 갖기에 절대격 조사라고 말한다. '이것이' 온다고 하면 또 '저것이' 올 수 있으며 그저 그것이 오는 것을 뜻하는 데 반해, '이것은' 온다고 하면 오직 '이것만' 올 뿐만 아니라 기다림 속에서 온다는 의미가 설핏 얹힌다. '온다'와 '오는 것' 역시 강조의 액센트가 덧붙기는 마찬가지다. 나는 문장을 쓸 때 가능하면 '~것이다.'로 끝맺지 않으려고 애쓰는 편이다. 그러나 '~한다.', '~한다.'로 연결되는 단락의 끝 문장으로 모두를 총괄하고 강조하고자 할 경우 피하려고 해도 '~것이다.'로 끝맺을 수밖에 없다. 그만큼 '~것이다.'는 선명한 마무리의 느낌을 준다. 시적 화자는 '이것은 오는 것이다'로 겨울밤 밤참 그 이상의 부엇이 오는 것으로 단호하고 엄숙하게 선언하고 있다.

'이것은 오는 것이다'의 첫 부분은 맞이하는 사람들의 움직임이다. 아이들은 꿩 사냥을 하고, '가난한 엄매'는 김치를 저장하는 움막으로 가서 동치미를 미리 준비한다. 동리 사람들은 앞질러 '구수한 즐거움'을 맞이할 마음의 준비로 마냥 헤벌쭉 들뜬다. 이 마음을 딛고 이것은 오는 것이다.

그 다음 부분은 국수가 만들어지는 과정이다. 귀퉁이 밭에서 수확한 메밀은 곱게 갈려 반죽이 되고, 분틀에 눌려 국수 가락이 되는 것이다. 커다란 구렁이처럼 생긴 '분틀'을 타고 온다는 표현은 얼마나 아름다운지. 분틀을 타고 내려온 국수 면발은 끓어 오르는 물속에 담기고, 아늑한 부엌은 더운 흰 김이 등잔불을 뒤덮고 있다. 이 과정을 거쳐 '이것은 오는 것'이다.

그 다음 부분은 오랜 음식문화의 전통 속에서 우리네 민족과 함께 이어져 온 국수의 전사를 소환한다. 봄, 여름, 가을 계절의 순환을 거쳐, 이곳을 살다간 또 살아가는 사람들의 마음과 꿈을 디디고, 이 겨울밤 '그득히 사리워 오는 것'으로 묘사된다.

그리고 마지막 부분에서 면면히 이어져온 겨레의 전통과 함께 국수는 온다. 자연의 품속에서 길러진 곰 토템의 신화 속 큰할머니와 주몽의 활시위처럼 원시적인 힘을 표상하는 큰아버지가 오듯 '오는 것'이라고 상징적 의미를 담아내고 있다.

국수를 준비하는 사람들의 모습, 국수가 만들어지는 과정, 겨레의 오랜 삶과 함께 해 온 국수의 문화적 가치, 조상과 동일체가 된 존재로서의 국수 등 국수에 내재된 문화적 상징들 모두를 다각적으로 밝히는 가운데 국수는, '이깃은 오는 것이다.'

국수가 오기까지의 전모를 겨레의 삶과 결부시켜 제시했다면 이제 시는 연을 바꿔 국수 자체의 면모에 집중한다. '이것은 무엇인가'라고 질문의 형식을 빌고 있으나 기실 국수는 모두들 반갑게 받아드는 것이며, '히수무레하고 부드럽고 수수하고 슴슴한' 외양과 맛이며, 동치미 국물에 고춧가루와 꿩고기를 고명으로 올린, 시골 아랫목에 둘러앉아 먹어야 제 맛을 내는 것이다. 시는 또 여기에서 한 걸음 더 나가, '조용한 마을', '으젓한 사람들'에게 더할 나위 없이 '친한 것'이라며 앞 연 모두를 종합하며, 단도직입적으로 '그지없이 고담하고 소박한 것'으로 마무리짓고 있다.

'이것이 오는가보다', '이것은 오는 것이다', '이것은 무엇인가?'라는 기본적인 통사의 구조를 바탕으로 리듬감 속에 문장은 유장하게 이어지며, 그 유장한 흐름 속에 이 땅에서 이 고담하고 소박한 음식을 즐기는 사람들의 모습, 상 위에 오르기까지의 과정, 그 음식 문화에 내재된 겨레의 삶, 어느새 '그지없이 고담하고 소박'한 심성으로 살아가는 사람들과 꼭 닮은 '고담하고 소박한' 국수의 맛과 멋 등을 표현하고 있다. 어찌 이 모든 것을 이토록 '고담하고 소박'하게, 이토록 매혹적으로 펼쳐 보일 수 있는 것인지. 가히 우리 겨레 음식문화의 탁월한 시적 형상화라 불러도 부족할 지경이다.

반 에이크의 초록이 서양미술사에서 최고의 자리에 놓여 있다면, 백석의 「국수」는 한국의 음식문화사에서 최고의 자리에 놓인 음식 문화의 탁월한 시적 형상화임은 두말할 나위가 없다.

3.

백석이 「국수」를 발표한 시점은 1941년이다. 그 앞선 해 1939년에 백석은 만주 생활을 시작했다. 일제의 침탈이 극에 달해, 1940년 『조선일보』, 『동아일보』가 폐간되고, 뒤 이어 1941년 『문장』과 『인문평론』 역시 폐간되고 말았다. 조선어는 어디에서든 사용이 금지되었으며, 내선일체를 주창하며 민족을 아예 흡수하고자 하였다. 만주로, 중국으로 대동아공영권의 미명 아래 대륙으로 뻗어나가려던 판에 반도조차 제대로 관리하지 못하면 무망하다는 절박함 때문이었다. 창씨개명은 물론이거니와 다양한 단체를 설립하여 친일을 강요하던 시절이었다. 그예 백석은 견디지 못하고 조선을 떠나 만주의 신징新京에 자리를 잡는다. 그 즈음에 창작된 작품이 「국수」, 「북방에서」, 「흰 바람벽이 있어」 등 절창들이다.

이 가운데 특히 「국수」와 「북방에서」는 만주의 경험을 체화한 다음 타자의 시선을 경험하며 더욱 웅혼하고 깊이 있는 겨레의 삶과 문화에 천착하기에 이른다. 「국수」에 담긴 상상력은 작은 음식문화인 '국수'를 시적 대상으로 기술하지만 그 속에 문화사 전체를 담고자 한 의욕적인 기획이 돋보인다, 이와 같은 맥락에서 역사적 시선을 더욱 예각화해서 창작한 작품이 그의 외우 '정현웅에게' 주는 시란 부제가 붙은 「북방에서」이다.

이 시를 백석 스스로 얼마나 가상하게 여겼는지는 다음의 편지글에서 잘 드러나 있다.

정형鄭兄

오랜만입니다. 서울을 도망하듯 떠나는 바람에 뵈옵지 못하고 왔습니다. 와서도 진즉 인사 못 차린 것은 오랑캐의 버릇이 아닙니까. 형은 동방예의가 밝은 곳에 살으시고 저는 북적의 버릇을 배웠습니다.

'문장'의 선수가 어찌 『문장』을 위해 활약하지 아니하겠습니까. 실상은 원고와 같이 이 글월을 쓰리라 생각하다가 글월까지 늦었습니다. 게으른 마음에 형의 웃음과 말씀이 잦지 않으시니 이렇게 늦을 밖에 없습니다.

내일이고 모레고 회심의 시품 하나, 청람에 공하렵니다. 이번 '운동회'에는 이 정예가 한 백 미터 달리는가 봅니다.

6월호 마감이 벌써 지났을 줄 아옵니다만, 억지 써서 이번 에 넣어 주시기 바랍니다. 우리 『문장』에서는 한번 대담하니 뒹굴을 생각으로 잔뜩 팔을 걷어올리고 있습니다.*

백석이 당시 『문장』지의 편집을 맡고 있었던 정인택에게 보낸 편지다. 백석은 만주로 떠날 때에도, 도착해서도 제대로 인사하지 못한 것을 북쪽 오랑캐에게 배운 버릇이라고 농을 걸면서 편지를 시작한다. 그리고 스스로를 '문장의 선수'라 칭하고, 자신의 작품을 '회심의 시품'으로 칭한다. '한번 대담하니 뒹굴' 작품이란 자신감이 차고 넘친다. 도대체 어떤 작품이기에 백석은 이토록 호방하게 내밀 수 있었을까.

북방北方에서

— 정현웅鄭玄雄에게

아득한 옛날에 나는 떠났다
부여扶餘를 숙신肅愼을 발해渤海를 여진女眞을 요遼를 금金을
흥안령興安領을 음산陰山을 아무우르를 숭가리를
범과 사슴과 너구리를 배반하고
송어와 메기와 개구리를 속이고 나는 떠났다

나는 그때

* 안도현(2014), 『백석 평전』, 다산책방, 2014, 235-36쪽에서 재인용.

자작나무와 이깔나무의 슬퍼하던 것을 기억한다
갈대와 장풍의 붙들던 말도 잊지 않았다
오로촌이 멧돝을 잡아 나를 잔치해 보내던 것도
쏠론이 십리 길을 따라나와 울던 것도 잊지 않았다

나는 그때
아무 이기지 못할 슬픔도 시름도 없이
다만 게을리 먼 앞대로 떠나 나왔다
그리하여 따사한 햇귀에서 하이얀 옷을 입고 매끄러운 밥을 먹고 단샘을 마시고 낮잠을 잤다
밤에는 먼 개소리에 놀라나고
아침에는 지나가는 사람마다에게 절을 하면서도
나는 나의 부끄러움을 알지 못했다

그동안 돌비는 깨어지고 많은 은금보화는 땅에 묻히고 까마귀도 긴 족보를 이루었는데
이리하여 또 한 아득한 새 옛날이 비롯하는 때
이제는 참으로 이기지 못할 슬픔과 시름에 쫓겨
나는 나의 옛 하늘로 땅으로 — 나의 태반胎盤으로 돌아왔으나

이미 해는 늙고 달은 파리하고 바람은 미치고 보래구름만 혼자 넋 없이 떠도는데

아, 나의 조상은 형제는 일가친척은 정다운 이웃은 그리운 것은 사랑하는 것은 우러르는 것은 나의 자랑은 나의 힘은 없다 바람과 물과 세월과 같이 지나가고 없다*

멋지다. 나는 어떤 시에서도 이처럼 헌걸차고 웅혼한 상상력을 만나본 적이 없다. 그가 만주 체험을 했기에 가능한 작품이다. '이 넓은 벌판에 와서 시 한 백 편 얻어가지고 가'겠다는 백석의 바람은 이 한 편으로도 너끈히 감당할 수 있을 지경이다. 그의 시에서 보기 드물게 공공연한 역사적 성찰이 담겨 있으며, 웅혼한 역사의식과 반성적 성찰이 시에 전면적으로 드러나고 있다. 그동안 작고 조밀한 겨레 삶의 흔적을 깊이 탐사하던 백석은 「국수」를 통해 한 대상에 대한 역사적 성찰을 폭 넓게 담았다면 「북방에서」를 통해 만주라는 시공간 전체에 대한 역사적 성찰을 길어 올리고 있다.

시는 '나는 떠났다'라는 단정적인 서술로부터 시작한다. 그리고 그 떠남의 대상을 나열한다. 먼저 삼국시대 이전부터 올라가 차례대로 만주 지역을 장악했던 지배 세력의 변천사를 탐구한다. 부여, 숙신, 발해, 여진, 요, 금은 민족을 가릴 것 없이 만주를 거쳐 갔던 나라들의 이

---

* 부여, 발해, 요, 금은 만주지역에 장악했던 나라 이름이며, 숙신과 여진은 종족 이름이다. 이어지는 산맥과 강은 만주를 감싸고 있는 고구려의 동서남북 옛영토 경계를 이루는 지형들의 이름이다. 홍안령: 중국 동북지방 흑룡강성 유역에 있는 산맥, 음산: 중국의 하북성 북쪽 유역에 있는 산맥으로 홍안령과 길림성까지 뻗어 있다, 아무우르: 흑룡강의 러시아어 이름, 숭가리: 송화강의 만주어

장풍: 창포, 멧돌: 멧돼지, 오로촌: 중국 동북지방에 거주하는 소수민족의 하나, 쏠론: 역시 중국 동북지방에 거주하는 소수민족의 하나

앞대: 평안도를 벗어난 남쪽 지방 즉 통일신라 이후의 중국과 한반도를 나누는 영토 경계였음, 햇귀: 햇발, 돌비: 돌로 만든 비석, 보래구름: 보랏빛 구름

름들이다. 그리고 홍안령과 음산, 아무르와 통가리는 만주를 둘러싸고 있는 산맥과 강줄기의 이름들이다. 이들 지리적 배경을 두고 떠났다는 것이다. 이어서 시인은 성큼 지리지를 넘어 시적 대상들로 급격하게 하강함으로써 생생한 서정적 아취를 담아낸다. '범과 사슴과 너구리를 배반'하고 떠나왔다는 진술은 얼마나 강렬한가? '송어와 메기와 개구리를 속이고' 떠나왔다는 진술은 또 얼마나 출렁이는 상상력인가? 결국 그 넓은 벌판의 모든 지역을 팽개치고, 모든 생명을 배반하고 속이고 떠났다는 것이다. 배반하고 속인 이면에는 이 모든 생명들의 기대와 바람을 저버렸음을 의미한다.

그럼에도 자작나무와 이깔나무는 이별을 슬퍼했으며, 갈대와 창포는 가지 말라고, 떠나지 말라고 붙잡았다. 그리고 어쩔 수 없음을 안 오로촌은 잔치를 열어주었고, 쏠론은 떠나는 길 울며 배웅했다는 것도 잊지 않았다.

그러나 이 모든 애틋한 것들의 만류에도 불구하고 '게을리' 압록강과 두만강 아래로 내려 왔으며, 그 속에서 자족하며 점점 쪼그라드는 삶을 살았음을 고백한다. 그리고 이제 개 짖는 소리에도 깜짝 깜짝 놀라고, 이마를 조아리며 살았음에도 부끄러움조차 알지 못했노라고 고백한다.

그렇게 살아오는 동안 돌비석은 깨어지고 금은보화는 땅에 파묻힌 채 긴 세월이 흘렀고, 이슥고 새 옛날이 비롯되었다고 한다. 이는 당연 식민지 시대의 지배가 시작되었음을 뜻한다. 나는 '이기지 못할 슬픔과 시름에 쫓겨' 다시 옛날의 태반인 이곳 만주로 돌아오게 되었다고 한다. 이전 떠나올 때에는 '이기지 못할 슬픔도 시름도 없'던 상태였는데, 이제는 '참으로 이기지 못할 슬픔과 시름에 쫓겨' 다시 찾은 것이다. 그러나 예전의 영광은 없다. 신화적인 존재인 해와 달조차 그 빛을 잃고, 바람은 미친 듯 휘날리며 음울한 보랏빛 구름만 떠돌 따름이다. 마지막 연에서 '나'는 지금껏 단독자로 존재해 왔던 '나'를 넘어, 백석 특유의 열거와 점층의 구문 안에서 '없다', '지나가고 없다'로 탄식하며 마무리한다.

이 시에 등장하는 시적 화자인 '나'는 기실 조선의 역사를 상징적으로 체현하고 있는 존재이다. 그 존재의 역사적 삶의 기반이었던 만주라는 공간을 떠나고 어쩔 수 없이 쫓기듯 다시 찾고, 그에 모든 것이 사라져버리고 없다는 허망함을 비극적인 탄식 속에서 반추하는 시편이다. 안타까운 것은 이 시의 어디에도 새로운 희망에 대한 꿈이 없다는 점이다. 그런데 이 시대에 시로 희망을 품을 수나 있었을까. 희망을 노래한 시는 오직 친일에 적극 찬성하며 일본의 눈으로 세상을 보았던 시인들에게나 가능한 것이 아니었을까. 그런 즉 희망이 없음을 노래하는 것 역시 그의 몫은 아니었을까. 이 시기 윤동주는 '괴로웠던 사나이,/ 행복한 예수 그리스도에게/ 처럼 십자가가 허락된다면// 모가지를 드리우고/ 꽃처럼 피어나는 피를/ 어두워 가는 하늘밑에/ 조용히 흘리겠습니다.'(「십자가」)라고 노래했다.

4.

그림은 묘사에 아주 능숙한 데 비해 문학은 시간을 사유할 수 있다. 백석의 「국수」는 국수가 우리 문화에 스며들어 있는 정서적 밀도를 시간의 축을 따라 찬찬히 펼쳐 보이고 있다. 그리하여 국수에 내재된 문화적 결을 섬세하고 오롯하게 되살리고 있다. 「북방에서」는 만주라는 공간의 의미를 역사적 맥락에서 재구성한다. 만주가 이역만리가 아닌 민족사의 시원과 연결되어 있는 공간이었으나 지금은 모든 것을 잃어버린 황폐한 회한의 공간으로 바뀌어 있음을 표현한다. 백석의 시는 시공을 무한히 확장함으로써 고작 한두 쪽에 불과한 지면에 이 모든 것을 담아낸다. 뿐만 아니라 백석의 시는 그것을 유려하고 또 아름답게 문학적으로 형상화하고 있다. 국수는 '대대로 나며 죽으며 죽으며 나며 하는 이 마을 사람들의 으젓한 마음을 지나서 텁텁한 꿈을 지나서' 오는 것이며, 북방은 '범과 사슴과 너구리를 배반하고/ 송어와 메기와 개구리를 속이고' 떠나온 곳이다.

그런데 시간성을 담아내는 예술은 문학만이 아니다. 음악이나 춤 역시 이야기를 담고 있으며, 처음과 중간, 끝이라는 시간의 흐름에 기대고 있는 예술이다. 그러나 음악이나 춤은 느낌을 전할 수 있을 뿐 마음의 결을 섬세하게 짚어내지는 못한다. 음악 또한 사유나 정서를 표현하며, 춤 역시 격정이나 고뇌를 표현할 수 있으나 언어예술인 문학처럼 정교하지 못하다는 것이다. 오직 문학만이 역사를 담을 뿐만 아니라 그 역사 속에 존재하는 주체의 사유와 감정을 곡진하게 담아낼 수 있다. 그것이 문학예술의 가장 두드러진 특성이다.

백석은 「국수」를 시간의 틀 속에서 제시할 뿐 아니라 '국수'를 우리 겨레의 마음과 삶을 온전히 건사하는 음식이자 친근하고 반가운 것으로 표현하며, 「북방에서」에서 만주라는 역사의 공간을 반성과 회한으로 되짚어보는 성찰의 공간, 낙담의 공간으로 표현한다. 그의 시가 있어 우리는 그 동안 갖지 못했던 새로운 상상으로 충만한 대상들을 새롭게 갖게 된 것이다. 백석의 시가 있어.

12. 시를 쓴다는 것, 시인으로 산다는 것

> 높은 시름이 있고 높은 슬픔이 있는 혼은 복된 것이 아니겠습니까. 진실로 인생을 사랑하고 생명을 아끼는 마음이라면 어떻게 슬프고 시름차지 아니하겠습니까. 시인은 슬픈 사람입니다. 세상의 온갖 슬프지 않은 것에 슬퍼할 줄 아는 혼입니다.
>
> —백석*

시인, 소설가, 평론가가 함께 술을 마시면 가장 먼저 활달하게 말을 늘어놓는 사람은 당연 소설가다. 이러저러한 온갖 세상 잡사에 대해 아는 것도 많고, 하고 싶은 말도 많아 곁에 있으면 지루할 틈이 없다. 또 주장은 얼마나 단단한지. 반면 시인들은 대체로 말이 없다. 그저 고개를 주억거리며 말하는 이에게 심심치 않게 응대할 뿐이다. 그런데 한 잔, 두 잔 술이 들어가면 시인들도 서서히 깨어난다. 그리고 지친 소설가를 대신해서 자분자분 말을 늘어놓는다. 소설가와 달리 주로 자기 얘기를 많이 한다. 사는 일이 얼마나 고단한지, 자기가 본 달이, 별이 얼마나 아름다웠는지 말한다. 반박할 말도 딱히 없기도 하지만 시인은 가만히 기다리면 목청이 잦아들고 조용해진다. 그렇다면 평론가는? 끝내 쉽사리 말을 꺼내지 않는다. 들으면서 기억하고 평가는 내심 다 하면서도 종내 자신의 얘기, 자신의 입장은 드러내지 않는다. 결국

* 「슬픔과 진실 – 여수 박팔양 씨 시초 독후감」, 『만선일보』, 1940.5.9.~10.

제대로 된 한 마디도 듣지 못한 채 술자리는 파하고 만다. 물론 그렇지 않은 시인, 소설가, 평론가도 있겠지만. 다만 대체로 그렇다는 말일 따름이다.

그렇다면 나는? 처음엔 낯가림이 심해 좀처럼 말을 꺼내지 않고 그저 웃기만 한다. 그러다 알딸딸해지면 그때부터 자기 얘기만 한다. 있는 얘기, 없는 얘기, 해서는 안 될 얘기, 마음에 묻어둔 얘기 줄줄이 늘어놓는다. 그러고 보니 나는 평론가보다는 시인에 더 가까운가보다. 그렇지만 반짝인다고 해서 모두 금이 아니듯 술버릇이 비슷하다고 해서 모두 시인은 아니다. 그래서인지 시인이 되고 싶기는 했다. 얼마나 멋진 직함인가. '시인 아무개입니다.'라는 소개는 언제 들어도 얼마나 흐뭇한 소개인지. 나를 세상과 조금 담을 쌓고 등지고 살며, 하늘의 별, 땅 위의 이슬을 생각하는 사람이라고 소개하고 있지 않은가.

그래도 우리나라엔 시인이 너무 많다고들 말한다. 상남의 건물 옥상에서 종이비행기를 날리면 김 씨이거나 시인의 머리 위에 떨어질 확률이 가장 많다는 우스개도 있을 정도이니. 나는 사람들에게 '시를 쓰다 보면 어느 날 시인이 되어 있는 것이거늘 시인이 되려고 시를 써서야 되겠느뇨'라며 죽비를 내리치고는 했다. 그런데 정작 나는 시인이 되려고 시를 썼음이 분명하다. 시집 한 권을 내고 난 이래 시가 도무지 써지지 않는 것이었다. 시인으로서의 됨됨이가 부족하기 때문이다.

시인이란 모름지기 마음이 시로 가득 차 있어야만 시가 나온다. 아니 시가 나온다는 것은 틀렸다. 시는 저절로 툭 튀어 나오는 법이 없다. 오랜 숙고와 성찰과 분별과 망설임과 단련과 정련 끝에 겨우 반짝이는 한 편의 시가 나오기 때문이다. 가성비가 가격 대비 품질을 일컫는 말이라면 시만큼 가성비가 떨어지는 것도 없다. 들이는 품과 시간에 비해 좋은 시 한 편을 길어 올리는 일만큼 어려운 일이 없다. 그래서 웬만큼 시간을 지속적으로 들이지 않고서는, 일상의 소소한 즐거움을 기꺼이 시에 양도하지 않고서는 시인으로 남아 계속 시를 쓰기가 난망한 법이다. 어쩌면 시집을 낸 사람이 시인이 아니라 지금도 한 편의 시를 쓰기 위해 전전긍긍 마음을 놓지 않는 이가 시인일 터이다. 시를 쓰지 못하는, 시를 쓰기 위해 기울이는 시간이 없는, 이 3류, 무명의 시인이 얻어낸 시인이란 직함은 그저 얘기 끝에 시인들 이름이 나오기라도 하면 옆 자리 지인이 '어, 이 인간도 시인이야.'라는 추임새로만 쓸모가 있을 따름이다. 고작.

2.

그런데 사노라면 정말 '아, 이 사람은 시인이구나' 싶은 이를 만날 때가 있다. 대의에 몰두하여 자신의 가장 나중 지닌 것까지 모두 헌신하는 이들을 만날 때. 마음이 여리기도 여려 다른 이의 고통을 고스란히 제몫의 고통으로 느끼는 이를 만날 때, 이 획일적인 자본의 시대를 성큼 비껴 나와 자본의 눈으로는 지극히 작고 보잘 것 없는 일에 매양 몰두하는 이를 만날 때, 나는 이 사람은 시인이구나 고개를 주억거리게 된다. 그래서 무릇 시인은 가난하고, 많이 슬프고, 늘 손해를 겪는 사람이다. 가난하지 않은 시인, 슬픔이 없는 시인, 자신을 먼저 생각하는 시인은 없는 법이다. 솔직히 나는 그런 시인은 조금 고개를 갸웃거리며 보는 편이다. 그러니 내가 시를 못 쓰는 것은 재능의 문제가 아닌 성정의 문제가 아닐까 생각도 하는 것이다.

그렇다면 백석은? 백석은 평생을 가난했다. 찢어지게 가난한 지경은 아니었을지라도 그의 선택은 언제나 안정적인 삶으로 기울지 않았다. 한 곳에 정착하지 못한 채 부유하는 삶을 살았다. 신문사 기자도, 잡지 편집자도, 학교 교사도, 만주국의 말단 직원도, 세관원도, 그 어떤 자리에 있든 내던지고 표표히 떠나기를 주저하지 않았다. 마침내 1959년 삼수로 하방하여 1996년 작고하기까지 양치기로 40년 가까이 정착해서 살기는 했지만 이 또한 결코 자의는 아니었다. 식민지 시대 어디서 무엇을 하든 안락했을까? 해방과 한국전쟁, 분단시대 어디서든 시인은 머리 둘 곳 없이 떠돌아다녔으며 어디에서도 안주하지 못했다. 그는 시인으로 평생을 살았던 것이다.

그리고 백석은 삼수에서의 삶을 제외한 그 어떤 시기에도 시를, 문학을 저버린 적이 없었다. 시가 아닌 그 어떤 것도 그를 붙들어 둔 적이 없었다. 소분이 부성했던 여성 편력들, 몇 번에 걸친 결혼과 파혼에도 불구하고 북한에서의 삶을 제외하고 그는 오직 시를 썼고, 시를 쓰기 위해 떠났고, 시를 쓰기 위해 다녔다. 그에게는 시가 삶의 전부였다. 그는 시를 결코 놓지 않고 시와 함께 살았다. 더욱이 그는 모국어를 등진 적도 없었다. 처음부터 끝까지 그 서슬 퍼런 식민지 시대 말기에도 그는 일본어로 시를 쓴 적이 없었으며, 저마다 맨발로 뛰쳐나가 일장기를 흔드는 시기에도 그 모든 것을 버리고 고국을 떠나 이곳저곳 전전했을지라도 굴종하지 않았다. 그는 시를 저버리지 않았으며, 시정신도 저버리지 않았다.

그리고 백석은 늘 최고의 시를 썼다. 대상이나 정경의 이미지를 말갛게 그려내든, 유년의 기억을 평안도 정주의 지역어로 시를 쓰든, 겨레의 삶 그 기저에 놓인 기물과 대상과 사람을 표현하든, 마침내 자신의 내면을 섬세하게 살피고 토로하든, 그 무엇이든 언제나 당대 최고의 시편을 창작했다. 그 가운데 가장 백석을 돋보이게 만드는 시편들은 이른 바 북방시편들이라고 말한다. 유종호는 심지어 백석의 모든 시작들이 이들 시편에 도달하기 위한 '도상의 연습곡'*일 따름이라고 피력한 바 있다. 나는 이 견해에 전적으로 동의하지는 않는다. 시인의 시작詩作이란 일직선으로 치닫는 것이라기보다 멈추고, 선회하고, 회귀하고, 다시 전진하는 확장성이 큰 동심원이나 나선형으로 켜를 두툼하게 하고, 높이를 쌓아 올리는 것이라 생각하기 때문이다. 그럼에도 시인들의 시작품들을 서로 비교하고 줄을 세우는 문학사적 관점이 아닐지라도 시인으로서의 자의식이 뚜렷한 이들 북방 시편에 나 역시 깊이 공명하고 있음은 물론이다.

이들 이른바 북방 시편 가운데 대표적인 작품 몇 편을 이미 엿본 바 있다. 「북방에서」와 「국수」라는 작품이다. 그리고 여기 또 「흰 바람벽이 있어」가 있다.

흰 바람벽이 있어

오늘 저녁 이 좁다란 방의 흰 바람벽에
어쩐지 쓸쓸한 것만이 오고 간다
이 흰 바람벽에
희미한 십오촉十五燭 전등이 지치운 불빛을 내어던지고

---

* 『시 읽기의 방법』, 삶과꿈, 2005.

때 글은 다 낡은 무명샤쯔가 어두운 그림자를 쉬이고

그리고 또 달디단 따끈한 감주나 한 잔 먹고 싶다고 생각하는 내 가지가지 외로운 생각이 헤매인다

그런데 이것은 또 어인 일인가

이 흰 바람벽에

내 가난한 늙은 어머니가 있다

내 가난한 늙은 어머니가

이렇게 시퍼러둥둥하니 추운 날인데 차디찬 물에 손은 담그고 무이며 배추를 씻고 있다

또 내 사랑하는 사람이 있다

내 사랑하는 어여쁜 사람이

어느 먼 앒대 조용한 개포가의 나즈막한 집에서

그의 시아비와 마주 앉아 내구국을 끓여놓고 저녁을 먹는다

벌써 어린것도 생겨서 옆에 끼고 저녁을 먹는다

그런데 또 이즈막하여 어느 사이엔가

이 흰 바람벽엔

내 쓸쓸한 얼굴을 쳐다보며

이러한 글자들이 지나간다

—나는 이 세상에서 가난하고 외롭고 높고 쓸쓸하니 살아가도록 태어났다

그리고 이 세상을 살아가는데

내 가슴은 너무도 많이 뜨거운 것으로 호젓한 것으로 사랑으로 슬픔으로 가득 찬다

그리고 이번에는 나를 위로하는 듯이 나를 울력하는 듯이
눈질을 하며 주먹질을 하며 이런 글자들이 지나간다
—하늘이 이 세상을 내일 적에 그가 가장 귀해하고 사랑하는 것들은 모두
가난하고 외롭고 높고 쓸쓸하니 그리고 언제나 넘치는 사랑과 슬픔 속에 살도록 만드신 것이다
초생달과 바구지꽃과 짝새와 당나귀가 그러하듯이
그리고 또 '프랑시쓰 잼'과 도연명陶淵明과 '라이넬 마리아 릴케'가 그러하듯이*

'바람벽'이란 도배를 하지 않은 채 바깥과 바로 맞대고 있는 벽이다. 흰 바람벽은 회칠을 한 벽이다. 시적 화자는 이 회벽의 존재를 마주 대하고 그로부터 상념을 이어간다. 시는 『문장』 1941년 4월 폐간호에 실린 「국수」와 다른 세 작품과 함께 게재된 작품이다. 이 잡지를 마지막으로 식민지 시대 우리 문학작품을 조선어로 실던 시대가 마감된다. 이후는 조선총독부의 기관지라 보아도 무방한 『국민문학』이 유일한 문예지로 암흑기를 더욱 암울하게 만들었다. 이 시기 백석은 만주의 신징에서 국무원의 말단직을 작파하고 소작을 지어볼까 궁리하던 궁핍한 시기였다. 그의 나이 서른이었다.

시는 먼저 시간적 배경 '오늘 저녁'과 공간적 배경 '이 좁다란 방'을 제시하고, 창작의 계기이자 동력이 되는 '흰 바람벽'을 제시한다. 이 벽은 그저 바깥과 안의 경계를 구분하는 벽만은 아니다. 이 벽은 시적

* 때글은: 오래도록 땀과 때에 절다, 이즈막하야: 밤이 꽤 깊어서, 울력: 어르고 윽박지름.

화자의 내면을 겉으로 투영하는 영사막과 같은 기능을 한다. 화자는 이 벽을 깊이 오래 응시하며 사념을 이어간다. 사념은 영사막인 '흰 바람벽'에 고스란히 비치며 이어진다. 영사기가 돌아가듯 사념은 이어지고 흰 바람벽에는 이미지들이 오고 간다. 그런데 유난히 '어쩐지 쓸쓸한 것만' 오고 간다는 것이다. 그 '쓸쓸함'을 불러일으키는 이유는 한둘이 아닐 것이다. 말기임을 알 수도 없는 식민지 시대 말기이며, 일본은 중국과 계속 전쟁중이며, 머지않아 이 해 12월에는 진주만을 폭격함으로써 세계대전 주축국의 일원으로 참여하기에 이른다. 그리고 조선은 식민지를 넘어 일본 제국주의와의 동화同化를 강제받기에 이른다. 창씨개명이 강요되었고 징용이 '모집'의 허울 아래 추진되었다. 결국 만주로 이주한 백석은 사랑하는 모든 이에게서 외따로 떨어져 나와 낯선 이국에서 궁핍하게 지냈다. 미래는 막막하고 암울하였으며 얼마나 버틸 수 있을지도 짐작하기 어려웠다. 그러니 어찌 '쓸쓸한 것만' 사념 속에 떠오르지 않겠는가.

그 쓸쓸한 것의 세목은 다음 행에서 예시로 제시된다. '흰 바람벽'에 전등의 불빛, 그 불빛을 등지고 때에 절은 낡은 무명셔츠의 그림자가 비친다. 어쩌면 좁다란 방에 존재하는 것이 이것뿐인지도 모른다. 희미한 알전등과 무명셔츠 한 벌. 그러나 영사막과 같은 흰 바람벽에는 이들 실체만 투영되지 않는다. 시인의 생각, '가지가지 외로운 생각' 또한 어김없이 비친다. 그런데 화자의 생각은, 바람은, 욕망은 지극히 소박하다. '감주나 한잔 먹고 싶다'는 종류의 생각이다. 참으로 한 시대를 대표하는 우리네 시인의 바람이라기엔 사무치게 쓸쓸하고 외로운 생각이다.

그러나 시는 답답하고 옹색하며 범상한 생각을 넘어 '그런데'로 전환을 맞는다. '어인 일인가'라는 스스로 던지는 의문으로 보아, 바람벽에 투영되는 이미지는 예외적이고 특별한 것이다. 어머니다. 우리 모두가 외롭고 쓸쓸할 때 가장 먼저 떠올리는 그리운 사람이다. '가난한 늙은 어머니'가 '시퍼러둥둥' 찬물에 무와 배추를 씻고 있다. 이 행들에서 화자는 감정의 언어를 배제하고 장면 그 자체만을 묘사할 따름이다. 다음에 '또'로 이어지는 등가의 이미지 역시 다르지 않다. 이미지를 이미지만으로 제시할 따름이다. 그는 '사랑하는 어여쁜 사람'이다. 그러나 안타깝게도 '지아비와 마조 앉어' '어린것도 생겨서 옆에 끼고' 저녁을 먹는, 이미 헤어져 남의 아내이자 어미가 된 옛 여자다.

이들 '외롭고 쓸쓸한' 이미지들로 시종했다면 이 시는 그저 낙척한 화자의 멜랑콜리 그 이상도 이하도 아닐 것이다. 시적 장치로서의 '바람벽', 어머니와 옛 여인이란 지극히 감상적인 대상들을 제시하면서 극구 정서를 배제하며 이미지에 치중한 것이 특성이라면 특성일 것이다. 길게 이어지는 산문적 서술도 백석의 장기이기는 할 것이다. 그러나 그뿐이었을 것이다.

그러나 다시 한 번 '그런데'로 시상은 전환을 예비한다. 저녁에서 밤으로 시간은 흐르고 사념도 흘러 마침내 흰 바람벽에는, 상상 속 영사막에는 이미지가 아닌 글자들이 지나간다. 더욱이 글자는 보는 자와 보이는 대상의 자리를 뒤바꾼다. 쓸쓸함에 겨운 내 얼굴을 글자들이 쳐다보며 지나가는 것이다. 더 이상 글자는 떠오르는 이미지가 아니다. 기호 가운데 문자는 상징이다. 상징적인 글자가 흰 바람벽에 의미를 새기며 나를 쳐다보며 지나가는 것이다.

사실 이 시는 백석 시 중 가장 뛰어난 가편이라고 누구나 거론하는 작품이다. 윤동주는 『사슴』을 필사할 정도로 백석의 시를 좋아했고, 「별 헤는 밤」을 보면 백석을 좋아한 정도가 아니라 기꺼이 백석의 시를 오마주할 정도로 열광했음을 알 수 있다. 그 시가 바로 「흰 바람벽이 있어」다. 지금의 시인들 중 안도현은 시집 전체의 제목으로 『외롭고 높고 쓸쓸한』을 차용할 정도이다. 그런데도 나는 이 시를 읽으며 선뜻 이해하지 못할 구절에 맞닥뜨렸다.

그리고 이번에는 나를 위로하는 듯이 나를 울력하는 듯이
눈질을 하며 주먹질을 하며 이런 글자들이 지나간다

'위로'와 '눈질'은 알겠는데, '울력' 그러니까 윽박지르고 '주먹질'을 왜 글사들이 할까 하는 것이있다. 백석이 흥에 겨워 함부로 말을 늘어놓는 시인이 아니거늘, 이렇게 뜻 없이 오해를 불러일으킬 법한 구절을 사용할 시인이 아닌데 왜 연구자들은 이 부분을 모호한 채 남겨둔 것일까 의아했다. 여기저기 자료를 뒤적여도 이 대목을 선명하게 해석하고 있는 곳은 눈에 띄지 않았다. '울력'을 '어르고 윽박지른다'가 아니라 '여러 사람이 힘을 합하여 하거나 이루는 일'이라고 해석함으로써 어물쩍 넘어가고들 있었다. '울력'이 '위로'와 같은 함축을 지닌 '도우려는 듯이'라는 뜻이라면 다음에 이어지는 '주먹질'이 전혀 해석되지를 않는다. 더러 '울력'을 어르는 것으로 해석할지라도 왜 울력을 하고 주먹질을 하는지 설명하고 있지는 않았다.

나는 그 단서를 풀이표 '—'에서 찾았다. 백석은 결코 묘사나 서술이

부족해 '—'를 들이대는 시인이 아니었다. 그것은 말이었기 때문에 쓴 것이었다. 백석은 「오리 망아지 토끼」에서 아버지의 말을 그대로 인용하며 '— 매지야 오나라/ — 매지야 오나라'라고 하며 풀이표를 썼다.* 다른 인물의 말이었기에 그는 풀이표로 유표화한 것이다. 그렇다면 누구의 말인가?

대부분의 해석은 이 풀이표 속의 '나'와 시 속의 '나'를 구분하지 않고 동일한 '나'로 해석**하고 있다. 이보다 조금 더 진전된 면모는 고형진의 해석이다.

> 시인의 내면 깊숙이에서 길어지는 진실한 생의 성찰이 절실한 울림을 주는 데에는 자기 성찰의 시적 장치가 커다란 몫을 한다. … '흰 바람벽'을 통해 시인의 추억이 지나가고, 마침내 시인의 내성적 목소리가 자막으로 처리된다. 그 목소리의 실제 주인공인 '나'는 스크린 속에서 펼쳐지는 '나'를 보는 관객이 된다. '나'가 스크린을 통해 이렇게 둘로 분리되면서 나의 성찰은 한층 깊이를 갖게 되고, 객관성을 확보하게 된다.***

이 해석이 진전된 것은 목소리의 주인공과 실제 주인공을 분리시

---

* 물론 이밖에도 「정문촌」과 「북방에서」도 풀이표는 쓰이고 있다. 그러나 이들은 부연 설명을 하기 위함이다.

**김명인 역시 '고독과 상실의 자리가 '나'의 존재감을 되새기는 공간으로 바뀐다.'고 함으로써 '나의 숙명에 대한 자각'으로 읽고 있다.(「백석 시에 나타난 기행」, 『한국시학연구』 27호, 2010, 30쪽) 곧 글자를 자신의 내면의식의 투영으로 읽고 있기는 다를 바가 없다.

*** 고형진, 『정본 백석 시집』, 문학동네, 2007, 308쪽.

켰다는 점이다. 그러나 여기까지다. '내성적 목소리'는 그저 객관화하기 위한 장치일 뿐 실체에 있어 다른 존재는 아니기 때문이다. 이는 유종호가 "자기 속내를 직접 토로하지 않고 지나가는 글자들로 말하게 한 데서 박력과 호소력이 생긴다. 그 점 발명에 가까운 창의적 수법이다."*라고 함으로써 장치의 차원으로 해석하는 것과 다를 바가 없다. 그런데 나는 달리 해석한다. 현실적인 '나'와 풀이표 속의 목소리로 존재하는 '나'는 같은 존재인데 더 객관화하기 위해 투영된 또 다른 자신이 아니라 명확하게 다른 존재라는 생각이다.

'— 나는 이 세상에서'의 '나'는 '내 쓸쓸한 얼골'이나 '나를 위로하는 듯이 나를 울력하는 듯이'라고 할 때의 '나'와는 분명 다른 존재이다. 그저 나의 사념 속 문장이 객관적으로 흰 바람벽에 투영되고 그것이 독자적인 형체를 지닌 글자로 흘러가는 것이 아니라, 이 '나는'은 현재의 화자가 아니라 화자가 이상적으로 상정하는 '시인으로서의 나'다. 물론 앞서 「나와 나타샤와 흰 당나귀」에서 언급하였듯, 이 '나'는 나타샤와 흰 당나귀처럼 화자의 무의식적 원형이자 불멸의 내적 동반자로서 화자가 마침내 도달하고자 하는 진정한 시인의 현현이다. 그렇게 해석해야만 '나를 위로하는 듯이 나를 울력하는 듯이/ 눈질을 하며 주먹질을 하며'도 대등한 의미의 반복이 아니라, 대립되는 의미의 구조화이며, 다시 반복되고 상세화되는 이어지는 풀이표의 진술 역시 제대로 기능을 하게 된다.

다시 말하면 풀이표란 일종의 액자로 작동한다는 것이다. 액자 바깥에 존재하는 '나'는 시적 화자이며, 현재의 시인 자신이다. 그리고 액

* 유종호, 『다시 읽는 한국 시인』, 문학동네, 2012.

자 안의 '나'는 이상적인 시인의 목소리이며, 현실적인 시인이 희구하는, 마침내 닿고자 하는 욕망으로서의 시인의 원형이다. 화자 곧 현실적 시인과 같으면서도 다른, 본질로서의 '나'는, 시인은 스스로를 규정한다. 무릇 시인이란 그래야 한다는 것이다.

> — 나는 이 세상에서 가난하고 외롭고 높고 쓸쓸하니 살아가도록 태어났다
> 그리고 이 세상을 살아가는데
> 내 가슴은 너무도 많이 뜨거운 것으로 호젓한 것으로 사랑으로 슬픔으로 가득 찬다

태어나기를 '가난하고 외롭고 높고 쓸쓸하니 살어가도록 태어났'으며, 살아가면서 가슴속이 '뜨거운 것으로 호젓한 것으로 사랑으로 슬픔으로 가득 찬다'는 것이다. 그리고 다시 '이번에는'을 통해 다른 글자들이 지나간다. 그런데 이 글자들은 현실의 '나'를 '위로하는 듯이 나를 울력하는 듯이/ 눈질을 하며 주먹질을 하며' 지나간다. '위로'하는 까닭은 현실의 '나' 또한 그럴 것이라고 위로하는 것이며, 어르고 윽박지르는 '울력'하는 까닭은 현실의 '나'가 과연 진정 그러한지 엄정하게 문제 삼고 있는 것이다. 다독이는 눈짓으로 위로하며 혹은 윽박지르는 주먹질로 울력하며.

> — 하늘이 이 세상을 내일 적에 그가 가장 귀해하고 사랑하는 것들은 모두

가난하고 외롭고 높고 쓸쓸하니 그리고 언제나 넘치는
사랑과 슬픔 속에 살도록 만드신 것이다
초생달과 바구지꽃과 짝새와 당나귀가 그러하듯이
그리고 또 '프랑시쓰 잠'과 도연명陶淵明과 '라이넬 마리아 릴케'가 그러하듯이

'나는', 원래 시인은 태어나기를 그렇게 태어났고, 그렇게 살아간다는 것이 앞선 글자였다. 그리고 이어지는 글자는 '하늘'을 주체로 끌어들인다. 하늘이 '가장 귀해하고 사랑하는 것들' 역시 '모두' 그렇게 태어났고, 그렇게 살아간다는 것이다. 마치 '초생달과 바구지꽃과 짝새와 당나귀'처럼, 마치 '프랑시쓰 잠과 도연명과 라이넬 마리아 릴케'처럼. 그런데 현실의 '나'는 과연 어떠한가? 글자 속의 '나'는 묻는다. 현실의 시적 화자에게. 당신 역시 그러하다고 나독이는 듯이, 당신은 아직 미치지 못하지 않는가라고 미심쩍어 하듯이.

그러니 시에서 '내 얼굴을 쳐다보고', '나를 위로하는 듯이 나를 울력하는 듯이' 떠오르며 지나가는 글자들은 단순히 시적 장치가 아닌 것이다. 수법이 아니라 흰 바람벽에 떠오르며 지나가는 글자들은 시인됨에 대한 깊은 성찰을 동반하는 자문인 것이다. 시인으로 이 땅에 살기 위한 근본적인 질문이었던 것이다. 그리고 그 질문에는 이미 그에 부응하고자 하는 내적 다짐과 현실 속에서 점점 더 세차게 흔들리고 있는 스스로에 대한 위안/힐난이 함께 담겨 있는 것이다.

3.

백석의 「흰 바람벽이 있어」는 백석의 시인론을 집약한 것이다. 시인이란 어떤 존재인지, 어떻게 살아야 하는지를 선언함으로써 또 스스로 그에 걸맞는 생을 살고 있는지 성찰함으로써 스스로를 올곧게 세워 나가고자 했다. 그만큼 시인으로서의 백석은 위기의식을 느끼고 있었기 때문일 것이다. 조선의 운명은 시시각각 소멸해 가고 있을 뿐 아니라 백석의 개인적인 처지 또한 종잡을 수 없는 막막한 바람벽을 맞대고 있는 즈음이었다. 그렇기에 시인의 존재론에 대한 탐구는 유독 이 시기에 집중적으로 이루어진다. 이미 시인 자신의 내면적 목소리를 시 속에 드러내는 「나와 나타샤와 흰 당나귀」에서 단초를 보였으며, 영생고보에서 가르쳤던 강소천의 동시집 『호박꽃 초롱』을 위해 쓴 「『호박꽃 초롱』 서시」, 실제 소설가인 허준에게 건네는 헌시인 「허준」, 그리고 객지에서 새해를 맞는 심회를 그린 「두보나 이백같이」 등의 작품들이 역시 여기에 해당한다.

『호박꽃 초롱』 서시

하늘은
울파주 가에 우는 병아리를 사랑한다
우물돌 아래 우는 돌우래를 사랑한다
그리고 또
버드나무 밑 당나귀 소리를 임내내는 시인을 사랑한다

하늘은

풀 그늘 밑에 삿갓 쓰고 사는 버섯을 사랑한다

모래 속에 문 잠그고 사는 조개를 사랑한다

그리고 또

두툼한 초가지붕 밑에 호박꽃 초롱 켜고 사는 시인을 사랑한다

하늘은

공중에 떠도는 흰 구름을 사랑한다

골짜구니로 숨어 흐르는 개울물을 사랑한다

그리고 또

아늑하고 고요한 시골 거리에서 쟁글쟁글 햇볕만 바라는 시인을 사랑한다

하늘은

이러한 시인이 우리들 속에 있는 것을 더욱 사랑하는데

이러한 시인이 누구인 것을 세상은 몰라도 좋으나

그러나

그 이름이 강소천姜小泉인 것을 송아지와 꿀벌은 알을 것이다*

이 「『호박꽃 초롱』 서시」는 「흰 바람벽이 있어」의 후반부를 고스란히 반복하고 있다. '하늘은'이란 주체가 사랑하는 것들을 나열하고 있

---

* 돌우래: 땅강아지, 임내: 흉내.

는 것이다. '병아리'와 '돌우래'는 '초생달과 바구지꽃과 짝새와 당나귀'와 다를 바 없다. '울파주 가에 우는', '우물돌 아래 우는' 등으로 구체적인 장소를 덧붙이고 있는 것이 다를 뿐이다. 더욱이 '프랑시쓰 잠과 도연명陶淵明과 라이넬 마리아 릴케' 등 시인들의 이름 역시 '버드나무 밑 당나귀 소리를 임내내는', '호박꽃 초롱 켜고 사는', '쟁글쟁글 햇볕만 바래는' 시인으로 구체적으로 명시되고 있다. 이 모든 존재는 '가난하고 외롭고 높고 쓸쓸'한 존재들이다. '뜨거운 것으로 호젓한 것으로 사랑으로 슬픔으로 가득찬' 채 살아가는 존재들인 것이다.

백석은 「허준」 역시 '눈물의 나라', '별살의 나라'에서 온 사람이며, '어드근한 방 안에 굴어 게으르는 것을 좋아'하고 '모든 것을 다 잃어버리고 넋 하나를 얻는' 사람이며 시인이다. 「두보나 이백같이」에서도 '두보나 이백 같은 이 나라의 시인도' '쓸쓸한 생각'에 사로잡혀 있는 존재들이며, '아득하니 슬펐을' 존재들이라고 규정한다. '쓸쓸한 마음'이야말로 시인의 본질이라는 것이다.

4.

시인이란 어떤 존재인가?

어설픈 나는 알 수가 없다. 다만 시인이란 샤먼과 같이 하늘의 목소리를 들려주고, 사람의 목소리를 대신 전하는 존재는 아닐까. '초생달과 바구지꽃과 짝새와 당나귀'가 그러하듯이, '프랑시쓰 잠과 도연명陶淵明과 라이넬 마리아 릴케'가 그러하듯이, '병아리와 돌우래와 조개와 흰 구름과 개울물과 송아지와 꿀벌'이 그러하듯이, '가난하고 외롭고 높고 쓸쓸하니 그리고 언제나 넘치는 사랑과 슬픔 속에 살도록 만들어진' 존재다. 나는 이 시에 그 어떤 말을 덧붙여 백석의 질문을, 답을 흐리게 만들 수가 없다. 그보다 더 나은 질문은, 답은 어디에도 없기 때문이다. 없는 것이다.

13. 우리는 어디에서 와서 누구이며 어디로 가고 있는가?

샤머니즘적 세계에의 탐닉은 그러나 두 가지의 위험을 안고 있다. 그것이 긍정인 세계관의 내용을 이룰 때 그것은 환상과 주술의 세계로 들어가 인간을 말살해 보이며, 그것이 비극적 세계관의 내용을 이룰 때는 숙명론으로 인간을 이끌어 인간의 자유 의지를 말살해 버린다. 백석이 간 길은 후자의 길이다. 그는 그의 샤머니즘의 세계에서 인간의 자유 의지와 결단을 건지어내지 못하고 체념 · 수락의 수동적 세계관으로 후퇴한다. 그런 그의 태도를 잘 보여주고 있는 것이 그의 대표작일 뿐 아니라, 한국시가 낳은 가장 아름다운 시 중의 하나인 「남신의주 유동 박시봉방」이다.

—김현*

이 시의 타이틀이 「남신의주 유동 박시봉방」이라는 좀 괴팍한 것이라든지 이 시의 작자가 누구인가 하는 것은 아무래도 좋을 일이다. 다만 한 가지 명백한 것은 낙백한 영혼이 펼쳐 보이는 이 페시미즘의 절창이 한국 최상의 시의 하나라는 사실이다. 만약 누가 있어 이런 것이 감상적인 것이라고 한다면 이만저만 큰 망발이 아니다. 한국의 페이소스가, 이 겨레의 인생관이 이렇게 높

---

* 『한국문학사』, 민음사, 1973.

고 처절한 격조를 이루고 있는 것을 나는 달리 알지 못한다.

—유종호*

나는 누구일까? 신체적으로 나이, 키, 몸무게, 얼굴 모습 등 이른바 외모는 분명 나일 것이다. 누구와 바꿀 수 없는. 생긴 꼴에 대해 어릴 때부터 불만이 적지 않았다. 이모들은 나를 깡마르고 까매서 베트콩이라고 불렀다. 외모로 짓는 별명이 얼마나 유치한 짓거리인지를 그때 알았으면 '이모, 어른이 아 별명을 와 그래 유치하게 짓노?'라고 한마디 했을 것인데. 입도 벙긋 못 하고 빙긋 웃거나 '와예? 무슨 일이라예?'하고 쪼르르 달려가기까지 했다. 지금도 나는 사진 찍는 것이 별로다. 여럿이 있는 가운데 찍힌 내 사진을 보면 한숨이 절로 나온다. 백화점 갈 때 마누라가 '좀 떨어져서 걸어라.'고 하는 심성이 이해가 된다. 그래도 어쩌랴. 생긴 건 어쩔 수 없으니 표정이라도 활짝 웃는 얼굴로 다녀야지 하지만 부러 표정을 짓고 다니는 게 어디 쉬운 일인가.

나는 누구일까? 외모가 아닌 내면은? 잘 모르겠다. 나는 어떤 생각을 지니고 어떤 감성으로 차 있는지 잘 모르겠다. 얼마 전 재미 삼아 인터넷에서 우파인지 좌파인지 테스트를 하는 것이 있었는데, 나는 좌파인 줄 알고 설문에 답했는데 결과는 중도 우파라고 나왔다. 그렇다고 '아, 알고 보니 내가 중도 우파였구나. 지지 정당도 바꾸고, 사회적 이슈에 대한 관점도 조정해야겠구나.' 생각하지는 않는다. 우리나라

*「한국의 페시미즘」, 『현대문학』 통권81호, 1961.

정당은 자칭 보수와 꼴통 보수와 보수조차 못되는 치들이 모여 있으니 굳이 바꿀 것도 없고, 사회적 이슈에 대해서도 굳이 표명할 기회도 없으니 조정할 것도 없다. 그냥 이대로 살면 되겠거니 한다.

그래도 나는 내가 누구인지를 가장 잘 알 때는 책을 읽을 때가 아닐까 생각한다. 한 권의 책을 읽으며 책과 나의 거리를 조정하며 나는 내가 누구인지를 조금은 안다. 책을 읽는 과정은 거의 엑스레이가 내 의식과 감정을 훑고 지나가는 과정과 다를 바가 없다. 나는 책 속 문장과 문장을 가로지르며 끊임없이 반응한다. 기뻐하고, 슬퍼하고, 노여워하고, 찬성하고, 반대하고 읽다가 그만 두기도 한다. 정말 잘 썼네, 재미있다, 그래 글은 이렇게 써야지, 생각보다 허접하군, 이것도 글이라고, 뭐 별 것 없구먼 등등 적극 평가한다. 그렇게 평가하며 척도를 들이미는 사람이 바로 나고, 나는 그런 척도로 세상을 사는 사람임을 새삼 알게 된다. 그러나 사실 책을 읽으며 구성되는 나는 평상시의 나, 고요한 평정 속에서 소요하는 나다. 내 의식 저 깊은 곳에 도사리고 있는 무의식 혹은 심층 심리 속의 나는 아닌 것이다. 나도 모르는 나. 굳이 그것까지 알아서 뭘 하겠냐 싶기도 하지만, 그래도 꿈속에서 전혀 예상 못한 행동이나 관계를 맺어나가는 나를 보고는 '아, 내가 이런 생각, 이런 욕망을 지니고 있구나!' 새삼 놀랄 때가 있다. 어쩌면 그 심층에 내재된 심리적 경향이 나를 원격으로 방향 조정하는 것이 아닌가 생각할 때가 있는 것이다.

그렇지만 보통 때 나는 누구인가라는 질문 자체를 아예 하지 않는다. 그런데 이 질문은 위기에 봉착했을 때 제기된다. 술에 잔뜩 취해 전날 무엇을 했나 기억조차 나지 않는 아침에 질문한다. 나는 누구인가? 오래 추진해 왔던 일이 마침내 원치 않는 방향으로 틀어지고 좌절을 느낄 때, 그리고 다시 출발선에 섰을 때 나는 묻는다. 나는 누구인가. 위기가 기회라고 흔히들 말한다. 경제적 위기가 닥쳤을 때 돈을 잘 굴리라는 말은 결단코 아닐 것이다. 위기가 기회란 말은 위기에 닥쳐서야 비로소 인간은 진정으로 자신의 전존재를 되돌아 볼 수 있다는 뜻이리라. 반성적 성찰이 있어야 제대로 된 기회도 주어지고 또 그 새로운 기회를 붙잡을 수도 있는 법이다. 근본적 성찰은 존재를 뒤흔드는 위기에서 불가피하게 감행된다.

2.

위기의 순간은 어김없이 선택의 순간으로 다가온다. 선택의 순간. 지금까지 내게 축적되어 온 지혜와 경험의 총합을 바탕으로 현재의 내가 무언가를 선택해야 하는 순간이 있다. 옛날 주일학교에서 불렀던 '참과 거짓 싸울 때에 어느 편에 설 것인가'라는 찬송가는 부를 때마다 울림이 컸다. 메릴 스트립이 주인공인 영화, 유난히 시가 많이 등장하는 영화, 〈소피의 선택Shopie's Choice〉에서 소피에게 독일군 장교가 아들과 딸 가운데 한 명만 살려준다고 말한다. 살리고 싶은 한 아이를 데려가라고, 다른 한 아이는 가스실로 보내겠다고. 엄마 소피는 어떤 선택을 했을까? 솔로몬의 지혜처럼 누가 진짜 엄마인지 아이의 팔을 있는 힘껏 당겨보라고 했을 때 진짜 엄마는 어떤 선택을 하게 될까. 얼마 전 읽은 책에서도 재미있는 장면을 본 적이 있다. 소년과 두더지가 얘기를 나누던 중 두더지가 묻는다. "네 컵은 반이 빈 거니 반이 찬 거니?"라고. 그러자 소년이 대답한다. "난 컵이 있다는 게 너무 좋아."라

찰리 맥커시Charlie Mackesy,
〈아이와 두더지와 여우와 말〉, 상상의힘, 2020, 92쪽.

고. 새삼 선택의 순간이 되면 방안은 세 가지다. 어쩔 수 없이 선택하거나 아예 선택을 포기하거나 마지막으로 선택 자체를 해체하고 재구성하는 것.

위기의 순간은 선택의 순간이다. 그 순간은 자신의 정체성을 명료하게 확인하는 순간이기도 하다. 백석은 어떤 선택을 했을까? 적어도 1945년 이전까지 그는 '굳고 정한' 선택을 했다. 만주로 떠난 것조차 그리 참담한 선택은 아니었다. 그는 만주에서 애초 공언한 100편을 쓰지는 못했지만 열 편 남짓, 말 그대로 주옥같은 북방 시편들을 썼다. 박경련을 쫓아 청혼했지만 그는 거절당했다. 그리하여 그 상처를 털어내지 못했다. 그러나 누군가에게 결혼을 하자고 청하는 것은 백석의 선택일지라도 결혼을 하는 것은 백석의 결정적인 선택이라고 보기 힘들다. 오히려 박경련이 선택의 주체다. 그녀가 백석이 아닌, 신현중을 선택한 것이다. 백석은 자야에게 만주로 함께 떠나자고 했다. 그러나 자야는 거절했다. 이 또한 백석의 선택이라기보다 자야의 선택이다. 백석의 선택은 시를 쓰자, 신문사를 그만 두자, 학교를 그만 두자, 일본어로 시를 쓰지 말자, 만주로 가자 등등이었다. '가난하고 외롭고 높고 쓸쓸'했으나 그리 그릇된 선택은 아니었다. 무엇보다 그는 일본 제국주의와 한 번도 타협하지 않았다. 친일의 오점이 그에게는 없다.

그런데 해방이 되자 그는 다시 새로운 선택을 해야만 했다. 그는 선택했다. 선택의 순간에 선택하지 않는 것 또한 선택이라고 한다면. 정말 그 선택에서 아이러니하게도 친일의 오점이 없었기에 백석은 북한에 그대로 남아 있었는지 모른다. 이승만이 친일파를 공공연하게 기용하면서 친일의 전력이 있는 대부분의 인간들은 남한을 선택했다. 남한에서는 오히려 친일을 하지 않은 사람들이 월북을 했다. 허준, 정현웅 등 백석과 절친한 친구들이었다. 백석은 그저 제 자리를 지켰을 뿐이었다. 그럼에도 그 또한 선택이었고, 그의 운명을 직조한다. 그 운명을 예감이라도 하듯 그의 시는 절절하다.

남신의주 유동 박시봉방南新義州 柳洞 朴時逢方

어느 사이에 나는 아내도 없고, 또,
아내와 같이 살던 집도 없어지고,
그리고 살뜰한 부모며 동생들과도 멀리 떨어져서,
그 어느 바람 세인 쓸쓸한 거리 끝에 헤매이었다.
바로 날도 저물어서,
바람은 더욱 세게 불고, 추위는 점점 더해 오는데,
나는 어느 목수木手네 집 헌 삿을 깐,
한 방에 들어서 쥔을 붙이었다.
이리하여 나는 이 습내 나는 춥고, 누긋한 방에서,
낮이나 밤이나 나는 나 혼자도 너무 많은 것 같이 생각하며,
딜옹배기에 북덕불이라도 담겨 오면,
이것을 안고 손을 쬐며 재 위에 뜻 없이 글자를 쓰기도 하며,
또 문밖에 나가지두 않고 자리에 누워서,
머리에 손깍지벼개를 하고 굴기도 하면서,
나는 내 슬픔이며 어리석음이며를 소처럼 연하여 쌔김질하는 것이었다.

내 가슴이 꽉 메어 올 적이며,

내 눈에 뜨거운 것이 핑 괴일 적이며,

또 내 스스로 화끈 낯이 붉도록 부끄러울 적이며,

나는 내 슬픔과 어리석음에 눌리어 죽을 수밖에 없는 것을 느끼는 것이었다.

그러나 잠시 뒤에 나는 고개를 들어,

허연 문창을 바라보든가 또 눈을 떠서 높은 천정을 쳐다보는 것인데,

이 때 나는 내 뜻이며 힘으로, 나를 이끌어 가는 것이 힘든 일인 것을 생각하고,

이것들보다 더 크고, 높은 것이 있어서, 나를 마음대로 굴려 가는 것을 생각하는 것인데,

이렇게 하여 여러 날이 지나는 동안에,

내 어지러운 마음에는 슬픔이며, 한탄이며, 가라앉을 것은 차츰 앙금이 되어 가라앉고,

외로운 생각만이 드는 때쯤 해서는,

더러 나줏손에 쌀랑쌀랑 싸락눈이 와서 문창을 치기도 하는 때도 있는데,

나는 이런 저녁에는 화로를 더욱 다가 끼며, 무릎을 꿇어 보며,

어니 먼 산 뒷옆에 바위섶에 따로 외로이 서서,

어두워 오는데 하이야니 눈을 맞을, 그 마른 잎새에는,

쌀랑쌀랑 소리도 나며 눈을 맞을,

그 드물다는 굳고 정한 갈매나무라는 나무를 생각하는 것

이었다.*

3.

이 시는 작고한 김현 선생이 '한국시가 낳은 가장 아름다운 시의 하나'로 『한국문학사』에서 거론한 작품이다. 나는 조어법의 번역투를 제외하고는 전적으로 그 평가에 동의한다. '높은 격조를 이룬 페시미즘의 절창'이란 유종호 선생의 평가에도 '페시미즘의'를 제외한 '높은 격조를 이룬 절창'이란 평가에도 동의한다. 이 시는 결코 비관적이지 않으며, 체념하고 있지도 않다.**

이 시는 백석이 1945년 해방과 함께 만주를 떠나 고향 정주로 찾아들기 직전에 쓴 시이다. 서정적 자아인 내가 '신의주 남쪽 버드나무 고을에 사는 박시봉의 집에서'라는 제목 아래, 자신의 내면 풍경을 만천하에 알리고자 한 작품이다. 주렁주렁 자신의 심경을 늘어놓는 듯한 우울한 독백의 어투로 낙척한 자신의 내면을 잘 형상화하고 있다.

이 시는 연의 구분 없이 하나로 쭉 기술된 시편이다. 그럼에도 단정한 기승전결로 모두 네 마디의 짜임으로 이루어져 있다. 첫 번째 마디에서는 자신의 객관적 처지가 포괄적으로 기술된다. 시적 화자인 나는 아내, 집, 부모, 동생 등 가족과 가정을 이루는 모든 이들과 단절된 채 홀로 생을 짐 지고 살고 있다. 더욱이 시작을 '어느 사이에'라고 함으로써 현실적 처지가 미처 자각하지 못하는 사이에 이렇게 되었음을

---

* 삿: 삿자리, 쥔을 붙이다: 주인집에 세를 얻어 기거하다, 북덕불: 짚이나 풀 따위가 어지럽게 엉킨 뭉텅이에 피운 불, 나줏손: 저녁 무렵

** 이 시의 해석은 필자의 『시의 숲에서 세상을 읽다』(나라말, 2007)에서 그 경개를 옮겨 왔다.

드러낸다. '명절날 나는 엄매 아배 따라 우리집 개는 나를 따라 진할머니 진할아버지가 있는 큰집으로 가면'(「여우난골족」)에서처럼 훼손되지 않은, 더불어 살아가는 자족적인 공동체를 꿈꾸었던 시인이기에 그의 상실감은 더욱 크고 깊었으리라. 다시는 회복할 수 없는 그 옛날 고향에서의 삶을 향한 그리움과 선명하게 대비되는 가운데 시적 화자는 지금 자신도 잘 알지 못하는 낯선 '어느' 곳에 '바람 세인' 고단한 현실에 상처 입으며, 그 모든 인연으로부터 떠나 홀로 '쓸쓸'함을 잔뜩 안고 서성이며 '거리 끝을 헤매이'고 있다. 물론 이 '거리 끝'의 헤매임이 유독 백석이라는 한 개인의 몫은 아닐 것이다. 40년을 이민족의 침략 앞에 휘둘린 나머지 정작 해방이 닥쳐왔을 때 민족 구성원 모두의 삶은 뿌리 채 뽑혀버렸거나 허옇게 밑둥치를 드러낸 채 굵고 깊은 상처로 얼룩진 다음이었다. 한 내밀한 화자의 독백을 민족 구성원 전체의 비탄으로 고양시켜 가는 힘, 이 전형성이란 동력이야말로 그의 시를 개인적인 독백이 아니라 민족 전체의 삶에, 삶의 방향에 등불을 내거는 시로 읽어야 하는 까닭이다.

뒤이어 시는 구체적인 상황으로 더욱 가깝게 육박해 간다. 헤매임조차 오래도록 허락되지 않은 채 '바로' 뒤이어 '날도 저물'고 '바람은 더욱 세게 불고' '추위는 점점 더해 오'며, 이 누적되고 강화되는 상황의 악화에 떠밀려 '나'는 어쩔 수 없이 거리 안으로 쫓기듯 들어간다. 그러나 고작, 아니 당연히, '나'가 들어선 곳은 헌 삿자리가 깔린, 그래서 아랫목도 윗목도 없는 방 하나이며, 그나마 목수에게 빌어 몸을 의탁하기에 이른다. 여기까지가 객관적인 정황이며, 시는 이 정황을 서정적 자아인 주체가 어떻게 수용하고 있는가를 당연히 제시해야 한다.

시는 세계 자체가 아니라 서정적 자아인 주체가 세계를 수용하는 방식에 초점을 둔다. 어떠한 정서적 울림으로 세계와 대면하고 있는가를 제시하지 않고서는 서정시 본래의 서정을 기대하기 어렵다.

시의 두 번째 마디는 전적으로 서정적 화자의 내면 심리를 드러내는 데 몰두한다. '슬픔'과 '어리석음'에 짓눌린 나머지 '나 혼자도 너무 많은 것 같이 생각하며' 자신의 존재조차 무겁게 받아들이고, 마침내는 '죽을 수밖에 없는 것'을 아프게 깨닫는다. 너무나 상처 입은 나머지 그 모든 사회적 관계로부터 완전히 단절된 채 아래로 아래로 잠기어 간다. 타자와 세계를 향해 간절히 내미는 신호인 '글자를 쓰'는 행위조차 금방 불면 날아가 버릴 '재 우에'서 어떠한 의미도 전달하지 못하고 마는, 그리하여 죽음과 가장 가까운 자세로 '누어서' '손깍지 벼개를 하고 굴기도 하면서' 자신의 무력감과 슬픔과 부끄러움에 짓눌리고 마는 것이다.

하지만 세 번째 마디에 이르면 시는 끙 하고 일어나 새로운 방향으로 몸을 뒤튼다. '그러나'라는 강렬한 접속어를 매개로 외부 세계를 향해 눈길을 돌리고 나서야 비로소 깨닫는다. 이 죽을 수밖에 없는 상황이 자신의 미욱함과 현실적 무능함 때문이 아니라, '내 뜻이며 힘으로 나를 이끌어' 온 것이 아니라 이 주체적인 의지의 능력을 훨씬 넘어서는 '더 크고, 높은 것'이 자신을 '마음대로 굴'리고 있었음을 자각하는 것이다. 이 '더 크고, 높은 것'을 많은 비평가들은 운명으로 읽고 있다. 그러나 나는 그것을 현실로 읽는다. 서정적 화자인 '나'와 함께 민족 구성원 모두를 이토록 참담한 지경으로 내몬 주체는 운명이 아니라 식민지 현실이며, 해방 직후 이념적 소용돌이 속에 여전히 정착하지 못한 채 떠돌고 있는 시대적 고통인 것이다. 한 시대가 한 인간을 여기까지 이르게 한 것이며, 극단적으로 떠밀려 온 이 지점은 동시대를 살아야 했던 모든 이들의 동질적인 고통이며 따라서 그 동류의 사람들에게서 위로받고자 하는 농밀한 그리움이 배어 있는 것이다. 더욱이 '슬픔'이나 '한탄'은 운명론적 체념을 통해 '앙금이 되어 가라 앉'는다기보다 비록 소극적이나마 명료한 역사적 주체로 자신을 설정함으로써 비로소 가능해진다. 그렇게 해석하고서야 전환이 갖는 본질적인 기능과 맞닿을 수 있으며, 마지막 행에 제시되는 '갈매나무라는 나무'의 이미지와 조응하기도 한다.

마지막 마디에서 서정적 화자인 '나'는 이제 더 이상 누워서 뒹굴지 않는다. '화로를 더욱 다가 끼'고자 하는 생의 충동을 느끼며 '무릎을 꿇고' 일어나 앉는다. 이제 자신을 자책하는 대신 자신을 이렇게 내몰고 있는 현실과 맞서고자 한다. 방바닥을 뒹굴던 수평적 이미지가 수직적인 이미지로 변모한 채 기도를 드리듯 '무릎을 꿇고' 앉은 이 형상은 '굳고 정한 갈매나무라는 나무'의 형상과 엄밀하게 조응한다. 홀로 떨어져 나와, 고난의 한가운데에서 온갖 신산을 겪고 있는, 겉으로 보아 죽어버린 것과 다를 바 없이 목숨을 이어가는 자신과 마른 잎새의 갈매나무는 정확히 일치하며, 그 시대적 현실과 대면하는 가운데 자신 역시 갈매나무와 마찬가지로 '굳고 정한' 존재가 되어 한 시대를 버팅겨내고 말겠다는 옹골찬 결의로 시의 끝을 맺고 있는 것이다. 고통과 절망, 죽음, 마침내는 현실에의 자각과 견뎌냄이라는 정서 속에 이 시는 몸을 부리고 있는 것이다.

물론 이 시에는 현실적 고난에 맞서 치열하게 응전을 벌여 나가겠다는 결의는 보이지 않는다. 하지만 식민지 시대 말기에나 혹은 해방 직후의 시대적 정황 속에서 역사 전체가 폭력적으로 개인의 삶을 짓누르던 시대에 그가 현실적으로 대처해 나갈 수 있는 방도는 많지 않았을 것이다. 이육사처럼 아예 현실을 초극하는 초월자의 목소리로 당위를 말하거나 윤동주처럼 끊임없는 자기반성을 통해 순수한 내면을 견지해 나가는 것이 그 한 방편일 것이다. 그러나 정지용처럼 '오오 견디란다 차고 올연히 슬픔도 꿈도 없이 장수산 속 겨울 한밤 내—'(「장수산」)처럼 견결하게 자신을 지켜내고자 고투하는 순결한 영혼의 백석은 그저 견뎌내는 것을 선택한다. '굳고 정한' 자신의 빛깔과 향기를 잃지 않고 이 시련이 지나가기를, 그리하여 다시금 자신의 삶이 제 빛깔과 향기를 드러내고 내뿜을 수 있는 시간이 오기를 참고 기다리는 것이다. 물론 이러한 삶이 '드물다'는 것은 확연하다. 그러나 아름답다. 이 아름다운 삶의 방식이 표상하는 갈매나무의 이미지야말로 백석의 시 「남신의주 유동 박시봉방」을 우리 시의 빛나는 별로 아로새기는 힘인 것이다.

4.

고갱의 그림에는 〈우리는 어디에서 와서 누구이며 어디로 가고 있는가〉라는 긴 제목의 그림이 있다. 고갱의 마지막 작품이며, 인간의 탄생과 죽음을 상징적으로 표현하고자 하였다. 그는 우리는 누구인가, 어디에서 와서 어디로 가고 있는지를 묻고 있다. 4.2미터가 넘는 길이에 프레스코화처럼 면을 분할하여 삶 전체를 담아내고자 했다. 이 그림을 그릴 당시 고갱의 삶은 황폐하기 그지 없었다. 사랑하는 딸의 죽

폴 고갱Paul Gauguin,
〈우리는 어디에서 와서 어디에 있으며 어디로 가고 있는가〉, 1897,
캔버스에 유채, 141×376, 보스턴 미술관.

음을 먼저 목도해야 했고, 자신 역시 치유하지 못할 병에 걸려 이 작품 이후 오래지 않아 죽음을 맞이한다. 고갱은 이 위기의 순간에 질문한다. 나는 누구이며, 어디에서 와서 어디로 가고 있는지.

백석 또한 다르지 않다. 그는 해방 직후 두터운 현실의 벽을 마주하고 있다. 그리고 선택해야 한다. 그는 엄혹한 위기의 순간, 자신의 삶의 자세를 되묻고 있다. 나는 누구이며, 어디에서 와서, 어디로 가고 있는가 묻고 있다. 물론 이 시는 식민지 시대 말기, 백석의 선택일 수도 있다. 시가 발표된 것*은 1948년 10월 『학풍』 창간호지만 언제 쓴 것인지는 명확히 확인할 수 없기 때문이다. 아마도 새로운 시집을 출간하고자 맡겨 둔 원고에서 한 편을 가려 뽑은 것이었고, 그래서인지 백석 시로는 이례적으로 쉼표와 마침표, 띄어쓰기가 되어 있다. 편집자가 임의로 손을 댄 것이다. 그러나 작품을 창작한 시점이 식민지 시대 말기이든 해방 직후이든 백석이 선택한 것은 갈매나무였다.

우리 문학사의 가장 가슴 아픈 대목 하나를 우리는 지금 답사하고 있는 중인 것이다.

　　이렇게 하여 여러 날이 지나는 동안에,
　　내 어지러운 마음에는 슬픔이며, 한탄이며, 가라앉을 것은
　차츰 앙금이 되어 가라앉고,

---

*『학풍』 창간호에 1948년 10월에 발표된 시이지만 창작년도는 애매하다. 해방 직후에 친구 허준에게 보낸 시가 뒤늦게 발표된 것이 아닌가 하는 추정과 시집으로 묶어내려고 조풍연에게 보낸 원고 중에 포함된 시를 따로 뽑아 발표한 것이라는 설이 있다. 여하튼 창작년도는 1948년이 아님은 분명하다. 시적 상황으로 미루어 볼 때 1945년 겨울 만주에서 조국으로 돌아오는 길에 쓴 것이며, 『사슴』 이후의 시들을 모두 모아 시집으로 발간하고자 조풍연에게 건넨 원고 속에 포함된 것으로 짐작함이 적절하다. 그러나 북한의 사정이 예측 불허였고 백석에게 미칠지도 모를 화근 때문에 시집의 출간은 미루어졌을 것이다.

외로운 생각만이 드는 때쯤 해서는,

더러 나줏손에 쌀랑쌀랑 싸락눈이 와서 문창을 치기도 하는 때도 있는데,

나는 이런 저녁에는 화로를 더욱 다가 끼며, 무릎을 꿇어 보며,

어니 먼 산 뒷옆에 바위섶에 따로 외로이 서서,

어두워 오는데 하이야니 눈을 맞을, 그 마른 잎새에는,

쌀랑쌀랑 소리도 나며 눈을 맞을,

그 드물다는 굳고 정한 갈매나무라는 나무를 생각하는 것이었다.

4부

북녘에 남아

까치는 긴 꼬리 달싹거리며
깍깍 깍깍깍 하는 말이
"내 꼬리는 새까만 비단 댕기"

물까치는 긴 부리 들먹거리며
삐삐 삐리리 하는 말이
"내 부리는 붉은 산호 동곳"

깍깍 깍깍깍 까치 말이
"내 집은 높다란 들메나무
맨맨 꼭대기에 지었단다"

삐삐 삐리리 물까치 말이
"내 집은 바다 위 머나먼 섬
낭떠러지 끝에 지었단다"

—「까치와 물까치」 부분

14. 내 인생의 화양연화

백석이 아동문학에서 강조한 것은 세계에 대한 벅찬 감동인 '시정詩精'과 사상의 집약을 뜻하는 '철학'이었으며, 이를 형상화하는 언어의 핵심 속성으로 백석은 '간명과 소박, 정확성, 선명성, 음악성'을 꼽았다. "시는 깊어야 하며, 특이하여야 하며, 뜨거워야 하며 진실하여야 한다."는 진술은 시에 관한 백석의 태도를 웅변적으로 보여준다. 그의 동시·동화시에 나타나는 내용·형식적 특징은 백석 시의 일반적 특징 속에서 충분히 설명될 수 있다.

—김문주*

1.

옷이 날개라는 말이 있지만 책날개라는 말도 있다. 책장을 펼치면 책은 날개처럼 우리를 어디든 데려다준다. 우리는 그 날개를 펄럭이며 깊고 울창한 숲으로 날아가기도 하고(『숲에서 우주를 보다』), 하와이에 있는 천문대 마우나케아로 날아가기도 한다.(『마우나케아의 어떤 밤』) 인류의 역사를 엄청난 조망 속에 추체험하기도 하고(『사피엔스』), 철학적 살인을 감행하는 라스꼴리니꼬쁘가 되어 전당포 계단을 오르기도 한다.(『죄와 벌』) 고작 가로세로 합해서 40Cm도 되지 않고, 무게 또한

*「백석 문학 연구의 현황과 문학사적 균열의 지점」, 『비평문학』 45호, 2012.09.

1Kg도 되지 않는 책날개는 그 어디든, 언제이든 원하는 곳으로 우리를 데려다 준다.

언젠가는 이 책날개를 달고 17세기 스페인으로 날아갔던 적이 있다. 책은 디에고 벨라스케스Diego Velázquez의 걸작 〈시녀들Las Meninas〉, 오른쪽 아래 귀퉁이, 난장이의 발 아래 엎드려 있는 한 마리 개에 관한 이야기였다. 작가 라헐 판 코에이Rachel van Kooij는 이 개가 진짜 개가 아니라 바르톨로메란 또 다른 난장이 소년으로, 어린 공주의 노리갯감이 되어 개의 의상을 뒤집어 쓴 것이란 상상으로 이야기*를 풀어나간다. 이야기 끝에 바르톨로메는 신체적 불구를 딛고 마침내는 수도사의 제자가 되어 글을 배우고 그림을 그리게 되었다. 아마 이 상상력의 근원에는 실재했던 후안 드 빠레야Juan de Pareja라는 벨라스케스의 제자가 있었기 때문인지도 모른다. 그의 초상화 속 인물이기도 한 빠레야는 북아프리카 출신의 노예였으나 뛰어난 능력으로 벨라스케스의 제자가 되고 화가가 되는 인물이다. 작가는 이 실재했던 인물에 기대 바르톨로메를 빚어낸 것이다. 이 책날개는 이 세상 어디에도 없는 상상의 세계로 나를 밀어올리기도 하는 것이다.

이 날개를 펼치며 닿은 새로운 세상에서 우리는 전에 몰랐던 사실을 새롭게 알게 되기도 한다. 미처 생각지 못했던 점도 새롭게 깨닫게 된다. 느끼지 못했던 혹은 희미해진 감정도 비로소 혹은 새삼 느끼게 된다. 경이로울 때도 있고 울먹일 때도 없지 않다. 그 가운데 올해 내가 가장 고통스럽게 읽었던 책은 서경식의 『나의 서양음악 순례』**

* 라헐 판 코에이(2005) , 『바르톨로메는 개가 아니다』(박종대 옮김), 사계절.

** 서경식(2011), 『나의 서양음악 순례』(한승동 옮김), 창비.

디에고 벨라스케즈Diego Velázquez,
〈시녀들〉, 1656-57,
캔버스에 유채, 318×276, 프라도 미술관.

였다. 서경식의 책들은 예전 『나의 서양미술 순례』에서 느낀 감동 때문인지 찾아서 읽게 된다. 클래식 음악을 자주 들으면서 이 사람이 이런 책도 썼네 하며 가볍게 읽어나가던 중이었다. 그러다 책의 한 꼭지인 「이런 데서 음악이라니」라는 글을 마주쳤다. 작가의 글은 아우슈비츠를 찾는 데서부터 시작되어 1944년 봄 프란츠 레하르가 작곡한 오페레타 『유쾌한 미망인』이 연주되는 장면으로 돌아간다. 이 음악은 히틀러가 좋아한 곡이었다. 그리고 강제수용소 책임자인 하인리히 힘러와 나치 친위대를 청중으로 이 음악을 연주한 사람은 구스타프 말러의 조카딸 알마 로제Alma Rose였다. 알마라는 이름을 구스타프 말러의 아내 알마 쉰들러에게서 물려 받았다. 그녀는 유대인 수인만으로 편성된 오케스트라의 지휘자였다. '자유를 빼앗긴 음악가에게 그나마 음악만이라도 돌려주겠다는 연민과 온정의 발로'는 당연 아니었다. 지휘자인 알마 로제는 지독하리만큼 냉혹하게 단원들에게 연습을 시켰다고 한다. 그래야만 단원들이 살아남을 수 있었기 때문이었다. 그랬던 그녀는 1944년 4월 갑작스럽게 죽는다.

이 이야기는 알마 로제만으로 끝나지 않는다. 죽음에서 살아남은 오케스트라의 생존자가 또 있었다. 폴란드인 바이올리니스트 조피아 치코비악이었다. 그녀 또한 1939년 아우슈비츠에 수용되었고 알마 오케스트라의 단원으로 연주했다. 그런데 사실 그녀는 80세가 되던 해 '자신의 죄와 대면하기 위해' 수용소를 다시 찾았다. 작가는 의아하게 되묻는다. 연주한 것이 무슨 죄가 된단 말인가 하고. 그런데 사실 아우슈비츠의 오케스트라는 계속 이송되어 오는 수인들을 환영하기 위한 연주를 했다. 수인들은 처음 도착해서 음악을 들으며 '오케스트라가 있는 정도면 여기도 그다지 나쁜 곳이 아니야.'라고 이야기하곤 했다. 그곳에서의 음악은 나치 친위대를 위한 음악이자 수인들에게 '죽음의 공장이라는 사실을 호도하고 대량 살육을 더 효과적으로 자행하기 위해' 동원된 것이었다. 어쩌면 음악은 수인들에게가 아니라 죽음을 집행하는 이들을 위한 위무였을지도 모른다. '인간에 대한 최종적인 파괴'였던 것이다. 그녀는 그만 두고 싶어 했지만 오케스트라와 굴욕에 가득 찬 죽음 가운데 하나를 선택해야 했고, 결국 오케스트라를 선택했다. 그렇게 살아남았다. 그리고 조피아는 전쟁이 끝난 뒤 더 이상 음악을 들을 수 없게 되었다. 해방이 된 지 10년이 지나 겨우 가 본 콘서트장에서 연주되던 '오페라 『나비 부인』 아리아를 듣고 그녀는 까무러쳤다. 수용소에서 자주 연주했던, 친위대가 좋아하던 곡이었기 때문이다.' 서경식은 '음악이라는 것이 자행하는 궁극적인 폭력의 모습, 그리고 그 폭력 때문에 치유될 수 없는 상처를 입은 사람의 모습이 여기에 있다. … 아우슈비츠 이후의 음악은 과연 어떠한지?'로 이 글을 마무리 짓고 있다.

나는 이 글을 읽고 가슴이 뻐근해지는 고통을 느꼈다. 징용과 정신대로 내보내는 친일문인들의 시들이 떠올랐고, 운명의 옥죄임 속에 그래도 시를 써야만 했던 백석을 떠올렸다. 운명은 얼마나 잔혹한가. 그 운명에 시와 예술은 어떻게 맞설 수 있을까? 시대의 폭력에도 인간은 얼마나 숭고할 수 있으며, 견결하게 스스로를 지킬 수 있을까? 또 어떻게 지킬 수 있단 말인가.

2.

지금까지 대부분의 백석에 관한 논의는 「남신의주 유동 박시봉방」에서 서둘러 끝을 맺으려고 한다. 동백꽃이 툭 꽃 모가지를 부러뜨리며 지상으로 떨어지듯, 가장 정점에서 급전직하 떨어져 끝을 맺기를 바란다. 그래야만 제대로 된 시적 비극의 카타르시스를 느끼기 때문이다. 그러나 삶은 이야기보다 더욱 앞선 그 무엇이며, 이야기를 또 시를 위해 거꾸로 삶이 존재하는 것은 아니다. 백석은 그 이후로도 번역은 물론이거니와 비평과 동화시, 동시 등 자신의 문학적 행로를 이어간다. 어쩌면 그 행로를 애써 외면하는 것은 생애의 극적 흥미뿐만 아니라 시의 관점으로만 문학을 보는 편향된 시각 때문인지도 모른다. 그렇지만 우뚝 솟은 봉오리만이 아니라 산은 등성이와 계곡을 거느리며 산이 되고, 봉우리를 밀어 올린다. 더욱이 그의 동화시는 시의 시선으로는 부족하고 단순하게 여겨질지 몰라도 어린 아이의 눈, 아동문학의 눈으로는 결코 범속한 경지가 아니다. 그에게 아동문학은 급조한 것이 아니라 오래전부터 내재된 씨앗이었다.

우리는 이미 백석의 유일한 시집 『사슴』에서 유년기의 체험을 다루는 시편들을 마주친 적이 있다. 시적 화자가 유년기의 소년으로 설정된 작품의 경우 동시로 그 의미를 탐구한다고 해서 크게 흠결이 되지는 않는다. 「오리 망아지 토끼」의 경우 동시의 척도로도 가편이 아닐 수 없다. 그 연장선 위에서 백석은 고르끼Maxim Gorky의 아동문학론을 번역하고, 사무일 마르샤크Samuil Y. Marshak의 동화시를 번역 소개했다. 또한 전쟁 직후 북한은 아동에 대한 특별한 관심을 기울인다. 새로운 이데올로기적 시야로 미래를 준비하기에 아동의 인식과 정서를 사회주의적으로 교양하는 것만큼 중요한 것은 없다고 보았다. 백석은

1956년 10월에 열린 조선작가동맹 제 2차 작가대회에서 결정된 동맹의 위원 명단에 외국문학분과와 아동문학분과에 동시에 이름을 올리고 있다. 이즈음 백석에게 아동문학은 살아남기 위한 어쩔 수 없는 선택이 아니라, 이미 예비된 내적 충동이 시대와 조응하는 가운데 개화했던 것이다.

• 친구 정현웅이 『집게네 네 형제』에 그린 작가 프로필

백석이 처음 발표한 동시는 동화시인 「지게게네 네 형제」다. 지게게는 집게와 달리 위기에 맞닥뜨렸을 때 지게처럼 생긴 등에 무엇이든 짊어져 위장하는 게다. 그러니 이후 동화시집을 엮어낼 때 적극적인 개작이 이루어졌다. 이를테면 지게게의 다른 형제들이 그저 반성하는 데에서 그치지 않고 「집게네 네 형제」에서는 죽고 만다거나 조사를 생략하거나 반복을 통한 수식으로 리듬감을 더하고 구어체를 강화하는 등으로 개작* 되었다. 그런 과정을 거쳐 출간된 『집게네 네 형제』, 그 가운데 대표적인 작품은 「개구리네 한솥밥」이다.

옛날 어느 곳에
개구리 하나 살았네.
가난하나 마음 착한

* 김제곤, 「백석의 아동문학 연구」, 『동화와번역』 14권, 2007.

개구리 하나 살았네.

하루는 이 개구리
쌀 한 말을 얻어 오려
벌 건너 형을 찾아
길을 나섰네.

개구리 덥적덥적
길을 가노라니
길가 봇도랑에
우는 소리 들렸네.

개구리 냉큼 뛰어
도랑으로 가 보니
소시랑게 한 마리
엉엉 우네.

소시랑게 우는 것이
가엾기도 가엾어
개구리는 뿌구국
물어보았네—
(소시랑게야 너 왜 우니?)

소시랑게 울다 말고
대답하였네—
(발을 다쳐 아파서 운다.)

개구리는 바쁜 길
잊어버리고
소시랑게 다친 발
고쳐주었네.

—「개구리네 한솥밥」 부분

낭송하기에 적합한 부드러운 율격과 평이한 언어, 단순한 구조의 반복, 명료한 주제 의식 등이 돋보이는 작품이다. 단순함이 아동문학의 본질적 특성이라고 한다면 백석은 동시를 이야기와 결합하고, 입말로 풀어내기 적합한 다양한 형식들을 통해 그 본질에 성큼 다가선 것으로 평가할 수 있다. 이 동화시집에 수록된 작품들은 우리네 아동문학이 부흥하기 시작하는 2000년대에 들어 대거 그림책으로 변신하였으며, 지금껏 어린 독자들의 사랑을 받으며 널리 읽히고 있다.

3.

이즈음 백석은 아동문학에 관한 비평도 적극적으로 개진한다. 이른바 '아동문학논쟁'에 뛰어든 것이다. 스탈린 사후 조금 넓어진 문학 지형 때문으로 보인다. 발단은 류연옥의 동시 「장미꽃」을 둘러싼 평가로 당시 아동문학 진영은 대립한다. 동시는 '활짝 핀 장미꽃/ 창가에 놓으니,/ 봄빛도 반가운 듯/ 꽃송이를 엿본다.// …… 한 송이 꽃도/ 우리 분단의 자랑,/ 가꾸며 배우는 그 보람/ 꽃처럼 활짝 펴온다.'란 작품이다. 백석은 이 작품을 어떻게 평가했을까?

많은 비평가들은 이 작품을 실패작으로 규정했다. 이유는 '벅찬 현실'이 그려지지 않았다는 것이다. 이 엄혹한 시기에 장미꽃이라니 하며 발끈했을 것이다. 반면 백석은 이 작품을 옹호하는 입장이었다.* 백석은 '벅찬 현실'이 따로 있는 것이 아니라 시인의 개성이 어떻게 소재를 장악하고 감지하는가에 달려 있다고 반박한다. 백석은 "진실로 높은 감정의 도야 없이, 아름다운 정서의 연마 없이 어떻게 진실로 용감해질 수 있으며 어떻게 진실로 완강해질 수 있을 것인가"라고 반문하면서 아동문학이 "감정과 정서의 아름답고 옳은 성숙"을 지향해야 하며 "시적 개성"을 인정해야 한다고 역설하였다. 백석은 벅찬 현실 역시 진실한 마음의 바탕에서 우러나오는 것임을 주장한다. 백석은 이미 정해진 하나의 틀 속에 갇히기를 적극적으로 거부함으로써 아동문학만큼은, 적어도 유년기 문학만큼은 감정과 정서에 치중해야 한다고 주장함으로써 문학에 상대적인 자율성을 부여하고자 했다. 그리고 스스로 그 틀에 맞추어 동시를 창작하기도 했다.

멧돼지

곤히 잠든 나를

* 백석의 관점은 다음 주요한 두 편의 평론에 잘 드러나 있다.「동화문학의 발전을 위하여」(『조선문학』, 1956.5),「나의 항의, 나의 제의」(『조선문학』, 1956.9)

깨우지 마라.
하루 온 종일
산비탈 감자밭을
다 쑤셔 놓았다.

소 없는 어느 집에서
보습 없는 어느 집에서
나를 데려다가
밭을 갈지나 않나!

산양

싸울 테면 싸워보자
벼랑으로만 오너라.

벼랑으로 오면
받아넘길 테니,
까마득한 벼랑 밑으로
차 굴릴 테니.

싸울 테면 오너라
범이라도 곰이라도
다 오너라.

아슬아슬한 벼랑 가에

언제나 내가 오똑 서 있을 테니

두 작품 모두 좋은 작품들이다. 1950년대 북한에서 창작된 것이라고 여겨지지 않을 만큼. 「멧돼지」와 「산양」은 모두 제목으로 제시한 인물들의 발화를 그대로 옮겨두고 있는 작품이다. 논쟁에서 유아들을 위한 문학은 달라야 한다고 주장한 대로 정서적인 동일시를 끌어내는 작품들이었다. 「멧돼지」는 유머러스한 어조로, 「산양」은 자신만만한 태도로 힘센 자들과 맞서려는 의지가 확고하다. 이들 작품들은 시적 화자들의 유머나 자신감이 화자의 좁은 세계 인식 때문이기도 하기에 웃음을 자아낸다. 그러나 이 능청스러움이야말로 「장미꽃」조차 용인하지 않는 논쟁 당시의 편협한 관점을 창작으로 조롱한 것이기도 했다.

그러나 이 작품들로 인해 백석은 설화를 겪는다. 아마 앞선 논쟁에서 소재주의자들이며, '탄력 있고, 압축되고 긴장되고 그리고 음악적 율동성에 찬 언어를 찾아보기 힘들다.'고 거칠게 몰아붙였던 백석을 고깝게 여긴 상대편이 앙갚음을 한 것이 더욱 큰 이유일 것이다. 어쩌면 백석이란 커다란 산을 헤집고 흔들며 무너뜨리는 가운데 자신이 얼마나 강한 존재인지를 입증하고자 하였을 것이다. 백석이 무릎 꿇고 사과하는 모습을 보고 우월감에 젖어 쾌재를 부르고 싶었을 것이다. 결국 주도권을 쥐고 있던 교조적인 강경파들의 비판에 짓눌려 1957년 백석은 공개적으로 자기비판을 하게 된다. 백석은 아동문학이 아동의 생활과 결부되지 않으면 안 된다고 전제한 후 자신의 작품 「멧돼지」가 의도와는 달리 아이들의 이해력에 맞지 않았으며 독자에게 혼동을 초래하였다고 비판하였다. 그리고 그 이후 1959년 48세에 삼수군 관평리로 현지 지도라는 명목으로 하방하기에 이른다. 이후로도 1962년까지 백석은 당의 요청이 있을 때마다 북한의 여느 작가들과 비교해 모자라지 않을 정도로 당에 대한 충성심을 입증하고자 했다. 거의 서약에 가까운 시를, 산문을 몇 편 발표한 것이다. 그러나 끝내 당국은 백석의 복권을 허용하지 않았고, 그 이후로 문학과 시와 절연된 채 살다 1996년 85세로 작고하였다.

4.

백석의 연보를 다시 본다.

1930년, 열아홉 살에 단편소설 「그 모와 아들」이 『조선일보』의 현상문예에 당선되어 문단에 처음 얼굴을 내민다. 그 덕분에 아오모리학원으로 유학길에 오르고, 그곳에서 영문학을 전공한다. 귀국 후 1935년 시 「정주성」을 발표하며 시로 다시 출발하고, 이듬 해 『사슴』이란 전에 없던 시집을 발간한다. 그리고 함흥의 영생고보 영어교사로 직장을 옮기고, 1937년 다시 시작에 몰두한다. 1938년 학교를 그만두고 '조선일보사'에서 『여성』지의 편집을 맡고, 1940년 스물아홉의 나이에 만주 신징으로 가서 북방 시편들을 쓴다. 1941년 이후 침묵하다 해방을 맞은 조국에서 1948년 「남신의주 유동 박시봉방」을 발표한다.

그리고 이어지는 해방 후 백석의 행적은 다음과 같다.

> 오산학교 교장을 지낸 조만식 선생이 건국준비위원장으로 활동을 시작하자 영어와 러시아어를 잘 하는 백석은 그

를 도와 통역관으로 활동했다. 북조선노동당이 실권을 장악하자 백석은 창작은 하지 않고 번역에 힘을 쏟았다. 1949년과 1950년에 숄로호프Mikhail A. Sholokhov의 『고요한 돈강』 1부와 2부를 번역 출판했다. 그리고 1957년 4월 동화시집 『집게네 네 형제』를 발표했다. 1958년 북한 사회에 당성 강화 운동이 일어나면서 1959년 1월 평양에서 하방하여 양강도 삼수군 관평리의 국영협동조합에 소속되어 축산반과 농산반에서 노동을 했다. 백석은 평양으로의 복귀를 위해 노력했지만 1962년 북한 문화계 전반에 내려진 복고주의 비판에 의해 일체의 창작 활동이 중단되었다. 2001년 백석의 연구에 몰두한 송준이 유족들과 연락이 닿아 부인 이윤희의 구술로 백석이 1996년 2월 사망하였음을 남한에 알렸다.*

건조한 문장이지만 나는 문장의 위를, 문장과 문장의 사이를 어깨를 늘어뜨린 채 걸어가는 백석을 본다. 시인이되 더 이상 시를 쓰지 못했던 백석, 그나마 숄로호프의 소설, 마르샤크의 동화시 등 러시아 문학을 번역하면서 한숨 돌리고, 겨우 동시와 동화시의 창작에서 빛을 찾은 백석. 그러나 그조차 문학을 둘러싼 이념투쟁의 볼모가 되고, 결국 자아비판 끝에 오지에서도 오지인 삼수갑산의 삼수에 양치기로 하방하고, 그예 시는커녕 어떤 글자조차 부려 쓰지 못한 채 35년을 침묵 속에서 살다 1996년 마지막 숨을 몰아쉬는 백석을 본다.

---

* 이숭원, 『갈매나무의 시인 백석』, 살림, 2012, 11-12쪽.

나는 얼마 전 수전 손택Susan Sontag의 책을 읽다 스치고 지나가는 구절들을 만났다. 손택은 『닥터 지바고』의 작가 보리스 파스테르나크Boris Pasternak와 시인 마리나 츠베타예바Marina Tsvetayeva, 우리에게 잘 알려진 백석과 윤동주가 좋아했던 라이너 마리아 릴케Rainer Maria Rilke, 이 세 사람 사이에 오고 간 편지에 대한 문학적 논평을 하고 있었다. 손택은 그들이 가장 가까이 지냈던 해이자 릴케의 죽음으로 교류가 멈춘 해인 1926년의 다양한 연대기를 제시하면서 글을 시작하고 있었다. 그 짧은 글귀에서 내가 읽은 것은 바르셀로나의 유명한 건축가 가우디Antonio Gaudi의 죽음에 관한 메모였다.

> 6월 10일, 카탈로니아에서 태어난 늙수그레한 건축가 안토니오 가우디가 날마다 그랬듯 바르셀로나 성 가족 성당 건설 현장을 나와 같은 동네에 있는 교회에 저녁 예배를 드리러 걸어가는 길에 전차에 치였고 아무도 돌보는 사람이 없이 쓰러져 있다가 죽었다.*

이 짧은 부고를 읽고 '그럼 가우디는 이때가 몇 살이었나' 궁금해서 인터넷으로 검색했더니 일흔셋이라고 했다. 그의 허름한 옷차림을 보고 노숙자인 줄 안 전차 기사는 길에 그를 치우고 가버렸고, 택시 기사는 그의 이송을 거부했고, 병원은 치료를 거부했다. 그 누구도 가우디를 알아 보지 못했다. 안타까운 죽음이었다.

그리고 나는 곧장 김수영이 벗들과 술을 마신 후 집으로 귀가하다

* 수전 손택, 『문학은 자유다』, 이후, 2007, 39쪽.

인도로 뛰어든 버스에 치여 황망하게 죽은 것도 떠올랐다. 그의 나이 마흔여덟 살이었다. '비를 몰아오는 동풍에 나부껴/ 풀은 눕고 드디어 울었다'는 「풀」이 마지막 작품이었다. 그의 돌연한 죽음으로 한국의 현대시사가 주춤 뒤로 몇 걸음 물러섰다.

손택의 책을 날개 삼아 날아가 닿은 곳에서, 백석의 시를 쫓아 읽다 마침내 도달한 지점에서 나는 삶이란, 죽음이란 또 무엇인지 되묻게 된다. 얼마나 허망한 것인지. 어떻게 살아야 하는 것인지. 그럼에도 가우디에게는 건축이, 백석과 김수영에게는 시가 남아 있다. 바르셀로나 곳곳에 흩어져 있는 가우디의 건축물들도 아름답지만 우리에겐 그에 못지않게 아름답고 단단하고 뜨거운 백석과 김수영의 시들이 있다. 그이들이 남겨준 시들. 황망한 삶이었고 황망한 죽음이었지만 남겨진 시들만으로도 백석의 삶, 김수영의 삶은 우리 속에 거듭 되살아난다. 그래도 턱없이 아쉽겠지만 그것만으로 위안을 삼을 수는 없을까. 물론 이 또한 지나가겠지만.

백석은 대략 20년을 성장기로, 30년을 시작詩作을 비롯한 문학 활동으로, 그 후 35년 남짓을 양치기로 산 셈이다. 그럼에도 그에 관한 많은 책들이 그의 문학적 인생을 1948년에서 딱 멈춰 세운 것을 지금은 너끈히 이해할 법하다. 마음이 하 애연하여 차라리 대면하고 싶지 않기 때문일 것이다. 차라리 그 고단했을 그의 만년의 생을 모른 채 덮어버렸으면 어땠을까 생각하기도 하는 것이다. 쉰 살이 가까운 나이에 삼수로 간 백석은, 긴 세월을 문학으로부터 유폐당한 채 흙을 일구며 산 백석은 어떤 자세로 스스로의 삶을 다독이며 살았을까? 그는 과연 행복했을까? 무어라 선불리 단정할 수는 없는 노릇이다. 그러나 한국문학사는 애통하고 또 애통하다.

그래도 백석은, 적어도 시에 관해서만큼은 뜨거운 생을 살았다. 1935년 「정주성」에서 1948년 「남신의주 유동 박시봉방」에 이르는 길지 않은 기간 동안, 그는 100여 편의 시를 남겼다. 그 이후의 동화시와 동시 역시 다르지 않았다. 그리고 지금은 시를 사랑하는 많은 사람들이 가장 사랑하는 시인으로 망설임 없이 손꼽고 있다. 누구도 부인하지 못할 것이다. 백석의 삶은 무어라 규정하기 힘들지만 그래도 시를 쓰던 그때야말로 그의 인생의 화양연화花樣年華가 아니었을까. 그의 시를 읽고, 그의 시에 관해 글을 쓰는 이 순간이 내게는 내 인생의 화양연화이듯이.

15. 우리 집에는 강아지가 산다

> 우리는 흔히 백석을 북방 정서를 서정적으로 온축해서 표현한 리얼리스트로 이해하고 있습니다만, 저는 백석이야말로 그 자신 안에 엄정한 모더니스트의 눈을 겸비하고 있는 시인이라고 봅니다.…… 적지 않은 근대의 시간을 통과하고도 『사슴』과 그 밖의 많은 시편들이 살아남을 수 있었던 것은 그가 삶을 노래하되 그만의 특별한 방법으로, 근대인으로서의 자각을 갖고 노래했기 때문이 아닌가 합니다.
>
> —이시영*

'자제분이 어떻게 돼요?'라고 누군가가 물으면 '딸 하나, 아들 하나 있어요.'라고 대답하듯 우리 집에는 개가 있다. 아메리칸 코카스패니얼. 이름은 팔랑이다. 귀를 팔랑거리며 뛰어다녀 지어준 이름이다.

예전 학교에서 근무할 때 방학 동안 아들을 데리고 가서 며칠 산 적이 있다. 아들이 고등학생일 때였는데 워낙 책을 읽지 않아서 내가 수업하는 동안 도서관에서 책이라도 읽히겠다는 야심찬 바람 때문이었다. 그런데 아들 녀석은 도서관 대신 학교 곳곳을 어슬렁거리고 다녔나보다. 그러다 개 한 마리를 만났다. 시골 학교에는 이 시기에 유기견

---

* 「백석의 '노루'-백석문학상 수상 소감을 대신하여」, 『시 읽기의 즐거움』, 창비, 2016, 108쪽.

들이 더러 있다. 자취하며 기르던 강아지를 졸업할 때 슬쩍 두고 가는 못된 놈들이 간혹 있기 때문이다. 아들은 아침에 먹으라고 준 샌드위치로 이 개를 유혹했다고 했다.

수업을 마치고 연구실로 왔더니 개 한 마리가 제 집인 양 앉아 있었다. '강의는 잘 했어?'라고 묻기라도 하듯 나를 빤히 올려다보고 있었다. 백방으로 수소문했으나 주인을 찾을 수 없었고, 교수들이 흔히 하듯 조교에게 맡겨버릴 수도 없었다. 조교의 아내가 그때 임신 중이었다. 그래서 어찌할 수 없이 키우기로 했다. 아들은 개를 키우는 조건으로 열 가지 남짓 되는 서약서를 썼다. 그 중의 하나는 개가 똥을 싸면 바닥에 떨어지기 전에 공중에서 낚아채 치우겠다는 것이었는데, 요즘은 개똥을 아예 못 보는 선택적 약시에 걸렸나 싶을 지경으로 무심하다.

우리는 먼저 목욕을 시키고, 동물병원에 들러 예방주사를 맞혔다. 수의사에게 슬쩍 나이가 몇 살쯤 됐냐고 물었다. 수의사는 두 살쯤 된 것 같다고 했다. 한참 지난 뒤 큰 수술을 할 일이 생겨 간 곳에서 우리는 적어도 열 살은 더 됐을 게라는 충격적인 사실을 알게 됐다. 그래도 두 살이라고 말한 수의사의 직업윤리를 존중하기로 했다. 나이 많은 개는 누구도 키우려 하지 않을 테니까.

집에 들인지 며칠 되지도 않아 우리는 성급한 결론이었음을 알았다. 천방지축이었다. 자동으로 밥을 주는 장치를 결국 뒤집어 꺼내 먹고야 말았다. 아무도 없을 때면 무엇이든 먹어치웠다. 아직 실체를 모른 채 식탁 위에 뭐라도 두고 가면 수천 번의 점프 끝에 기어코 끌어내려 먹었다. 이 개 종류가 삼대 지랄견 중의 하나임을 나중에서야 알았다. 내가 어떤 놈인지 결혼하고서야 알게 된 우리 집사람의 심정을 이해했다. 그래도 살아야 했던 그녀처럼 우리 역시 어찌할 수가 없었다.

그렇게 어찌할 수 없는 시간이 10년도 더 흘렀다. 우리 가족들은 개를 중심으로 소통하기 시작했다. 오늘은 누가 저녁을 주느냐로 단체 대화방에서 늘 논의하고 계획을 짠다. 나는 오늘 약속이 있어 늦다, 내가 오늘은 일찍 들어갈 수 있을 듯하다, 나는 계속 요즘 바빠서 그 시간에는 못 간다 등등 우리는 각자 흩어진 개인에서 개를 중심에 둔 그물망으로 비로소 가족으로 엮인다. 마땅히 할 말이 없을 때에도 개 이야기를 꺼내면 금세 화기애애해진다. 개가 늙었다는 둥, 늙었다는 말을 그리 공공연하게 하면 어쩌냐는 둥, 움직임이 둔해지고 밥도 머리를 처박고 먹지 않는 걸 보니 어디 아픈 것 아닌가, 소파에 올라올 때 힘들 것 같으니 발판을 사자, 아니다 개가 어찌 '아 여기가 발판이구나. 고맙네. 앞으로 이걸 밟고 소파로 올라가자.' 이렇게 생각 하겠니 못 하겠니 하며 서로 말을 섞는다.

무엇보다 내가 아주 힘든 시기를 보낼 때 팔랑이는 늘 내 곁에 있었다. 억지로 끌어안고 있으면 그래도 10분 남짓 꾹 참고 품에 안겨 있어주기까지 했다. 보통 때는 늘 엉덩이를 내 쪽에 두고 발치에서 자고는 했는데, 어찌 내 서러운 마음을 알았는지 기다려주었다. 사실 개가 엉덩이를 보이고 있는 것은 내 뒤를 네게 맡긴다는 뜻이라고 한다. 그래서 안겨 있기보다 극구 뒷태를 보여주는 것이라니. 그래도 그 따뜻한 체온을 느끼며 머리를 쓰다듬고 있으면 어쩔 때는, 아니 늘 집사람보다 낫다는 생각이 절로 든다. 나는 이 개가 오래오래 아프지 않고 우리 곁에 있어주기를 잠든 녀석의 머리를 쓰다듬으며 가만가만 기도하듯 혼잣말을 하기도 한다. 그리고 내가 가장 바라는 것은 산책할 때 손

브리톤 리베르Briton Riviere,
〈그의 유일한 친구〉, 1871,
캔버스에 유채, 69.4×95.1, 맨체스터 미술관.

을 잡고 걸었으면 하는 것이다. 작고 길쭘한 손을 잡고, 오늘은 어딜 갈까 물을 수 있었으면 좋겠다.

전혀 이치에 닿지 않는 말이겠지만 내게는 시가 우리집 댕댕이 팔랑이는 아닐까 하는 생각이 들기도 한다.

처음에 시는 나랑 상관없는 세계였다. 있는 건 알지만 내 삶과 무관한 존재. 특정한 개가 아니라 개라는 종의 동물이 있음은 안다. 시를 교과서에서 배워 아는 것처럼. 어떻게 생긴 시인지, 어떤 성격의 시인지. 그런데 이 시들은 내 삶과는 무관하다. 그저 시험에 나오니 문제를 풀면 그만이다. 지나치면서 저 개는 사납군, 저 개는 귀엽군, 저 개는 왜 저리 지저분하지 등등의 반응만으로 충분하듯.

그런데 훅하고 한 마리 개가 내 삶으로 치고 들어온다. 그리고 좋아하게 된다. 시를 좋아하게 되다니. 좋아하는 데에는 딱히 이유도 없다. 그냥 좋다. 강아지와 함께 뒹굴거리는 시간이 즐겁다. 강아지와 노는 것이 재미있듯 시를 읽는 일도 즐겁다. 시집을 뒤적거려 보고, 좋아하는 시인의 새 시집이 출간되기를 기다린다. 읽으며 마음을 끌어당기는 시는 귀퉁이를 살짝 접어둔다. 다시 읽을 수 있도록. 백석의 시집은 머리맡에 두고 내킬 때마다 계속 본다. 마음에 쏙 드는 시들에는 살짝 살짝 귀퉁이를 접는다. 그러다 마침내 포기한다. 백석의 시집은 거의 시집 전부를 접어야 할 판이기에. 나는 이런 시도 좋아한다.

마을은 맨천 귀신이 돼서

나는 이 마을에 태어나기가 잘못이다

마을은 맨천 귀신이 돼서
나는 무서워 오력을 펼 수 없다
자 방안에는 성주님
나는 성주님이 무서워 토방으로 나오면 토방에는 지운귀신
나는 무서워 부엌으로 들어가면 부엌에는 부뚜막에 조왕님

나는 뛰쳐나와 얼른 고방으로 숨어 버리면 고방에는 또 시렁에 제석님
나는 이번에는 굴통 모퉁이로 달아나는데 굴통에는 굴대장군
얼혼이 나서 뒤울안으로 가면 뒤울안에는 곱새녕 아래 철륭귀신
나는 이제는 할 수 없이 대문을 열고 나가려는데
대문간에는 근력 세인 수문장

나는 겨우 대문을 빼쳐나 바깥으로 나와서
밭 마당귀 연자간 앞을 지나가는데 연자간에는 또 연자당귀신
나는 고만 기겁을 하여 큰 행길로 나서서
마음 놓고 화리서리 걸어가다 보니
아아 말 마라 내 발뒤축에는 오나가나 묻어 다니는 달걀귀신
마을은 온 데 간 데 귀신이 돼서 나는 아무 데도 갈 수 없다*

---

* 오력: 오금, 지운귀신: 땅의 운수를 맡아본다는 민간의 속신, 제석님: 무당이 받드는 가신제의 대상인 신, 굴통: 굴뚝, 굴대장군: 굴뚝을 지킨다는 속신, 얼혼이 나다: 얼이 빠지다,

이런 시와 노는 것은 즐겁다. 시인은 '나'를 끌어들여 시를 시작한다. '나'는 어린아이 가면을 쓰고 있다. 시인은 시에서 늘 특정한 가면을 쓴다. 때로는 여자 가면을 쓰기도 하고, 때로는 멧돼지 가면을 쓰기도 한다. 그러나 가면을 쓴다고 멧돼지가 되고 여자가 되는 것은 아니다. 백석이기도 하고 여자이기도 하며, 백석이기도 어린아이이기도 하다. 이번에 시인은 이제 아홉 살, 열 살 남짓된 사내아이의 가면을 쓰고 말한다. 이 사내아이는 유머러스하게, 능청스럽게 '이 마을에 태어난 것이 잘못'이라고 대뜸 말한다. 그 이유는 마을에 귀신이 많아도 너무 많아 오금을 펴고 살 수가 없다고 너스레를 떤다. 그리고 자신의 말을 증명이라도 하듯 곳곳에 널려 있는 귀신들을 하나하나 호명한다. 방, 토방, 부엌, 고방, 굴뚝, 뒤란, 대문, 연자간, 한길 어디에나 귀신이 있다는 것이다. 우리 민족의 민간신앙이나 옛이야기 속에 등장하는 모든 속신들이 소환된다. 시를 읽은 나는 이 어린아이의 말에 공감한다.

시인은 이 시를 통해 우리의 민족문화 속 속신을 나열한다. 그저 범속한 시일 수 있으나 이 시가 발표된 시기는 1948년이지만 허준이 해방 전에 받아 간직하고 있다 발표한 것이다. 1943년 혹은 1944년의 작품임을 안다면, 백석이 우리 문화를 지켜나가기 위해 얼마나 애를 쓰고 있는지 경이로울 지경이다. 민족어는 물론 민족 자체를 말살하고자 획책하고 있는 즈음에 그는 우리가 애초 어떤 존재였는지를 뜨겁게 환기한다. 그것을 생각하면 이 시는 즐거울 뿐만 아니라 감동적이기까지 하다.

곱새녕: 짚으로 엮어 흙담 위에 올린 이엉, 철룽귀신: 철륜대감. 대추나무에 있다는 귀신, 연자당귀신: 연자간을 맡아 다스린다는 신, 디겁: 기겁, 화리서리: 마음 놓고 네 활개를 휘저으며 걸어가는 모습

시를 읽는 일은 즐겁다. 평범한 산문보다는 조금 어렵지만, 그래도 어려운 만큼 음악의 초연을 듣듯 주의 깊게 꼼꼼히 읽으면 더욱 미묘한 즐거움을 안겨 준다. 그리고 시는 내게 위로를 건넨다. 우리 집 강아지가 위로가 되듯. 가만 가만 쓰다듬고 있으면 마음이 편해진다. 온전히 나를 믿고, 내게 의지하는 존재인데도 정작 위로받는 사람은 나다. 그리고 시 역시 내게 위안을 준다. 시를 읽는 동안은 어둡고 복잡한 세상일이 저만치 밀려 나간다. 세상을 보는 눈이, 마음이 조금은 따스하고 부드러워진다.

산골로 가는 것은 세상한테 지는 것이 아니다
세상 같은 건 더러워 버리는 것이다

—「나와 나타샤와 흰 당나귀」 부분

—하늘이 이 세상을 내일 적에 그가 가장 귀해하고 사랑하는 것들은 모두
　가난하고 외롭고 높고 쓸쓸하니 그리고 언제나 넘치는 사랑과 슬픔 속에 살도록 만드신 것이다
　초생달과 바구지꽃과 짝새와 당나귀가 그러하듯이
　그리고 또 '프랑시쓰 잠'과 도연명陶淵明과 '라이넬 마리아 릴케'가 그러하듯이

—「흰 바람벽이 있어」 부분

나는 이런 저녁에는 화로를 더욱 다가 끼며, 무릎을 꿇어 보

며,

어니 먼 산 뒷옆에 바우섶에 따로 외로이 서서,

어두워 오는데 하이야니 눈을 맞을, 그 마른 잎새에는,

쌀랑쌀랑 소리도 나며, 눈을 맞을,

그 드물다는 굳고 정한 갈매나무라는 나무를 생각하는 것이었다.

—「남신의주 유동 박시봉방」 부분

유독 이들 시뿐만 아니다. 백석의 시들을 새삼 입술에 올려 읽어본다. 가만가만. 좋다. 마음에 파동이 인다.

여느 시들이 그러하듯 백석의 시를 읽는 일은 우리 문학사의 빛나는 예술작품을 만나는 일이다. 이 예술작품으로서의 시는 아름다울 뿐만 아니라 감동을 준다. 그리고 감동은 넓은 스펙트럼을 가지고 있다. 기쁨, 슬픔, 희망, 절망, 사랑, 미움 등 우리네 모든 정서의 최대치가 시에는 담겨 있다. 더욱이 시는 세상을 보는 새로운 인식을 건네기도 한다. 자본의 시대 시인은 자본의 관점이 아닌, 삶 그 자체의 관점으로 삶을 어루만진다. 바구지꽃과 짝새와 당나귀의 눈으로 세상을 본다. 모든 '가난하고 외롭고 높고 쓸쓸한' 존재의 눈으로 세상을 본다. 그것은 당연하게 여기고 있는 인식의 세계에 균열을 내고, 거듭 우리에게 되묻는다. 오직 한번뿐인 내 삶, 어떻게 살아야 하는 것일까. 어떻게 살 것인가.

나는 시 속에도 답이 있다고 생각하는 사람이다. 시 속에 질문이 있고, 시 속에 답이 있다. 나는 백석의 시를 지렛대 삼아 내가 그러했듯

독자인 그대가 시의 세계에 가만히 발을 들여놓기를 바란다. 시는 우리 안에 맴도는 미처 무어라 규정할 수 없었던 마음의 결을 슬쩍 환하게 밝혀줄 것이며, 마음속 침잠해 있던 기억의 한 조각을 선명하게 소환해 줄 것이며, 삶에서 놓쳐서는 안 될 아름다움이 무엇인지 가만 건네 줄 것이기에.

백석 인용시 작품 목록

* 통영 1, 2, 3의 번호는 임의로 붙인 것임

참고문헌 목록

고형진 편, 『(정본) 백석 시집』, 문학동네, 2007.

김재용 편, 『백석전집』, 실천문학사, 1997.

이동순 편, 『백석시전집』, 창작과비평사, 1987.

이숭원 · 이지나 편, 『원본 백석 시집』, 깊은샘, 2006.

고형진, 「'가난한 나'의 무섭고 쓸쓸하고 서러운, 그리고 좋은」, 『비평문학』 제45호, 2012.9.

───, 「1920~30년대 시의 서사지향성과 시적 구조」, 고려대 박사, 1991.

───, 「백석 시의 '엮음'의 미학」, 『현대시의 전통과 창조』(박노준 외), 열화당, 1998.

곽효환, 「백석 기행시편 연구」, 『한국근대문학연구』 18, 2008.

김기림, 「『사슴』을 안고」, 『조선일보』, 1936.1.29.

김명인, 「매몰된 문학의 제자리 찾기」, 『창작과비평』, 1988년 봄호.

______, 「백석 시에 나타난 기행」, 『한국시학연구』 27호, 2010

김문주, 「백석 문학 연구의 현황과 문학사적 균열의 지점」, 『비평문학』 45. 2012. 9.

김영민, 「백석 시의 특질 연구」, 『현대문학』, 1989. 3.

박태일, 「백석 시의 공간 인식」, 『국어국문학』 제21집, 1983.

김윤식, 「백석론: 허무의 늪 건너기」, 『우리 소설을 위한 변명』, 고려원, 1990.

김응교, 「신경(新京)에서, 백석 「흰 바람벽이 있어」」, 『인문과학』 제48집. 2011.

김재홍, 「민족적 삶의 원형성과 운명애의 진실미」, 『한국문학』 192호, 1989 .

김제곤,「백석의 아동문학 연구」,『동화와번역』 14권, 2007.

김진희,「시인 존재론의 탐구에서 동화시에 이르는 길-백석의 후기시를 중심으로」,『한국시학연구』 제34호, 2012.8.

남기혁,「백석 시에 나타난 풍경과 시선, 그리고 여행의 의미」,『우리말글연구』 52, 2011. 8.

남지현,「백석 소설「그 모와 아들」 연구」,『현대소설연구』 69호, 2018.3.

박민규,「백석 시의 숭고와 그 의미」,『한국시학연구』 제23호, 2008.

박용철,「백석 시집『사슴』평」,『조광』, 1936.4.

신주철.「백석의 만주생활과「힌 바람벽이 있어」의 의미」,『우리문학연구』 25, 2008.10.

오성호,「백석의 동시와 아동문학논쟁연구」,『한국문학연구』 53, 2017.04.

유성호,「백석 시의 세 가지 영향」,『한국근대문학연구』 17, 2008.

유종호,「한국의 페시미즘」,『현대문학』, 1961. 9.

이동순,「민족시인 백석의 주체적 시정신」,『백석시전집』, 창작과 비평사, 1987.

———,「시인 백석과 그의 정신적 스승 이시카와 다쿠보쿠」,『월간조선』 4월, 1999.

이명찬,「한국 근대시의 만주 체험」,『한중인문학연구』 13, 2004.

이숭원,「백석 시의 꿈과 힘」,『남신의주 유동 박시봉방』, Human&Books, 2011

———,「풍속의 시화와 눌변의 미학」,『한국 시문학의 비평적 탐구』, 삼지원, 1985.

이효석,「영서의 느낌」,『조광』, 1936.11.

임화,「문학상의 지방주의 문제」,『조광』1936년 10월호.

장정희,「분단 이후 백석의 동시에 관한 연구」,『서정시학』25권 3호, 2015.

최동호,「백석 문학의 전체성에 대하여」,『비평문학』46, 2012.12.

최두석,「백석의 시세계와 창작방법」,『우리시대의 문학』제6집, 1987.

최재서,「이월시단평」,『인문평론』, 1940.3.

최현석,「파시즘 시대 한국시의 자유와 부자유」,『새민족문학사강좌02』, 창비, 2009.

고형진,『백석 시 바로 읽기』, 현대문학, 2006

——,『백석 시를 읽는다는 것』, 문학동네, 2013.

김상욱,『시의 숲에서 세상을 읽다』, 나라말, 2007.

김우창,『궁핍한 시대의 시인』, 민음사, 1978.

김윤식 · 김현,『한국문학사』, 민음사, 1973.

김자야,『내 사랑 백석』, 문학동네, 1995.

송준,『시인 백석 1 · 2 · 3』, 흰당나귀, 2012.

신경림,『시인을 찾아서』, 우리교육, 1998.

안도현,『백석 평전』, 다산책방, 2014.

유종호,『다시 읽는 한국 시인』, 문학동네, 2002.

———, 『시 읽기의 방법』, 삶과꿈, 2005.

———, 『작은 것이 아름답다』, 민음사, 2019.

이숭원, 『갈매나무의 시인 백석』, 살림, 2012

———, 『백석을 만나다』, 태학사, 2008.

———. 『백석 시의 심층적 탐구』. 태학사, 2006.

이시영, 『시 읽기의 즐거움』, 창비, 2016.

이어령, 『축소 지향의 일본인』, 문학사상사, 2008.

알면 더욱 좋아지는 예술 이야기 01

잠 못 드는 밤 백석의 시를 생각하며

1판 1쇄 인쇄 2020년 2월 5일 | 1판 1쇄 발행 2020년 2월 15일

지은이 김상욱 | 펴낸이 김두엄 | 펴낸곳 뒤란 | 출판등록 2019-000092

주소 서울시 영등포구 선유로49길 23 IS비즈타워2차 1503호 | 대표전화 070-4129-4505

이메일 childlit04@gmail.com | 블로그 sangsanghim.tistory.com

편집 이현정 | 디자인 수:Book | 인쇄 갑우문화사

ISBN 979-11-969251-0-9

이 도서의 국립중앙도서관 출판시도서목록(CIP)은 서지정보유통지원시스템 홈페이지(http://seoji.nl.go.kr)와 국가자료공동목록시스템(http://www.nl.go.kr/kolisnet)에서 이용하실 수 있습니다.(CIP제어번호: CIP 2020001220)

이 책 내용의 일부 또는 전부를 재사용하려면 반드시 도서출판 뒤란의 동의를 얻어야 합니다.
잘못 만들어진 책은 구입하신 서점에서 교환해 드립니다. 책값은 뒤표지에 있습니다.